SCIENCE FICTION

Herausgegeben
von Wolfgang Jeschke

Ein Verzeichnis aller STAR-TREK®-Romane finden Sie am Schluß des Bandes.

MELISSA CRANDALL

STAR TREK®
CLASSIC

DIE GEISTERSTATION

Roman

Star Trek®
Classic Serie
Band 70

Deutsche Erstausgabe

WILHELM HEYNE VERLAG
MÜNCHEN

HEYNE SCIENCE FICTION & FANTASY
Band 06/5470

Titel der amerikanischen Originalausgabe
SHELL GAME
Deutsche Übersetzung von Ronald M. Hahn

Umwelthinweis:
Dieses Buch wurde auf
chlor- und säurefreiem Papier gedruckt.

Redaktion: Rainer Michael Rahn

Erstausgabe by Pocket Books/Simon & Schuster, Inc., New York

Printed in Germany 1997
Umschlagbild: Pocket Books/Simon & Schuster, New York
Umschlaggestaltung: Atelier Ingrid Schütz, München
Technische Betreuung: M. Spinola
Satz: Schaber Satz- und Datentechnik, Wels
Druck und Bindung: Ebner Ulm

ISBN 3-453-11907-X

Dieses Buch hat eine zweiteilige Widmung:

Erstens ist es für meine Nichte Leslie Danielle Cootware (1964–1989), die mich, durch ihr Leben und ihren Tod, alles gelehrt hat, was ich über Würde wissen muß: Carpe diem!

Zweitens (und nicht weniger aufrichtig) ist es für die, die mir geholfen haben, ob sie es nun wissen oder nicht:

JoAnn und Bruce Baasch – weil sie mein Leben gerettet haben.

Keith Birdsong – für seine FIESEN *Witze.*

Eric Halter, Familie Jessup, Barbara Maxwell, Rise Shamansky und Pam Spurlock – weil sie mich ermutigt haben.

Anna, Brian, Connor, Debbie, Onkel Gunnar, Jim, Jon, Jorik, Maeve, Michael und Scott – weil sie alle neue Freunde sind.

Bob Greenberger – weil er der beste Zuhörer auf der Welt ist.

Michael Henigan – weil er mich Bescheidenheit lehrt.

DeForest Kelley – weil er meinem Lieblingsarzt Leben eingehaucht hat.

Howard und Virginia Limbacher – für 35 Jahre ungebrochenen Interesses.

Kevin MacKrell – für seine Freundschaft und Musik.

Paul und Antoinette O'Donnell – für ihre Freundschaft und Gelegenheitsjobs.

The Parting Glass – hier ist jeder zu Hause, auch wenn er fern von daheim ist.

Michelle und Tim Perkins – weil sie mich nach Hause gebracht haben.

JoAnn Quinones – weil sie etwas Verlorenes zurückgebracht hat.

Kristin Rooke – für 26 Jahre, und es werden noch mehr.

Kevin Ryan, mein Verlagslektor – weil er mich herausgefordert und ermutigt hat.

Scott Shannon, Kevins Assistent – weil er alle Fragen mit Anstand und Humor beantwortet und auch nicht gemault hat, als ich diese Widmung eine Milliarde mal neu formulierte.

Arne Starr – weil er mein bester Freund ist.

Howard Weinstein – weil er geholfen hat, daß meine erste Convention als Profi so vergnüglich ablief.

Prolog

Als Rinagh im Transporterraum der *Elizsen* wartete, bis er an die Reihe kam, spürte er plötzlich, daß seine Knie anfingen zu zittern. Er spannte die Beine an und versuchte das Beben zu vertreiben. Daß er wie eine in Ohnmacht fallende Figur aus einem Drama zusammenbrach, war das letzte, was ihm jetzt passieren durfte. Er ließ seinen Blick lässig durch den Raum schweifen und bemühte sich zu erkennen, ob irgendeinem der anderen dichtgedrängt stehenden Romulaner etwas aufgefallen war.

Es sah nicht so aus. Es war auch sehr unwahrscheinlich, daß jemand etwas bemerkt hatte. Sie dachten – ebenso wie er – in diesem Moment an andere, wichtigere Dinge. Für Rinagh war ihre Körpersprache so leicht lesbar wie ein medizinisches Handbuch. Er sah, daß sie ihr Gewicht von einem Bein aufs andere verlagerten, und er sah ihre zu Fäusten geballten Hände. Er hörte auch die kurzen, nervösen Ausbrüche ihres Gelächters. All dies war Begleitmusik zu seinem persönlichen Gefühlschaos. Das, was sie hier und heute in Angriff nahmen, würde in die Annalen der romulanischen Geschichte eingehen. Eines Tages würde der Rest der Galaxis aufhorchen und es zur Kenntnis nehmen.

Es war kaum zu glauben, daß der lange gehegte und genährte Traum erst vor wenigen Tagen Früchte getragen hatte …

Er hatte sich in der Klinik befunden, als die Nachricht eingetroffen war. Obwohl er sich mehr oder weniger aus der aktiven medizinischen Praxis zurückgezogen hatte, machte es ihm durchaus noch Spaß, sich um einen kleinen Patientenkreis zu kümmern – in der Hauptsache Familien, die er schon seit Jahren behandelte. Er war zu sehr Arzt, um sich ganz aus dem Beruf zurückzuziehen. Sein Verlangen, aktiv zu bleiben, war so durchdringend wie ein unheilbarer Hautjuckreiz.

Und genau das hatte er getan. Er hatte sich gerade um den Enkel eines alten Patienten gekümmert, als seine Gattin Elani den Kopf durch den Türrahmen steckte.

»Rinagh? Entschuldige die Störung, aber da ist ein Gespräch für dich.«

Rinagh hatte nicht aufgeschaut. Er hatte lediglich den Verband um Aifors Unterarm geschlungen und sich leise mit dem Jungen unterhalten. »Es wird immer wieder passieren, wenn du nicht aufhörst, in den Messerdisteln zu spielen.« Als er seiner Gattin antwortete, verlor seine Stimme nicht ihren sanften Tonfall. »Sag bitte Bescheid, daß ich gleich komme, Elani. Ich bin in einer Minute fertig.«

»Ich glaube nicht, daß die Sache warten kann.«

Er hatte aufgeschaut und sie angesehen. Sie hatte seine Aufmerksamkeit geweckt. Vor ihrer Heirat war Elani für ihn als Krankenschwester tätig gewesen. Er kannte und respektierte ihr Urteilsvermögen mehr als das jedes anderen. Sie hätte den Satz nie ausgesprochen, hätte sie nicht genau gewußt, daß es dringend war. Rinagh musterte ihren Gesichtsausdruck und hielt in der Behandlung inne. Elanis Augen zeigten einen bestimmten Ausdruck, den er zu schätzen gelernt hatte.

»Ach so.« Er nickte. »Na schön.« Plötzlich flatterte Nervosität in seinem Magen. Ihm war beinahe so, als breite ein Insekt seine Schwingen zwischen seinen Händen aus. Rinagh überspielte das Gefühl, indem er die Schulter des Jungen ergriff. »Ich muß ein wichtiges Gespräch annehmen, Aifor. Elani wird dich verbinden.«

»Ja, Doktor.«

»Braver Junge.« Rinagh drohte ihm mit dem Finger.

»Und halte dich von Messerdisteln fern.« Er lächelte beruhigend und bemühte sich, das Behandlungszimmer nicht allzu eilig zu verlassen. Er ging durch den Korridor zu seinem Büro, schloß hinter sich die Tür und nahm hinter dem Schreibtisch an der Kommunikationskonsole Platz.

Als Kashis stattliches Antlitz auf dem Bildschirm erschien, erwachte seine Nervosität zu voller Blüte. Das erste, was Rinagh auffiel, war die Aufregung in den dunklen Augen des jungen romulanischen Offiziers. Das zweite war das nagelneue Rangabzeichen auf der linken Brustseite seiner schwarzen Uniform. Es leuchtete wie eine frisch geprägte Münze, so daß Rinagh den Blick kaum abwenden konnte. »Kashi! Bei allen Höllen ...! Du hast es geschafft, nicht wahr? Du hast das Patent bekommen!«

Kashis Hand fuhr sanft über die goldenen Polyederstangen, und sein Kopf neigte sich zu einem kurzen Nicken. »Ich komme gerade aus dem Büro der Prokonsulin.« Die reine Emotion ließ den ansonsten ruhigen Romulaner nervös lachen. »Rinagh, du siehst den Kommandanten der neuen romulanischen Raumstation *Reltah* vor dir!«

Der Arzt lehnte sich in seinen Sessel zurück und setzte einen erstaunten Blick auf. »*Ausgezeichnet,* Kashi! Meinen Glückwunsch!«

»Danke.« Es gelang Kashi nicht, sein erwartungsvolles Lächeln zurückzuhalten, selbst wenn er geneigt gewesen wäre, es zu versuchen – was Rinagh bezweifelte. »Und ich bin auf der Suche nach einem neuen *Chefarzt.*«

Es war einer jener Augenblicke, in der die Welt zum Stillstand kommt. Es dauerte einen Moment, bevor Rinagh einfiel, daß es wohl angebracht wäre, wieder Luft zu holen. »Du ... machst Scherze.« Er schüttelte den Kopf. »Du machst *wirklich* Scherze. Es gibt doch andere Männer, jüngere ...«

»Aber keinen mit deiner Erfahrung und deinen Fähigkeiten«, gestand Kashi ein. »Die Prokonsulin und der Senat haben es mir nach der Ernennung bestätigt. Sie sähe es sehr gern, wenn du ein Teil des Unternehmens werden würdest. Die Prokonsulin hat größtes Vertrauen in dich und deinen Beitrag zum Erfolg des Projekts. Sie hat mir klargemacht, daß sie von diesem Projekt eine Menge erwartet.« Er zwinkerte düster, denn seine Worte waren nur halb scherzhaft gemeint: Die Wünsche und Erwartungen der Prokonsulin nahm man nicht auf die leichte Schulter. »Laß uns dafür sorgen, daß wir sie nicht enttäuschen.«

»Ich werde mein Bestes geben«, versprach Rinagh außer Atem.

»Daran zweifle ich keine Sekunde, mein Freund.« Kashi schaute zur Seite und musterte jemanden, den die Kamera nicht erfaßte, dann richtete er den Blick wieder auf Rinagh. »Ich habe eine Menge zu tun, und meine Zeit ist knapp, also machen wir es kurz und unterhalten uns später über die Einzelheiten. Nun, da die Prokonsulin eine Mannschaft zur Station schickt, möchte sie, daß wir die *Reltah* so schnell wie möglich bemannen. Man wird dich heute abend abholen ...«

»Heute abend?«

Kashi tat so, als fiele ihm das Unbehagen des Arztes nicht auf. »... und in die Hauptstadt bringen. Von dort aus bringt uns ein Shuttle zur *Elizsen*, zu dem Schiff, das uns auf die Station bringt.« Er hob entschuldigend eine Hand, um jeder Beschwerde zuvorzukommen. »Ich weiß, daß alles recht plötzlich kommt, Rinagh, aber wir müssen schnell handeln, wenn wir die Oberhand über Starfleet und ihren Einfluß auf die Galaxis gewinnen wollen.« Kashis Blick wirkte nun ernsthaft und ließ keinen Widerspruch zu. Man hatte ihn zum Kommandanten der Raumstation und einer Mission ernannt; von nun an würde ihn niemand mehr an der Ausführung seiner Aufgabe hindern. »Der Hauptteil deiner Ausrüstung wird später abgeholt, wenn Elani sich zu dir gesellt.

Bring nur die Dinge mit, die du unbedingt brauchst. – Bis in ein paar Stunden.« Er unterbrach die Verbindung, ohne Auf Wiedersehen zu sagen.

Und das war es gewesen. Rinagh hatte den leeren Bildschirm gemustert. Er stemmte die zitternden Hände in die Seiten, und sein Geist kämpfte gegen das Verlangen an, gleichzeitig in sechs verschiedene Richtungen zu laufen. Einerseits hätte er in seiner Erregung gern gelacht, doch andererseits hätte er sich auch ebenso gern wie eins von Elanis Haustieren unter dem Sofa verkrochen und vergessen, daß er je den Schneid gehabt hatte, sich in seinem fortgeschrittenen Alter um eine begehrenswerte Position zu bewerben. Er war in wenigen Sekunden von einem zufriedenen, halb im Ruhestand befindlichen Arzt mit einer winzigen Praxis, die seine restlichen Jahre ausfüllen sollte, zum Chefarzt eines Projekts avanciert, das das Romulanische Imperium noch nie zuvor in Angriff genommen hatte.

Und jetzt stand er hier, zusammen mit den anderen, die die Träume der Prokonsulin und des Senats wahr werden lassen wollten. Was, im Namen aller Blauen Höllen, hatte ihn dazu veranlaßt, sich um diese Stellung zu bewerben? Nun war es viel zu spät, einen Rückzieher zu machen, egal wie schlimm seine privaten Ängste auch waren. Er wußte, daß er diese Position ausfüllen konnte. Er hatte das nötige Wissen und die Erfahrung und konnte sich glücklich schätzen, eine erfolgreiche medizinische Laufbahn auf Romulus hinter sich zu haben.

Aber ich bin ein alter Mann, dachte er flüchtig. *Ich bin bestimmt zu alt, um mein ganzes Leben umzukrempeln und zu den Sternen zu fliegen.*

Die Sterne. Vor Kashis Anruf waren sie für ihn nur in den Schlafliedern seiner Enkel vorgekommen. Seit er sich an Bord der *Elizsen* befand, waren sie zu einem wundersamen täglichen Anblick geworden. Nein, er würde seinen Platz mit niemandem tauschen – mit keinem Romulaner oder Fremdling – ob er sich nun fürchtete oder nicht.

Sein Fuß stieß gegen die kleine Tasche, die vor ihm auf dem Boden stand. Kashi hatte gesagt, er solle nur das mitbringen, was er unbedingt brauchte. Die Tasche enthielt nur ein paar persönliche sentimentale Erinnerungsstücke, die zu gönnen er sich erlaubte: ein handgroßes Gemälde seiner Familie, zwei medizinische Auszeichnungen, die ihm mehrere Jahre zuvor seine Kollegen verliehen hatten, und ein sorgfältig gehütetes Buch aus echtem Papier, dessen Seiten ausnahmslos von seiner winzigen, krakeligen Handschrift gefüllt waren.

Das Tagebuch war eine Laune, die er sich zugestand. Niemand wußte etwas davon. Nicht einmal Elani, der er sonst in allen Dingen vertraute, wußte von seiner Existenz – hauptsächlich deswegen, weil er es irgendwie peinlich fand. Logbücher und Tagebücher waren für Computer bestimmt, für das tägliche Lebens- und Pflichteneinerlei. Das Büchlein war etwas gänzlich Andersartiges; etwas, das er kaum einem anderen hätte erklären können. Rinagh wußte nicht einmal genau, warum er das tiefe Verlangen verspürte, seine Gefühle, Gedanken und Träume dem Tagebuch anzuvertrauen. Er wußte nur, daß es ihm wie nichts anderes, nicht einmal die Beschäftigung mit der Medizin, ein Gefühl des Friedens und der Erfüllung verlieh.

»Die nächste Gruppe, bitte.« Die Stimme des Transportertechnikers holte Rinagh aus seinen Träumen, und die, die sich vor ihm befanden, schulterten ihr Gepäck und traten auf die Plattform. Noch zwei Gruppen, dann war er an der Reihe.

Sein Blick suchte den großen Bildschirm über der Transportersteuerung. *Reltah* sah vor dem Glanz der Sterne wie ein Edelstein aus. Die riesige Station reflektierte das helle Sternenlicht. Sie leuchtete wie eine Sonne, wie eine Königin unter geringeren Lichtern.

Die Station, die erste ihrer Art, war für ein Volk, das so

lange in Traditionen und Formalitäten verharrt und im Vergleich mit anderen, die Galaxis erobernden Völkern sehr konservativ war, ein radikaler Schritt voran. In vergangenen Zeiten hatten die Romulaner sich damit beschäftigt, ihre Heimatwelten zur gemeinsamen Basis ihrer Unternehmungen zu machen. Aber die fortwährende Ausbreitung der Föderation in der Galaxis hatte sie gezwungen, ihre Denkweise zu ändern. Man konnte nicht mehr im alten Trott weitermachen. Man mußte sich bemühen, so raubgierig zu sein wie die zunehmende Meute der alles überschwemmenden Menschen, sonst gab es keine Hoffnung mehr, als Volk zu überleben.

Deswegen war man dem Vorbild der ahnungslosen Menschen gefolgt und hatte das erbaut, von dem man zuversichtlich annahm, daß es die erste einer Vielzahl von Raumstationen im gesamten romulanischen Territorium sein würde. Wie weit würde man sich wohl in den kommenden Zeitaltern hinauswagen? Vielleicht würden die Menschen und die Klingonen eines Tages Abrechnung, Zerstörung, Knechtschaft und Tod kennenlernen.

In Erwartung dieses großen Ereignisses standen sie nun kurz davor, erstmals die Kontrolle über die Station zu übernehmen. In den kommenden Wochen würden die leitenden Offiziere und Mannschaften die *Reltah* in Schuß bringen und auf die Ankunft derjenigen vorbereiten, die ihre Adern mit weiterem Leben erfüllten. Danach würden die Schiffe kommen, prächtige Einheiten, auf die man als Romulaner stolz war. Sie würden anlegen und dem Rest der Galaxis mit Fanfarenstößen von der strahlenden Macht des romulanischen Reiches künden! Und dann würden die anderen kommen, alle eifrigen Völker, die an dem teilhaben wollten, was die Romulaner aufgrund ihrer Vorherrschaft anzubieten hatten. Der Gedanke jagte Rinagh einen Schauer über den Rücken. Das Herz wurde ihm eng in der Brust, denn Stolz und Befriedigung wallten in ihm auf.

»Doktor?« Rinagh senkte den Blick. Der Transporteringenieur bedachte ihn mit dem Anflug eines Lächelns. »Sie sind dran, Herr.«

»Danke.« Rinagh hob sein Gepäck auf und gesellte sich zu den anderen seiner Gruppe auf die Plattform. Den Blick nach vorn gerichtet, wartete er auf das anschwellende Summen der Scheibe unter seinen Füßen. Er fühlte sich leicht desorientiert und verspürte eine Schwäche, dann stellte er jäh fest, daß er eine ihm unvertraute Wand anblickte. Da wußte er, daß man ihn erfolgreich auf die Raumstation transportiert hatte.

Er folgte den anderen von der Transporterplattform und gesellte sich zu der aufgeregten Menge, die sich durch die Tür in die Korridore drängte. Als seine Füße zum ersten Mal das Deck berührten, verspürte er am ganzen Körper ein aufgeregtes Kitzeln und setzte ein nervöses Lächeln auf. Ah, sie würden wunderbare Dinge hier vollbringen, und die Föderation sollte zur Hölle fahren!

1

Die Mannschaft der *St. Brendan* folgte Captain Loughran vorsichtig über die Reling auf das verlassene Schiff, das sie entdeckt hatte. Die Segel der *Stefania Emilia* waren zwar gesetzt, aber das schwere Tuch hing in der stillen Luft schlaff herab. An Deck lagen sauber aufgerollte Taue, und alles wirkte völlig normal, doch niemand stand am Ruder, und nirgendwo waren Matrosen zu sehen.

Captain Loughrans Männer setzten sich nervös in Bewegung. Sie hatten nicht erwartet, auf ein leeres Schiff zu stoßen, als die *Stefania Emilia* vor ihnen hergeschippert war, als stünde ein Trunkenbold am Ruder, und so klammerten sie sich verkrampft an die Knüppel, die sie in den Händen hielten. Der Captain war zwar ebenso aufgeregt wie sie, doch als alter Seebär hatte er nicht die Absicht, seinen Männern Furcht zu zeigen, denn irgendeine Erklärung mußte sich doch für dieses menschenleere Schiff finden lassen.

Vielleicht, so dachte er, haben Piraten das Schiff aufgebracht. Doch man sah nirgendwo Spuren eines Kampfes. Vielleicht haben sie die Mannschaft überwältigt und unter Deck eingeschlossen, in Ketten im Laderaum, oder man hatte sie über Bord gehen lassen. Vielleicht hatte die Mannschaft gemeutert und war komplett von Bord gegangen. Doch wenn sie an Deck stehenblieben, würden sie das Rätsel niemals lösen, und so schob Loughran mutig das Kinn vor und rief mit lauter Stimme: ›Ist da jemand?‹ Die träge Luft verschluckte seine Worte, als wäre er geknebelt, doch niemand gab ihm Antwort.«

Chefingenieur Montgomery Scott hielt inne und warf einen berechnenden Blick auf seine Zuhörer. Der Schotte wirkte in jeder Hinsicht so, als amüsiere er sich königlich. Dies galt gewiß auch für das Publikum, denn jeder vorhandene Stuhl auf dem Freizeitdeck war besetzt. Die Besatzung hatte zudem noch weitere Sitzplätze ausgemacht: Wer nicht auf der Theken oder den Spieltischen saß, hockte einfach auf dem Boden.

An einem Ecktisch, auf zwei Stuhlbeinen rückwärts an die Wand gelehnt, sonnte sich Dr. Leonard McCoy in der warmen, trägen Zufriedenheit, die auf der Tatsache beruhte, daß er Jim Kirk drei von vier Malen beim Riseaway geschlagen hatte. Das Antigravspiel war schwierig und anstrengend, und Kirk ein würdiger Gegner, aber McCoy hatte an diesem Abend die Oberhand gewonnen und seinen Ball so in Drehung versetzt, daß der Captain nicht mehr hatte mithalten können. Er hatte ihn geradezu *unheimlich* zur Schnecke gemacht. Es kam nicht oft vor, daß er Kirk zur Schnecke machen konnte, deswegen grinste er wie ein Faun, als sein Blick über die versammelte Mannschaft fiel.

Die meisten Anwesenden kannte er von den Fotos ihrer Krankenakten, speziell die, die erst vor kurzem an Bord gekommen waren, denn ihre Unterlagen hatte er gerade erst studiert. Einige kannte er auch vom Namen her, denn man begegnete sich öfter in den Gängen des riesigen Schiffes. Aber es gab einige wenige, bei denen er sich glücklich schätzte, sie seine Freunde nennen zu dürfen. Alle hingen wie gebannt an den Lippen des Chefingenieurs; ihre Blicke hefteten sich auf den Schotten, und es gab mehr als einen, der mit offenem Mund da saß und aufgeregt auf das Ende der Geschichte wartete. Der Gesichtsausdruck der meisten erinnerte McCoy an den kleiner Kinder, wenn es Zeit zum Schlafengehen war, und er mußte grinsen, als er daran dachte.

»Captain Loughran war so nervös, daß der Schweiß sein Hemd wie eine zweite Haut an seinem Rücken kleben ließ«, spann Scotty den Faden weiter. »Die Hitze war fürchterlich, und mit ihr kam der zunehmende Angstschweißgeruch seiner Männer. Er zog einen langen Säbel aus dem Gürtel und hielt ihn vor sich. ›Ihr da‹, sagte er und deutete auf einen Teil seiner Männer, ›stellt euch dahin und paßt auf. Die anderen kommen mit.‹ Er schritt über das Deck, und die bedrückten Matrosen folgten ihm auf dem Fuße. Ihre Schritte klangen hohl auf den von der Sonne gebleichten Deckplanken, und sie traten in einen verdunkelten Niedergang, der in eine stygische Finsternis hinabführte.

Loughran wartete einen Augenblick. Er lauschte, all seine Sinne waren wachsam. Auf eine Geste hin nahm einer seiner Männer Feuerstein und Zunder, zündete eine Öllampe an und gab sie weiter. Die Finger des Captains schlossen sich fest um den eisernen Griff. Er hob die Lampe und stieg langsam die steile Treppe in den Laderaum hinab.

Die Finsternis schien sich gegen das Vorwärtsdrängen des Lichts zu wehren, aber Loughran ging weiter, und die anderen folgten ihm. Die flackernde Lampe beschien Loughrans grobes Gesicht, so daß die tiefen Falten um seine Augen und die gräßliche Narbe auf seiner Wange noch deutlicher hervortraten.

Der Gang unter Deck war leer im Lichtschein, den die Lampe warf. Loughran wollte schlucken, doch er stellte fest, daß er es nicht konnte. Er verwünschte stumm seine Furcht, tat einen weiteren Schritt nach vorn und rief erneut: ›Ist da jemand? Ist jemand da unten?‹ Stille. Er ging weiter durch den langen, finsteren Gang und rief noch einmal. Doch er bekam noch immer keine Antwort. Im Laderaum war es geisterhaft still. Kein Knarren der Takelage erreichte sie in den Tiefen des Schiffsbauches. Sie konnten auch das Seufzen der Meereswogen nicht vernehmen, die den Rumpf des Schiffes streichelten, und selbst die allgegenwärtigen Ratten waren still und starrten sie im Vorbeigehen aus haßerfüllten rötlichen Augen an.

Ein grob geschnitztes Schild über einer breiten Tür identifizierte den dahinter befindlichen Raum als Kajüte von Captain Beppe. Sie alle kannten diesen Namen, denn Marco Beppe war seinem Rufe nach der gefürchtetste Pirat, der je Italiens Küsten geplündert hatte. Gerüchten zufolge hatte er, statt Beute zu machen, sein letztes Schiff eigenhändig versenkt, wobei die Hälfte seiner Mannschaft ersoffen war. Wieso sein neues Schiff vor der schottischen Küste trieb, wußte niemand.

Loughran klopfte mit dem schweren Säbelgriff an die Tür. ›Captain Beppe? Sind Sie da?‹ Ein plötzlicher Schrei zerriß die Stille hinter der geschlossenen Tür. Ohne einen Gedanken an seine eigene Sicherheit zu verschwenden, ließ Captain Loughran seine Schulter gegen die Tür krachen und sprengte sie auf. Er huschte hinein und blieb stehen. Das, was er erblickte, ließ ihn erstarren.«

Scotty, der geborene Geschichtenerzähler, legte eine Pause ein. McCoy unterdrückte ein Grinsen und widersetzte sich dem fast unerträglichen Verlangen, *Buh!* zu rufen, um ein Dutzend Besatzungsmitglieder in die Luft springen zu sehen.

»Eine einzelne Waltranlampe erhellte den Raum. Die Kammer paßte sehr gut zu einem Piraten-Captain. Sie war mit schweren Möbeln ausgestattet, und an den Wänden hingen dicke Gobelins. In Leder gebundene Bücher und Edelsteine, die eines Königs würdig gewesen wären, lagen am Boden verstreut. Ein verzierter Holztisch nahm die Mitte des Raumes ein. Auf der Tischplatte standen Teller mit dampfender Nahrung. Ein krausköpfiger Riese von einem Mann saß mit dem Rücken zur Tür.

Captain Loughran ging auf ihn zu. ›Captain Beppe?‹ Da er keine Antwort bekam, streckte er einen Arm aus und berührte den Mann vorsichtig an der Schulter. Sie war so hart und kalt wie Stein. Loughran umrundete den Tisch, um ihn anzusehen. Sein Herz schlug heftig.

Der Mann war Captain Beppe, beziehungsweise, er war es gewesen, denn nun war er tot. Seine Finger waren wie Krallen geformt und hatten tiefe gelbe Furchen in die Tischplatte gegraben. Seine weit geöffneten Augen waren völlig weiß und stierten in blankem Entsetzen das an, was er zuletzt gesehen hatte. Sein Mund war zu einem stummen Schrei verzogen, und seine Halsmuskeln waren unerträglich gedehnt. Man bedeckte ihn mit einem Bettlaken und suchte weiter, doch der Rest der Ermittlung förderte keine weitere an Bord des Schiffes befindliche Seele zu Tage, und man fand auch nicht das geringste Anzeichen für das, was Captain Beppe getötet hatte.«

Scottys strahlender Blick schätzte vorsichtig seine Zuhörer ab, und seine Stimme wurde vertraulich leise, als er fortfuhr. »Man bestattete Beppe auf See. Doch nachdem die *St. Brendan* die vom Unglück verfolgte *Stefania Emilia* ins Schlepptau genommen hatte und einen sicheren schottischen Hafen ansteuerte, hörte man auf der Heimfahrt oftmals ein irrsinniges Gelächter auf ihrem leeren Deck. Das Gelächter der Verdammten.«

Nach einem Augenblick der Stille durchfuhr ein bebender Seufzer die versammelte Menge. Mehrere Angehörige der Besatzung schüttelten sich und stießen ein nervöses Lachen aus. Uhura und Sulu lächelten anerkennend über die Geschichte ihres Freundes.

Jim Kirk, der McCoy gegenüber saß, warf dem Arzt ein müdes Lächeln zu und zwinkerte. »Es gefällt Ihnen wohl, Commander Scott, wenn die Mannschaft eine Gänsehaut kriegt, was?«

Der Chefingenieur grinste den Captain an, und seine Wangen zeigten Grübchen, bis er aussah wie ein schottischer Faun. In seinen Augen flackerte die Freude. »Es war doch nur 'ne harmlose Geistergeschichte, Sir«, erwiderte er unschuldig.

»*Harmlos?*« sagte Fähnrich Hallie laut am Nebentisch. Ihr Tonfall und ihr Blick zeigten jedoch reinen Spott.

»Ich weiß zwar nicht, was die anderen dazu meinen, aber ich kenne mindestens *einen* vom Sicherheitspersonal…« Sie deutete mit dem Daumen auf ihren Brustkorb. »…der von nun an nicht mehr im Dunkeln schläft!« Mehrere andere lachten mit zustimmender Begeisterung und applaudierten.

»Wunderbar, Scotty«, sagte McCoy schleppend. »Jetzt muß ich der halben Mannschaft Schlafmittel verordnen – und der anderen Hälfte eine psychologische Beratung, weil sie im Dunkeln Angst hat. Ich schätze, die Bösewichter kommen nie zur Ruhe.« Die Geschichte hatte ihm bestens gefallen. Sie erinnerte ihn sehr an gewisse Abende am Lagerfeuer auf dem Grundstück seines Onkels in den Adirondack-Bergen im Norden des Staates New York; an Nächte, die er, mit der Taschenlampe tief in dem Schlafsack vergraben, verbracht hatte, um sich der furchterregenden Laute von nachts jagenden Tiere zu erwehren.

Auch Kirk mußte über McCoys Bemerkung lachen. »Dabei habe ich bisher immer angenommen, Sie verbringen die Abende nur mit technischen Handbüchern als Lektüre, Scotty«, ulkte er. »Und jetzt muß ich erfahren, daß Sie die Zeit damit totschlagen, sich Methoden auszudenken, wie Sie der Mannschaft eine Gänsehaut verpassen können.«

Scottys Gesichtsausdruck war ein Abbild verletzten Stolzes. McCoy dachte nicht zum ersten Mal, daß dem Theater ein großartiger Schauspieler entgangen war, als Montgomery Scott sich dazu entschieden hatte, eine Laufbahn als Ingenieur anzustreben. »Ich möchte nicht, daß Sie glauben, ich vernachlässige meine Pflichten, Captain«, sagte Scotty unverzüglich. »Natürlich bin ich, was die Fachliteratur angeht, ständig auf dem neuesten Stand.« Humor funkelte aus seinen Augenwinkeln. »Ich jage der Mannschaft nur aus entspannungstechnischen Gründen Angst ein.«

Dieser Kommentar rief einen weiteren Lachsturm hervor.

»Zumindest weiß ich jetzt, daß Sie nicht auf der faulen Haut liegen«, konterte McCoy trocken. Er grinste, reckte sich, rutschte zur Seite und schlug die Beine übereinander. »Ist es eine wahre Geschichte, Scotty?«

»Die über die *Stefania Emilia?* Aye, Dr. McCoy. Und ob sie wahr ist! Aber es überrascht mich nicht, daß Sie noch nie etwas von dem Schiff gehört haben. Es war nicht sehr lange auf dem Wasser, und seine Geschichte ist eher eine schottische Legende als etwas, das man in den Geschichtsbüchern findet.« Scott lehnte sich zurück, schlug die Beine übereinander und bereitete sich auf eine neue Erzählung vor. »Sie war ein italienisches Schiff und wurde in Spanien gebaut, im sechzehnten Jahrhundert. Captain Beppe war der einzige, der sie in ihrem kurzen Leben kommandierte, aber zu seinen Lebzeiten hat er an der italienischen Küste mehr als nur einen Sturm im Wasserglas verursacht!« Scott beugte sich vor, er schien sich immer mehr für seine Geschichte zu erwärmen. »Ich habe mal in einem Museum in Edinburgh ein Bild von ihm gesehen. Er sah aus wie ein Bilderbuchpirat; ein großer Bursche mit krausem dunklen Haar und einem Bart. Aber er sah nicht im geringsten romantisch aus. Man sagt, er hätte die Seele eines herzlosen Ungeheuers gehabt. In dieser Hinsicht weichen die Berichte über ihn nicht voneinander ab.

Na ja, kurz nachdem die *St. Brendan* die *Stefania Emilia* in das schottische Firth of Tray geschleppt hatte, ging Beppes Schiff in Flammen auf und brannte bis zur Wasserlinie ab. Wie Sie sich vorstellen können, waren natürlich jede Menge Gerüchte über die Ursache des Brandes im Umlauf. Laut manchen Berichten hielten die Städter das Schiff für verflucht und wollten es loswerden; deswegen sollen sie das Feuer gelegt haben. Andere behaupten, ein unbekannter Eigner hätte sie angezündet, um die Versicherungssumme zu kassieren. Wieder andere behaupteten, man habe kurz vor dem Ausbruch des Feuers eine riesige, finstere Gestalt an Deck umhereilen sehen.« Scott zuckte philosophisch die Achseln. »Was immer die Ursache war, die *Stefania Emilia* war in ihrem kurzen Leben ganz sicher ein Unglücksschiff.«

»Erinnert mich an die *Marie Celeste«*, warf Kirk ein.

Fähnrich Markson wandte sich neben Hallie auf seinem Stuhl um. Sein Gesichtsausdruck spiegelte Interesse wider. »An *wen*, Sir?«

McCoy hörte, daß seinem Freund ein leiser Seufzer entwich, und er lächelte verständnisvoll. Möglicherweise träumten Starfleet-Kadetten heutzutage nur von Raumschiffen und Planeten, an denen man vorbeiflog. Kirk war zwar stolz auf die *Enterprise*, und noch stolzer darauf, daß sie unter seinem Kommando stand, aber McCoy wußte auch, daß er sich in seinem Innersten stets nach salziger Luft, dem Klatschen der Gischt, hoch aufragenden Masten, geblähten Segeln und dem Knirschen der Takelage sehnte. McCoy wußte schon gar nicht mehr, wie oft Kirk ihm in ihrer langen Freundschaft schon gebeichtet hatte, daß er sich nach dem bittersüßen Geruch des offenen Meers, dem Rollen der Brecher unter den Füßen und einem Schiff sehnte, das von einem Wogenkamm zum nächsten sprang.

Kirk wandte sich zu Markson um. »Die *Mary Celeste*, Fähnrich. Ein Seeschiff auf der Erde. Sie lief 1868 vom Stapel und stand unter dem Kommando von Captain Benjamin Spooner Briggs. Sie stach am 7. November 1872 von Staten Island aus in See. An Bord befanden sich Captain Briggs, seine Gattin, die zwei Jahre alte Tochter der beiden sowie mehrere Matrosen. Etwa einen Monat später, am 4. Dezember, wurde das Schiff von der *Dei Gratia* gesichtet. Captain David Reed Morehouse meldete, er habe die *Mary Celeste* bei voller Fahrt auf einem unsteten Kurs gesichtet. Da er auf seine Anrufe keine Antwort erhielt, setzte er mit seinen Männern über, um die Sache zu untersuchen – ebenso wie Captain Loughran auf die *Stefania Emilia*. Er fand keinen einzigen Menschen an Bord.«

»Was ist aus ihnen geworden, Captain?« fragte Hallie. Sie beugte sich neben Markson vor, ihre Augen waren vor Neugier geweitet.

Kirk zog auf eine Weise, die die Beachtung mehrerer anwesender Frauen fand, seine breiten Schultern hoch. McCoy schnaubte und rollte mit den Augen. »Niemand weiß es genau, Fähnrich, aber damals gab es natürlich auch massenhaft Spekulationen«, erwiderte der Captain.

»Moment mal«, warf McCoy ein. Er beugte sich vor, und sein Stuhl kippte wieder auf den Boden zurück. »War die *Mary Celeste* nicht das Schiff, auf dem die Pfeife des Captains noch brannte, das warme Essen auf dem Tisch stand und die Katze schlief? Scottys Geschichte ist dieser aber verflucht ähnlich.«

»Außerdem ist es eine gute Geschichte«, stimmte Kirk ihm lächelnd zu. »Und genau das ist sie auch – eine Geschichte. Aus dieser Epoche stammt nämlich die schlimmste Art von Sensationsjournalismus. Laut Abschlußbericht der Ermittler nach der Rückkehr der *Mary Celeste* in den Hafen gab der Alkohol, den das Schiff geladen hatte, so starke Dämpfe ab, daß er eine Explosion verursacht haben konnte. Indizien bewiesen, daß mindestens eine Laderaumtür aus ihrem Rahmen gesprengt wurde. Die Scharniere waren abgerissen, und das Schiffsinnere hatte an einigen Stellen mehrere Fuß Wasser gezogen. Man ging allgemein davon aus, daß Captain Briggs, seine Familie und die Mannschaft Angst vor einer noch größeren Explosion hatten, die das Schiff hätte versenken können. Deswegen haben sie wohl ein Rettungsboot genommen und die *Mary Celeste* ihrem Schicksal überlassen. Man darf vergessen, daß sie New England im November verlassen hatte. Dies ist leider nicht die beste Zeit, um in einem Rettungsboot auf hoher See zu überleben. Man hat nie einen Hinweis auf das verschwundene Boot gefunden, deswegen geht man allgemein davon aus, daß es gekentert ist und alle Insassen im Meer ertranken.«

»Wie traurig«, sagte Uhura. Mehrere andere pflichteten ihr bei.

Kirk warf einen Blick auf seine Funkoffizierin und nickte zustimmend. »Es ist *wirklich* traurig, Commander, aber dies war eben das Risiko, das jeder einging, der sich damals aufs Meer hinauswagte. Es war damals nicht so sicher wie heute, und wer dieses Risiko einging, wußte, daß er unter Umständen nie wieder nach Hause kam. Wie ihre Ziele auch ausgesehen haben mögen, die damaligen Seeleute gingen wohl davon aus, sie seien das Risiko wert. Es war in vielerlei Hinsicht das gleiche Risiko, das man immer eingeht, wenn man im Leben eine aktive Rolle übernimmt, statt sich das Leben einfach aufzwingen zu lassen.« Kirks Mundwinkel zuckten beim Anflug eines Lächelns. »Oder wenn man Starfleet-Offizier wird.«

»Also *so* ist das!« spöttelte Hallie. »Ich wußte doch, ich hätte das Kleingedruckte aufmerksamer lesen sollen!«

»Ich auch, Fähnrich«, rief McCoy zustimmend. Er grinste Kirk an. »Sehen Sie, Commander Scott? Es gibt eine hundertprozentig logische Erklärung für das, was auf der *Mary Celeste* passiert ist. Und ich wette, die gibt's auch für die *Stefania Emilia.*«

»Dr. McCoy!« Die Stimme des Chefingenieurs troff vor verletztem Stolz. Seine dunklen, von silbernen Fäden durchzogenen Augenbrauen zogen sich zu einem Runzeln stärkster Enttäuschung zusammen. »Es gibt mehr Dinge zwischen Himmel und Erde, als sich unsere Schulweisheit erträumen läßt. Natürlich darf jeder Mutmaßungen anstellen, was an Bord der *Stefania Emilia* passiert ist und was zu Captain Beppes grausigem Tod führte, aber in Schottland weiß jedes Kind, daß auf verlassenen Schiffen Gespenster hausen. Es ist sozusagen ein kosmisches Gesetz. Es ist mir *unvorstellbar,* daß sie glauben, ich würde die Zeit der Mannschaft mit irgendwelchen *Lügengeschichten* vergeuden!«

McCoy zuckte mit spöttischer Ernsthaftigkeit zusammen und hob die leere Hand, als wolle er Scott zuprosten. »Entschuldigung, Commander Scott, falls ich unabsichtlich Ihre Fähigkeiten als Geschichtenerzähler, Ihre königliche Herkunft und Ihre tolle *wahre* Geschichte verunglimpft haben sollte.« Er tat so, als leere er ein Glas.

Scott erwiderte den Salut und bedachte den Arzt mit einem schelmischen Zwinkern.

»Was ist mit der Drohne, die wir bergen sollen, Sir?« wollte Fähnrich Markson von Captain Kirk wissen. »Lieutenant Chekov erzählt, sie sei schon seit langer Zeit überflüssig und habe seit Jahrzehnten keine Daten mehr zur Erde gefunkt. Glauben Sie, auch sie könnte von einem Gespenst bewohnt werden?«

McCoy beäugte den neuen Fähnrich eingehend. Markson stammte nicht von der Erde. Laut seiner medizinischen Akte waren seine Eltern nach Vindali 5 ausgewandert, wo er zur Welt gekommen war. Die dort lebende Urbevölkerung glaubte fest an das Übernatürliche. Immerhin konnten vier Jahre der speziellen Ausbildung an der Akademie Vulkaniern sozusagen den Glauben ans *Pon Farr* austreiben, und Markson sah nicht so aus, als sei er im Begriff, in Trance oder dergleichen zu verfallen. Seine Trefferzahl bei Psychotests war außergewöhnlich hoch gewesen.

»Richtig, Dan«, stichelte Hallie. Sie puffte ihren Freund in die Rippen, dann wedelte sie mit den Fingern vor seinem Gesicht herum, riß weit die Augen auf und verzog das Gesicht. »Auf der Drohne wimmelt es nur so von kleinen Kriechern und Krabblern, die rauskommen und die Kontrolle über das Schiff übernehmen, sobald wir sie an Bord genommen haben!«

Markson grinste und schob ihre Spinnenfinger beiseite, und McCoy sagte inmitten des Gelächters, das ihre Gespensternummer begleitete: »Wenn das, was Commander Scott sagt, stimmt, Fähnrich Markson, müßten auf dem Tau Ceti-Schiffsfriedhof mehr Gespenster umherwimmeln, als man zählen kann. Aber solche Meldungen sind mir noch nicht zu Ohren gekommen.«

»Vielleicht kannst du dich nach Tau Ceti versetzen lassen und Ausschau nach ihnen halten, Dan«, rief jemand von hinten.

Markson schaute in Kirks Richtung und überlegte sich, ob er ganz einfach: »Nein, danke, die Ehre überlasse ich dir«, erwidern sollte.

Der weitere Verlauf der Unterhaltung wurde durch eine Meldung aus dem Komlautsprecher unterbrochen. »Brücke an Captain Kirk.«

Kirk beugte sich über den Tisch und drückte mit dem Daumen auf den Knopf des Interkom. »Hier ist Kirk.«

»Captain, Sie wollten benachrichtigt werden, wenn wir die Drohne erreichen. Wir sind jetzt in Reichweite.«

»Verstanden. Ich bin gleich da. Mr. Spock soll ebenfalls auf die Brücke kommen. Kirk, Ende.« Er schob den Stuhl zurück, stand auf und glättete seine Uniform. »Meine Damen und Herren…« Er lächelte und streckte entschuldigend die Arme aus. »Es hat Spaß gemacht, aber jetzt ruft die Pflicht. – Kommst du mit, Pille?«

»Aber sicher, Captain.« McCoy wäre nie auf die Idee gekommen abzulehnen. Seine Ex-Frau hatte einst angemerkt, es gefiele ihm, seine Nase in anderer Leute Angelegenheiten zu stecken. Er hatte geantwortet, er wolle bloß über alles informiert sein.

Kirk blieb – McCoy stand dicht hinter ihm – in der Tür stehen und warf einen Blick auf die Versammlung. »Commander Scott… Versuchen Sie doch, eine beruhigendere Bettgeschichte für die Mannschaft zu finden, ja?«

Scott blickte ein wenig verlegen drein, dann nickte er nüchtern. »Aye, Sir. Sie haben mein Wort.«

»Und ich *nehme* Sie beim Wort, Mr. Scott«, erwiderte Kirk. »Auf geht's, Pille.«

McCoy folgte ihm aus dem Raum hinaus, und als die Tür sich hinter ihm schloß, hörte er Scotty sagen: »Nun denn, Kinder… Es war einmal ein…« Kirk und McCoy grinsten sich an, dann schritten sie durch den Gang zum nächsten Turbolift. Als sie eingestiegen waren, sagte

Kirk »Brücke«, und McCoy verspürte eine leichte Vibration, als der Lift sich in Bewegung setzte.

Er musterte den Captain aus den Augenwinkeln, hob eine Braue und widerstand dem Verlangen, sich an die Stirn zu greifen. Es war ihm nie bewußt gewesen, daß er eine Braue hochzog. Uhura hatte ihn irgendeines Tages lachend darauf aufmerksam gemacht. Das fehlte ihm gerade noch – daß er eine Eigenart Spocks imitierte! »Du siehst müde aus.«

Kirk schaute ihn von der Seite an. »Kein Wunder, wenn ich die halbe Nacht aufbleibe, um mit dir altem Pferdedieb Riseaway zu spielen! Was hast du nur gemacht? Etwa heimlich geübt?«

McCoy polierte seine Fingernägel am Hemd seiner Uniform. »Es gibt Menschen, die sind zu bestimmten Dingen einfach geboren.«

Kirk schnaubte. »Ja, das streite ich nicht ab. Aber ich glaube nicht, daß du gerade für *dieses* Spiel geboren bist. Du hast keinen guten Einfluß auf mich, Pille. Ich hätte mich eigentlich aufs Ohr legen sollen, statt bei Nullgravitation herumzuschweben und mich von einem schrägen Vogel veräppeln zu lassen. Weißt du eigentlich genau, daß unter deinen Ahnen nicht irgendwelche Kartenhaie waren?«

»Ich kann nichts versprechen, Captain«, erwiderte McCoy spöttisch. »Aber mach mich doch nicht dafür verantwortlich, wenn du beim Zocken mal keine Schnitte kriegst.«

»Wie? Was?« Kirk runzelte die Stirn.

»Ich hab dich schließlich nicht zum Spielen gezwungen. Du hättest ebenso gut nein sagen können.«

»Um anschließend Scottys Geschichte zu versäumen?« sagte Kirk erstaunt. »Nie und nimmer!«

»Wahrscheinlich nicht.« McCoy schüttelte lachend den Kopf. »Scotty ist wahrscheinlich für das psychische Wohlbefinden der Mannschaft wichtiger als alles, was ich tun kann.«

»Wie kommst du denn darauf?« fragte Kirk neugierig.

McCoy verschränkte die Arme vor der Brust und lehnte sich an die Kabinenwand. »Seit die Menschheit aus dem Urschleim gekrochen ist und sich ums erste Lagerfeuer versammelt hat, erzählt man sich Geistergeschichten. Wenn man sich gegenseitig eine Gänsehaut verschafft, dient das nicht zuletzt dazu, uns als Gemeinschaft gegen das Unbekannte zusammenzuschweißen. Es hat uns nicht wehgetan, es hat uns vielmehr auf mancherlei Weise geholfen. Das Erzählen dieser Geschichten ist ein Teil der Kultur, die uns zu dem gemacht hat, was wir sind. Diejenigen, die so mutig waren, diese Geschichten an ihren Mitmenschen auszuprobieren, waren auch diejenigen, die uns aufs Meer und in den Weltraum gebracht haben.« McCoy schaute Kirk an. »Ich wette, auch dein Opa hat dir Geistergeschichten erzählt.«

»Jetzt, wo du's erwähnst …« Kirk lächelte. »Er hat es wirklich getan.«

»Dachte ich mir«, erwiderte McCoy.

Die Turbolifttür öffnete sich, und sie traten auf die Brücke hinaus. Spock war bereits anwesend, er saß an seiner Station. Als sie eintraten, blickte er auf und nickte kurz. »Captain … Doktor …«

»Hallo, Spock.« Kirk nickte dem Rest der Nachtschicht auf der Brücke geistesabwesend zu. Noch ehe er im Kommandosessel Platz genommen hatte, suchte sein Blick schon den Bildschirm. McCoy baute sich, wie üblich, hinter ihm auf. Kirk deutete auf eine winzige Unregelmäßigkeit, einen unvertrauten Gegenstand vor den Lichtern der ihm bestens bekannten Konstellationen. »Ist das die Drohne?«

»Jawohl, Sir«, erwiderte der Fähnrich am Ruder.

»Vergrößern.«

Das Bild auf dem Schirm sprang ihnen sofort entgegen und entpuppte sich unmißverständlich als das unbeholfene, uralte wissenschaftliche Ausrüstungsstück. Es sah aus wie eine mechanische Aubergine. Eine Antenne ragte schräg aus einer Seite, von einer zweiten war nur noch ein Stummel übrig. Dort hatte vor Unzeiten irgendein Unfall die Antenne abgerissen. Die Drohne wirkte tot und leblos und war technisch völlig überholt.

»Tja, das ist sie«, sagte Kirk. »Kaum zu glauben, daß ein so archaisches Ding uns geholfen hat, dahin zu kommen, wo wir heute sind.«

»Sehen Sie irgendwelche Gespenster, Mr. Spock?« fragte McCoy aufgekratzt und warf dem Ersten Offizier einen Blick über die Schulter zu.

Spock runzelte die Stirn. »Doktor ...?« erkundigte er sich.

Kirk winkte ab, ohne sich umzudrehen. »Übersehen Sie ihn einfach, Spock. Er ist nur wieder mal auf Ärger aus.«

»Ach so.« Spock neigte freundlich den Kopf. »Die Unerschütterlichkeit gewisser archaischer Konstellationen ist wirklich bemerkenswert.«

McCoy fühlte sich verwirrt. »Redet er jetzt über die Drohne, oder bin ich gerade beleidigt worden?« fragte er.

Kirk unterdrückte ein Lächeln. »Eins zu null. Fähnrich Devin: Fangen Sie die Drohne ein. Traktorstrahl aktivieren. Ich möchte das Ding sicher im Laderaum zwölf verstaut haben.«

»Aye, Sir.«

Kirk wirkte zuversichtlich, als der Traktorstrahl die Drohne langsam näher heranzog.

»Was für ein häßlicher Vogel, nicht wahr?« sagte McCoy. »Hat überhaupt keine Ähnlichkeit mit unserer *Enterprise.*«

»Nein, Pille, nicht viel. Aber in mancherlei Hinsicht ist dieser von der Zeit längst überholte Mechanismus ein Urahn unseres Schiffes.«

»Tja, dann stimmt es wohl, was man so sagt. – Daß man sich seine Verwandten nicht aussuchen kann.«

Die Aussicht änderte sich, als andere Rumpfkameras

ins Spiel kamen und der Drohne folgten, die nun das Schiff umrundete. Kurz darauf wandte Fähnrich Devin sich um. Er war sichtlich stolz auf seine Arbeit. »Drohne sicher an Bord geholt, Captain. Der Druck wird jetzt stabilisiert. Die Mannschaft sichert sie in Laderaum zwölf.«

»Gut gemacht, Fähnrich. Geben Sie Kurs ein auf ...«

»Captain«, wurde er von Spock unterbrochen. »Ich empfange eine Messung ... Ein großes Objekt tritt gerade in die Sensorenreichweite ein. Koordinaten 0703.54.«

»Identifikation?«

»Unbekannt.«

Kirks Schultern spannten sich unter dem Burgunderrot der Uniformjacke. »Wir sind verdammt nahe an der romulanischen Grenze zur Neutralen Zone«, murmelte er. »Gehen Sie auf Alarmstufe Gelb, dann schauen wir's uns mal an.«

Die Sirene fing nervend an zu blöken. Der durchdringende Ton ließ McCoy die Zähne zusammenbeißen. Er trat näher an Kirks Kommandosessel heran und legte eine Hand auf die Rückenlehne.

Kirk musterte seinen Freund flüchtig, dann kniff er nachdenklich die Augen zusammen. Das Ding kam nun auf den Bildschirm. Aus dieser Entfernung konnte man nicht viel erkennen.

»Vergrößern.«

Die Brückenmannschaft musterte schweigend das unerwartete Bild, das nun auf dem Schirm erschien. Selbst Spock schien für einen Moment die Sprache verloren zu haben und bemühte sich, das, was er zu sehen bekam, zu begreifen.

McCoy hatte dieses Problem nicht. Er beugte sich über Kirk, sein Arm berührte leicht die Schulter des Captains, und er deutete mit einem Finger auf den Bildschirm.

»Was *ist* das, verdammt?«

2

Da McCoy im Grunde keine Antwort auf seine Frage erwartete, war er auch nicht enttäuscht, als er nicht sofort eine zu hören bekam. Er starrte, wie alle anderen, den Bildschirm an und bemühte sich herauszukriegen, welches Rätsel sich da auf die *Enterprise* zubewegte.

Die gewaltige Konstruktion ließ das Raumschiff wie einen Zwerg erscheinen. Trotz aller ungewöhnlichen Linien und Winkel strahlte die fremdartige Schöpfung eine merkwürdige Anziehungskraft aus, etwa so wie manche Säuglinge, die so häßlich sind, daß man sie nur als putzig bezeichnen kann. Obwohl die Konstruktion so aussah, als sei sie von jemandem zusammengebaut worden, der nicht den geringsten Sinn für Ästhetik hatte, strahlte sie das furchteinflößende Gefühl reiner Funktionalität aus.

Die Lichter warfen ein stumpfes, kränkliches Rot gegen das Graugrün der Außenhülle. Das Schiff glich absolut einer wuchernden Eisenpflanze und erinnerte McCoy an irgendein Unkraut, das er im Garten seiner Großmutter und in den Sümpfen des amerikanischen Südens gesehen hatte. Äste und Ableger sprossen ohne ersichtlichen Sinn und ohne daß man einsah, warum sie gerade dort und nicht anderswo angebracht waren, in periodischen Abständen aus einem Hauptstamm, ohne daß es zwischen ihnen erkennbare Verbindungen gab. Das alte Wort ›Kuddelmudel‹ ging ihm kurz durch den Kopf, und er lächelte grimmig. Das verdammte Ding sah so aus, als würde es, vorausgesetzt man pflegte und goß es regelmäßig, weitersprießen, um die gesamte Galaxis zu übernehmen – so wie das Unkraut einst den Garten seiner Großmutter übernommen und alle anderen Gewächse erstickt hatte. Der Vergleich bescherte ihm Unbehagen.

McCoy warf einen Blick auf Kirk hinunter. Der Captain saß vornübergebeugt in seinem Sessel, und sein Blick verengte sich bei irgendwelchen Berechnungen. McCoy bildete sich ein, das Durchbrennen grauer Zellen zu riechen.

»Ich weiß nicht, was es ist«, erwiderte Kirk schließlich auf McCoys Frage. Seine Stimme klang vorsichtig, als sei er noch nicht bereit, ohne weitere Informationen eine Definition abzugeben. »Ich erinnere mich nicht, jemals von …« Er schüttelte verwundert den Kopf. »Schaltet die verdammten Sirenen ab«, ordnete er an, »aber bleibt auf Alarmstufe Gelb.« Seine Stimme war in der nun folgenden plötzlichen Stille deutlich zu hören. »Irgendwelche Vorstellungen, Spock?« fragte er.

Der Vulkanier beugte sich geschäftig über seine Instrumente, dann richtete er sich auf und warf einen scharfen, prüfenden Blick auf den Frontbildschirm und die unerwartet aufgetauchte Konstruktion. »Es ist höchst interessant, Captain«, erwiderte er in einem Tonfall, der für McCoy die Untertreibung des Jahrhunderts darstellte. »Alles deutet darauf hin, daß es sich um eine Raumstation handelt.« Welche Emotionen hinter seiner einfachen Aussage lauerten, verriet er nur mit einem leichten Anheben der linken Augenbraue.

Spocks Information wurde mit einem leisen Murmeln des Brückenpersonals quittiert. McCoy widerstand der Versuchung, sich die Gänsehaut von dem Armen zu kratzen.

»Eine Raumstation.« Kirk wiederholte die Worte des Vulkaniers wie ein Papagei und spitzte grübelnd die Lippen. Er beugte sich vor, stemmte einen Ellbogen aufs Knie und stützte sein Kinn mit der Faust ab. Sein stolzes

Profil ließ ihn wie den urplötzlich zum Leben erwachten ›Denker‹ von Auguste Rodin erscheinen. »Und auch noch so nahe an der Neutralen Zone ...« Er dachte nach, dann setzte er sich aufrecht hin. »Spock, ich kann mich nicht daran erinnern, daß in diesem Teil der Galaxis irgendwelche Raumstationen im Bau sein sollen.«

»Sie haben völlig recht, Captain«, sagte der Vulkanier zustimmend und verschränkte die Arme hinter dem Rücken. »Laut Computerüberprüfung sämtlicher Starfleet-Kommuniqués der letzten fünf Jahre gibt es keinen Hinweis auf diese oder irgendeine andere Konstruktion in diesem Sektor des Föderationsterritoriums. Auf jeden Fall ...«

»Nun, Sir, *irgend jemand* hat aber da draußen eine Raumstation gebaut! Und ich glaube nicht, daß es sich dabei um ein Geburtstagsgeschenk für den Föderationspräsidenten handelt.« McCoy, die Arme fest vor der Brust verschränkt, schaute auf den Bildschirm.

»Darf ich fortfahren, Doktor?« erkundigte Spock sich freundlich.

McCoy gab ihm einen Wink. »Aber gewiß doch, mein Bester.«

»Vielen Dank. Wie ich gerade sagen wollte, Captain ... Die Konstruktion weist auch keinerlei Parameter der Föderation auf; sie gleicht in ihrem Aufbau verblüffend den alten Prototypen der Klingonen. Angesichts unserer Nähe zur Neutralen Zone kann ich nur davon ausgehen, daß sie den Romulanern gehört.«

Das leise Unbehagen der Brückenmannschaft über diese Bemerkung Spocks war wie ein Kondensat auf der Haut, kalt und glatt. »Wenn es eine romulanische Raumstation ist«, warf Fähnrich Nyssa an, die an der Kommunikationskonsole saß, »was macht sie dann in unserem Gebiet?« Leiser Argwohn schwang in ihrer Stimme mit. McCoy empfand durchaus Sympathie dafür. Ihre blauen Augen waren voller nachdenklicher Spekulation, und sie ballte auf dem Schoß eine Hand zur Faust.

»Das ist eine gute Frage«, erwiderte Kirk. »Hat das Ding irgendwelche Identifikationsmarkierungen? Ich würde gern wissen, womit wir es zu tun haben.«

»Captain, wenn Fähnrich Devin das Zentrum der Station vergrößert, können wir meiner Ansicht zufolge eine positive Identifikation vornehmen.«

Auf Kirks Nicken hin tat der Steuermann, worum Spock gebeten hatte. Eine Nahaufnahme des Mittelteils der Raumstation kam ins Blickfeld und wurde plötzlich scharf. Die Außenhülle war zwar zerkratzt und verbeult – Indizien für Kollisionen mit Weltraumtrümmern –, doch ansonsten war sie in ausgezeichneter Verfassung. Eine schräge, klotzige Schriftzeile zierte eine Reihe von Platten genau über der Mitte des Bildschirms und ein Stück unterhalb einer breiten Sektion abgedeckter Sichtscheiben.

»Na schön, es ist also romulanische Schrift«, sagte Kirk.

»Korrekt«, bestätigte Spock. »Die Station heißt *Reltah.*«

Der Name klang wie der Wind in trockenen Blättern. Die Raumstation war so unerwartet aufgetaucht wie ein Kaninchen aus dem Zylinderhut eines Zauberers, und man rechnete fast damit, daß sie ebenso abrupt und mit ebenso wenig Aufsehen oder einer Erklärung wieder verschwand.

McCoy ließ die Arme sinken, dann lehnte er sich an die Rückseite von Kirks Sessel. Er deutete mit dem Kinn auf das geheimnisvolle Ding. »Ich dachte, die Romulaner bauen keine Raumstationen«, sagte er.

»Bis heute haben sie es auch nicht getan, Pille«, erwiderte Kirk. Seine aufmerksamen braunen Augen musterten kritisch den sichtbaren Rumpf. »Aber ich nehme an, es war nur eine Frage der Zeit. Es ist ja nicht so, als wäre die Raumfahrt etwas Neues für sie.« Er nagte nachdenklich an seiner Oberlippe. Ein leiser Seufzer, den nur McCoy hörte, war alles, was seine Verwunderung und Besorgnis ausdrückte. »Sie sieht aber nicht sehr belebt aus, oder? Nichts deutet darauf hin, daß man unsere Anwesenheit zur Kenntnis genommen hat.«

»Ich untersuche weiter.« Spock beugte sich wieder über seine Instrumente, dann schaute er auf. »Lebenszeichen negativ, Captain.«

»Bestimmt?« fragte McCoy.

Der Erste Offizier runzelte auf diese Bemerkung hin die Stirn. McCoy nahm an, daß der Vulkanier nicht mehr zeigen wollte, um zu verdeutlichen, daß er sich beleidigt fühlte, aber seine Geste war für ihn ein beruhigendes Zeichen, daß er trotz seiner Andersartigkeit normale Empfindungen hatte. »Es ist eindeutig, Doktor. Die Taster melden nur minimale Energietätigkeit. Die Station treibt leicht unterhalb der Impulsgeschwindigkeit.«

»Glaubst du, es ist nur Schrott, der sich losgerissen hat, Jim?«

»Nein, eigentlich nicht, Pille.« McCoy hörte fast, wie Kirks Geist arbeitete und einen Beschluß faßte. »Die Romulaner würden so etwas nicht einfach davontreiben lassen.« Er schüttelte den Kopf. »Dahinter steckt etwas anderes.« Er machte eine Handbewegung. »Fähnrich Nyssa, melden Sie uns an. Ob jemand an Bord ist oder nicht, wir bleiben beim üblichen Verfahren.« Er warf McCoy einen kurzen Blick zu. »Wir wollen doch nicht, daß jemand behauptet, wir hielten uns nicht an die Regeln, oder?«

»Gut gesagt.«

»Aye, Sir.« Schlanke Finger flogen über die Komkonsole, dann sagte Nyssa: »Raumstation *Reltah,* hier ist das Föderationsschiff *Enterprise.* Bitte, antworten Sie.« Sie wartete einen Augenblick, lauschte angestrengt und neigte leicht den Kopf. Ihre Stirn war vor Anstrengung gerunzelt. »Romulanische Raumstation *Reltah,* hier ist das Föderationsschiff *Enterprise.* Sie haben romulanisches Gebiet verlassen und sind in Föderationsterritorium eingedrungen. Bitte, antworten Sie.« Nyssa legte erneut eine Pause ein, dann fuhr sie fort. »Raumstation

Reltah, brauchen Sie Hilfe? Bitte, antworten Sie.« Sie warf einen Blick über ihre Schulter und schüttelte den Kopf in Kirks Richtung. »Keine Reaktion, Sir. Ich bin nicht mal sicher, ob wir überhaupt empfangen werden.«

»Ist schon in Ordnung, Fähnrich; Hauptsache, alles wird aufgezeichnet.« Kirk tippte sich mit dem Zeigefinger an die Nase. Als er seinen nächsten Schritt überlegte, zerknitterten feine Linien seine Haut an den Augenwinkeln.

Seine Stimme war so leise, daß McCoy nicht genau wußte, ob er sie überhaupt gehört hatte. »Hast du was gesagt, Jim?«

»Ich habe gesagt: ›Was haben die Romulaner vor?‹« Kirk schüttelte den Kopf. »Sie waren in letzter Zeit ziemlich still, Pille. Und nun das.« Er deutete mit der Hand auf den Bildschirm. »Sie werden zu anmaßend, wenn sie glauben, sie könnten einfach so ins Gebiet der Föderation vordringen. Dies ist eine direkte Verletzung des Vertrages, auf den sie sich so gern berufen, wenn sie glauben, daß *wir* eine Zehe über die Grenze schieben.«

»Haben Sie die Möglichkeit in Betracht gezogen, Captain«, meldete sich Spock, »daß es ein Trick sein könnte?«

»Um unsere Aufmerksamkeit von irgendwelchen anderen Aktivitäten abzulenken? Der Gedanke ist mir *tatsächlich* gekommen, Mr. Spock.« Kirk rutschte auf dem Sessel umher. »Fähnrich – Meldung ans Starfleet-Hauptquartier, zu Händen Admiral Cartwright. Informieren Sie ihn, daß wir auf Föderationsgebiet einer offenbar unbemannten romulanischen Raumstation begegnet sind, daß wir vorsichtig weitermachen und ihn über eventuelle Funde informieren. Regen Sie an, daß die Beobachtungsposten an der Grenze zur Neutralen Zone informiert werden. Sie sollen die Augen nach unerwarteten Aktivitäten offenhalten. Schließlich ist Vorsicht besser als Nachsicht.«

»Aye, Sir.« Nyssa wandte sich um.

»Ich schätze, wir können die Romulaner wohl nicht einfach anrufen, um Ihnen zu sagen, sie sollen ihren Schrott hier wegholen?« fragte McCoy trocken.

»Schlagen Sie damit vor, die Raumstation an die Romulaner zurückzugeben, ohne sie vorher zu untersuchen, Dr. McCoy?« fragte Spock.

Kirk gestattete sich den Anflug eines Grinsens. »In dieser Hinsicht bin ich auf Spocks Seite, Pille. Wie sagen die Muschelsucher doch so schön? Wer's zuerst gesehen hat, dem gehört's auch. Ich möchte mir das Ding auch etwas näher ansehen.«

»Welche *Überraschung.«* McCoys Augen funkelten. »War das eben etwa ein Anfall von *Neugier,* Spock? Es klang mir verdammt nach einem *Gefühl.«*

»Kaum, Doktor«, erwiderte der Vulkanier gelassen. Seine Augenbrauen zuckten. »Ich habe nur den Eindruck, es muß in unserem Interesse liegen, so viele Informationen wie möglich über die Raumstation zu sammeln.«

»Natürlich«, stimmte McCoy ihm rasch zu. »Und Ihr persönliches Verlangen hat damit rein gar nichts zu tun.«

»Ich versichere Ihnen, Dr. McCoy – wie auch schon früher –, daß ich keinerlei ...«

»Richtig, klar, sicher.« McCoy schenkte dem Ersten Offizier einen langen abschätzenden Blick, nur um ihn wissen zu lassen, daß er ihn diesmal erwischt hatte. Dann wandte er sich mit einem listigen Grinsen ab. Seine Hände kneteten sanft die Lehne von Kirks Sessel. »Das verdammte Ding zu überprüfen, klingt nicht übel, und ich will ja auch kein Neunmalkluger sein, aber ...«

»Ich bin für jeden Vorschlag zu haben, Pille.«

»Tja, was ist, wenn die Station *nicht* den Romulanern gehört?«

Kirk warf interessiert den Kopf zurück. »Wie bitte?«

McCoy zuckte die Achseln. »Falls es *doch* ein Trick ist, könnte auch mehr dahinterstecken als etwas, das die Romulaner inszeniert haben. Vielleicht steckt jemand dahinter, der die Romulaner in Schwierigkeiten bringen will oder mit ihnen an einem Strang zieht.«

»Meinst du etwa die Klingonen?«

»Klar, jemand wie die Klingonen. Oder irgendwelche der noch unappetitlicheren Typen, denen wir begegnet sind. Aber wenn du wetten willst... Ich würde mein Geld lieber auf die Klingonen setzen. Die haben sich doch auch schon früher mit den Romulanern gerauft.« McCoy beugte sich vor. »Denk drüber nach, Jim. Während die Föderation damit beschäftigt ist, den Fall zu klären und sich dabei möglicherweise die Romulaner zum Feind macht... Was soll die Klingonen davon abhalten, mit ihren getarnten Schiffen unbekümmert durch die Neutrale Zone zu fliegen und auf ihre Art die Sau rauszulassen? Ich sage ja nicht, daß es so ist, aber ich glaube, wir sollten in Betracht ziehen, daß mehr als eine Gruppierung beteiligt sein könnte. Verdammt, die verstehen doch beide nicht viel von Loyalität, es sei denn, es geht um sie selbst. Es könnte auch sein, daß sie sich irgendwann zusammengetan haben – und das dann alles mit einer Raumstation voller toter Romulaner geendet hat.« Er deutete auf den Bildschirm. »Das Ding da ist eine verdammt große Unbekannte, Captain. Ich schätze, wir sollten es uns aus so vielen Blickwinkeln wie möglich anschauen – sonst sind wir am Ende die Gelackmeierten.«

Kirk nickte, und als er in den Sessel zurücksank, hätte er McCoys Hände beinahe eingeklemmt. »Obwohl ich glaube, daß du an leichtem Verfolgungswahn leidest, werde ich all das in Betracht ziehen, Pille. Auch wenn alles, was du sagst, durchaus möglich ist – wir müssen so lange von der Unschuld der Romulaner und Klingonen ausgehen, bis wir handfestere Beweise haben. Vielleicht wissen die Romulaner gar nicht, daß ihr neues Spielzeug sich verselbständigt hat. Wenn es so ist, schulden sie uns einen großen Gefallen, weil wir es gefunden haben – vielleicht sogar mehrere, falls ein anderer im Begriff ist, ihnen etwas in die Schuhe zu schieben.«

McCoy setzte eine lächelnde Miene auf. »Wenn du es so siehst... Es wäre ganz nett, wenn wir etwas hätten, was sie zu unseren Schuldnern macht.«

»Wenn dort *wirklich* etwas vorgeht – ob sie es nun zugeben oder nicht –, und wir erwischen sie dabei, wissen sie wenigstens, daß wir auf unserem Posten nicht schlafen.« Kirk schaute sich um. »Spock, müssen wir uns irgendwelche Sorgen wegen der Energieanzeigen machen, die von der Station ausgehen? Könnte die *Enterprise* in Gefahr geraten, wenn wir in diesem Sektor bleiben?«

»Ich sehe keinen Grund zur Besorgnis«, erwiderte der Erste Offizier. »Der Energieausstoß ist, wie gesagt, nur minimal, und die Messungen zeigen keine übermäßigen Fluktuationen, die Anlaß zur Sorge geben.«

»Gut. – Fähnrich Devin, befinden sich in der unmittelbaren Umgebung noch andere Schiffe?«

Der Fähnrich konsultierte seine Instrumente und schüttelte dann den Kopf. »Das nächste Starfleet-Schiff ist die *Tandarich,* Captain. Sie hat an der Homeaway-Station angedockt. Ich kann keine fremden Schiffe lokalisieren.«

»Falls sie dort draußen sind, sind die getarnt, und wir können erst dann etwas unternehmen, wenn sie beschließen, sich zu zeigen.«

»Ein *wirklich* beruhigender Gedanke«, sagte McCoy.

Kirk warf ihm einen ironischen Blick zu. »Drohen irgendwelche Gefahren, wenn wir ein Team zu Untersuchungszwecken an Bord schicken, Spock?«

»Keine, die ich voraussehe, Captain. Obwohl die Energie an Bord heruntergefahren wurde, stellt die Umgebungstemperatur keine Gefahr dar. Ich würde jedoch aus Vorsichtsgründen die Empfehlung aussprechen, Kampfjacken zu tragen. Außerdem möchte ich vorschlagen, Handlampen und einen tragbaren Generator mitzunehmen. Da die Systeme heruntergeschaltet sind, könnten an Bord Sektoren existieren, die wir gern erforschen möchten, die aber nicht beleuchtet sind. Und was den Generator angeht, er könnte uns nützlich sein, falls wir Zugriff zu den Stationscomputern brauchen, um die Forschungen auszudehnen.«

»Eine gute Idee, Mr. Spock. Notiz an Lieutenant Chekovs Station.« Kirk drückte einen Knopf in der Armkonsole seines Sessels. »Lieutenant Commander Sulu und Commander Uhura auf die Brücke. Während meiner Abwesenheit hat Lieutenant Commander Sulu das Kommando.« Er drückte einen anderen Knopf. »Kirk an Lieutenant Chekov.«

Die Stimme des amtierenden Sicherheitschefs klang durch das Interkom verschwommen. Sein breiter russischer Akzent verriet, daß er aus dem Schlaf gerissen worden war, wurde aber rasch deutlicher. »Hier Lieutenant Chekov, Captain.«

Ein mattes Lächeln ließ Kirks Mundwinkel zucken. »Tut mir leid, Sie während der Freizeit zu stören, Lieutenant, aber ich brauche Ihre fachliche Mitarbeit. Wir sind einem Objekt begegnet, das einer romulanischen Raumstation ähnelt; es ist dem Anschein nach unbemannt. Stellen Sie eine Sicherheitsgruppe zusammen und treffen Sie uns in zwanzig Minuten im Transporterraum.«

»Aye, Sir!« erwiderte Chekov zackig. Alle Anzeichen von Müdigkeit waren aus seiner Stimme verschwunden. »Chekov, Ende!«

Erneut suchten die Finger des Captains das Interkom. »Brücke an Commander Scott.«

»Hier ist Scott, Sir.«

»Scotty, ich möchte Sie in zwanzig Minuten im Transporterraum sehen. Wir sind einer verlassenen Raumstation begegnet, und ich möchte, daß die Forschungsgruppe genau im Auge behalten wird. Falls *wirklich* irgend etwas Unvorhergesehenes passiert, möchten wir sofort von Bord gebeamt werden.«

»Aye, Sir. Ich werde alle so fest im Auge behalten, wie

meine selige Großmutter mich immer im Auge behalten hat. Scott, Ende.«

Kirk stand auf. »Haben Sie Lust zu einem Spaziergang, meine Herren, um sich den Fund mal anzusehen?«

»Ich dachte schon, du fragst nie.« McCoy folgte Kirk und Spock in den Turbolift. Auf dem Weg zum Transporterraum räusperte er sich. »Es ist natürlich nicht so, daß ich etwas dagegen habe, aber warum nimmst du mich mit auf die Raumstation?«

»Reine Vorsicht, Pille. Vielleicht verletzt sich jemand. – Und außerdem«, fügte Kirk hinzu, »wissen wir nur, daß Spocks Sensoren keine Anzeichen von Leben gemessen haben. Das bedeutet aber nicht, daß niemand an Bord ist.«

Das matte Lächeln auf McCoys Gesicht löste sich wie eine vagabundierende Rauchwolke auf, und seine Miene nahm wieder das vertraute, ernsthaftere Äußere an. »Ich kann es nicht *ausstehen,* wenn du solche Dinge sagst.«

3

Sicherheitschef Pavel Chekov schaltete den Kommunikationsknopf an der Wand aus und schwang die Beine über den Bettrand. Er reckte sich, hob die Arme hoch über den Kopf und vertrieb die restlichen Spuren der Müdigkeit mit einem gewaltigen Gähnen.

Er hatte vom Leben auf dem Lande geträumt, in Rußland, und von Onkel Wanjas kleinem Bauernhof bei Welikije. Bei Kirks Anruf hatte sich der Rest des Traums in einen Wirbel von Fragmenten aufgelöst. Seiner Meinung nach war der Traum ganz *nett* gewesen. Hatte der Captain wirklich gesagt, es ginge um eine *romulanische* Raumstation?

Chekov warf einen Blick auf die Computerkonsole und stand auf. Ihm blieben noch fünfzehn Minuten, um sich fertigzumachen, eine Gruppe zusammenzustellen und sich im Transporterraum zu den anderen zu gesellen. Er lächelte erwartungsvoll. Enge Termine und wenig Vorbereitungszeit waren für ihn das Salz in der Suppe und der Grund, warum er zur Sicherheit gegangen war. Er mochte hochgradige Spannung und war gern ständig auf dem Sprung. Er hatte das Gefühl, daß es ihm guttat, wenn er ständig körperlich und geistig für alles bereit war.

Sein Verstand raste. Er rechnete aus, wie lange es dauerte, das Team einzuweisen. Dann warf er sich auf den Boden.

Zwei Dutzend schnelle Liegestütze brachten sein Blut in Wallung. Als er aufstand, drückte er erneut den Knopf an der Wand und räusperte sich. »Hier spricht

Sicherheitschef Chekov. Die Fähnriche Hallie, Markson und Leno treffen sich in zehn Minuten im Transporterraum zu einem Landeunternehmen.« Er hielt inne. Eine verlassene Raumstation bedeutete vielleicht niedrige Temperaturen. Es war besser, man sorgte vor, sonst tat es einem hinterher noch leid. »Kampfjacken anziehen. Chekov, Ende.« Er grinste leicht boshaft. Sah nicht so aus, als wäre er der einzige, den man so rüde aus dem Schlaf geholt hatte. Tja, es war halt so, wie er es den Leuten oft erzählte... Der Job des Sicherheitspersonals auf Raumschiffen war anstrengend, aber irgend jemand mußte ihn schließlich tun.

Chekov, ein wahrer Meister im Schnellduschen, war schon wieder draußen, bevor die Kabinenfliesen eine Chance hatten, feucht zu werden. Er rubbelte sein dunkles Haar, bis es stachlig hochstand, warf einen Blick auf die Uhr und stellte zufrieden fest, daß er noch ganze acht Minuten hatte. Er schlüpfte in die Hosen und zog sich das Uniformhemd über den Kopf. Dann nahm er auf dem Stuhl vor die Computerkonsole Platz und rief die nötigen Programme auf. Als erstes verfaßte er ein kurzes Memo, das an die Terminals aller Angehörigen der Sicherheitsabteilung, das Schiffslogbuch und sein eigenes Logbuch gesandt wurde. Es informierte die Leute von seiner Abwesenheit während der Mission und übergab Fähnrich Estano bis zu seiner Rückkehr das Kommando.

Als nächstes schickte er eine Anfrage an den Nachschuboffizier, die automatisch von einer Anmerkung Mr. Spocks flankiert wurde. Chekov las die kurze Nachricht und nickte zufrieden. Er war dankbar für jede zusätzliche Information, die der Vulkanier zur Lage abgab, und froh, daß seine Einschätzung bezüglich der Kampfjacken nicht falsch gewesen war.

Es wurden also Kommunikatoren und Handlampen an alle Mitglieder des Unternehmens ausgegeben. Und natürlich auch Phaser – für den Fall, daß die Raumstation nicht, wie der Captain momentan annehmen mußte, unbemannt war. Chekov war zugleich verärgert und froh, als er die Empfehlung für einen tragbaren Generator sah. Obwohl Ausrüstungsgegenstände dieser Art ziemlich unhandlich waren, hatte er schon zu viele Notsituationen erlebt, bei denen ihm ein Generator gefehlt hatte. Außerdem war er, wie Mr. Spock anmerkte, möglicherweise die einzige Möglichkeit, in romulanische Datenbanken einzudringen.

Chekov stopfte das Hemd in die Hose und zog seine Jacke an. Ihm blieben noch fünf Minuten für die Stiefel und den schnellen Sprung zum Magazin und zum Transporterraum. Er konnte nur hoffen, daß seine Mannschaft ebenso pünktlich war.

Er fuhr sich mit den Fingern durch das klamme Haar, schob es nach rechts, verließ sein Quartier, eilte durch den Gang zum Turbolift und fuhr zur Magazinebene. Sein Geist klickte wie eine gut geölte Maschine. Was hatten die Romulaner wohl *diesmal* vor?

Aufgrund beruflicher Gewohnheit und einer starken Neigung zum tiefverwurzelten gesunden Menschenverstand, der dem Zufall nur wenig überließ, ließ Chefingenieur Scott die Transporterkonsole von einem schnellen Diagnoseprogramm prüfen, während er auf das Eintreffen der Einheit wartete, die Kirk auf die Raumstation gebeamt haben wollte.

Scotts Blick raste über die verschiedenen Anzeigen. Seine dunklen Brauen furchten sich, als seine dickfingrigen Hände flink über die Konsole huschten, die ihm ebenso vertraut war wie alle anderen. Er war so gut mit ihnen vertraut, daß sie kaum mehr waren als eine Erweiterung seines Körpers.

Zwar furchte Scott bei seiner Tätigkeit die Brauen, doch geschah dies nicht aus echter Besorgnis um die Maschinerie, die er bediente. Der Transporter hatte ihn noch nie in Angst versetzt. Und es war auch alles funktionsbereit – wie er es erwartet hatte.

Eine verlassene Raumstation, hatte der Captain gesagt. Scott hatte genügend Jahre mit Kirk verbracht, um in der Lage zu sein, die unterschwellige Nuance im Tonfall seines Vorgesetzten zu erkennen. Kirks Tonfall hatte angedeutet, daß es sich *nicht* um *irgendeine* verlassene Raumstation handelte, und wahrscheinlich nicht einmal um eine von *Menschen* erbaute.

Diese Mutmaßung ließ ihn über allerlei interessante Möglichkeiten nachdenken, und einen Moment lang war er sogar neidisch, daß Kirk nicht auch ihn gebeten hatte, an dem Unternehmen teilzunehmen. Die Gelegenheit, eine bislang unbekannte technische Anlage zu untersuchen, speziell eine so große und geheimnisvolle wie eine Raumstation, erweckte in ihm ein so starkes Verlangen, daß er beinahe Zahnschmerzen empfand.

Aber er mußte seiner hiesigen Aufgabe nachkommen und sich um das Transportermodul kümmern. Kirk wollte, daß er an Bord blieb, damit sein Trupp sicher von Bord kam und ebenso sicher zurückkehrte. Und hier würde er auch bleiben, es sei denn, Kirk sagte etwas anderes. Egal, wie sehr er sich auch danach sehnte, in der Raumstation herumzukramen und sie Stück für Stück auseinanderzunehmen.

Die Tür des Transporterraums glitt auf. Scott schaute von der Konsole auf und unterdrückte ein Lächeln. Chekovs Leute wollten ihrem Chef wohl etwas Gutes tun, denn sie trafen vier Minuten vor der Zeit ein und versammelten sich vor dem Transporterfeld.

Suzanna Hallie, deren zarter Körper neben ihren beiden hochgewachsenen, kräftigen Kollegen fast zwergenhaft wirkte, lächelte dem Chefingenieur grüßend zu und nickte. »Hätte nicht gedacht, daß ich Sie so bald wiedersehe, Sir«, sagte sie und schloß den vorderen Streifen ihrer roten Jacke.

»Unterschätzen Sie nie die Macht von Lieutenant Chekov«, erwiderte Scott weise.

»Ach, das tue ich *nie!*« gab sie mit fester Stimme zurück. Ihr Lächeln wurde breiter, und Scott kicherte. »Die Lektion habe ich schon ganz am Anfang gelernt.«

»Schätze, das haben wir alle.« Daniel Markson sprach so, als wüßte er genau, worüber er redete.

Christina Leno war die Dritte des Sicherheitstrios. Sie durchquerte den Raum in rastloser Anmut, eine blaßhäutige Amazone mit violetten Augen. Sie nickte den anderen einen Gruß zu, stützte einen Ellbogen auf die Transporterkonsole und beugte sich zur Seite. Sie war das Abbild hundertprozentig vorgetäuschter Entspanntheit.

»Was liegt denn an, Commander?« fragte Markson plötzlich. Scotty wurde den Eindruck nicht los, daß der arme Junge eins der Gesichter hatte, mit dem er noch jahrelang so aussehen würde, als sei er zu jung für ein Raumschiff, geschweige denn für die Sicherheitsabteilung. Vielleicht wäre es besser gewesen, er hätte sich einen Schnauz oder einen Vollbart wachsen lassen. »Was ist denn passiert?«

»Ich weiß auch genau, mein Junge. Aber selbst wenn ich es wüßte – es steht mir nicht zu, darüber zu reden. Das muß schon euer Chef machen.«

Als wären Scotts ernste Worte das Stichwort gewesen, glitt die Tür erneut auf, und Chekov trat ein. Er schleppte die Ausrüstung auf den Armen. Seine Leute traten sofort vor, um ihn von der Last zu befreien. Sie stellten das ganze Zeug auf einen Tresen und standen anschließend sofort stramm. Sie hoben den Kopf, schauten geradeaus und wirkten so steif, als hätte jeder einen Spazierstock verschluckt.

Scott grinste den Lieutenant über die Transporterkonsole hinweg breit an. In seinen Augen blitzte der Schalk, als er mit dem Kinn auf die Bordwachen deutete. »Sie sind schon eine ganze Weile hier, Lieutenant. Was haben Sie mit ihnen gemacht? Raketen in ihre Stiefel eingebaut?«

»Ihre Betten haben Schleudermatratzen, Sir.« Der

junge Russe erlaubte sich ein kurzes Lächeln, dann wandte er sich um und musterte seine Leute. »Rührt euch.« Das Trio verschränkte die Hände hinter dem Rücken und nahm die traditionelle breitbeinige Stellung ein, wobei Markson von den beiden Frauen flankiert wurde. Chekov musterte die drei schnell und eingehend. Sein Blick haftete am längsten auf Markson, bis der junge Fähnrich sich schnell mit der Hand durchs Haar fuhr und eine Hemdfalte in den Hosenbund schob.

Chekov machte zufrieden weiter. »Captain Kirk hat gemeldet, daß wir eine romulanische Raumstation entdeckt haben.« Da er der Transportersteuerung in diesem Moment den Rücken zuwandte, konnte er weder Scotts überraschten Blick noch dessen leicht gespitzten Lippen sehen. Allerdings fiel beiden Offizieren die deutliche Überraschung auf den Gesichtern der drei Bordwachen auf. Ihre eifrigen Blicke stellten tausend Fragen, und im Raum machte sich eine Spannung breit, die man hätte schneiden können.

»Die Station ist allem Anschein nach unbemannt«, fuhr Chekov fort. »Aber wir gehen für den Fall mit, daß man sich geirrt hat. Fähnrich Estano wird mich so lange vertreten. Ich gebe nun an jeden einen Phaser, eine Handlampe und einen Kommunikator aus.« Die nächsten Sekunden verbrachte er mit eben dieser Tätigkeit. Die Bordwachen überprüften auf der Stelle die ihnen ausgehändigten Ausrüstungsstücke, dann befestigten sie sie an ihren Gurten.

»Phaser auf Lähmung justieren«, sagte Chekov warnend. »Mr. Spock hat mich informiert, daß die Station nur mit minimaler Energie arbeitet, deswegen habe ich außer der Standardausrüstung einen tragbaren Generator mitgebracht – falls wir Hilfe brauchen, um in den Computer der Station einzudringen. Falls nichts anderes befohlen wird, bilden wir während der Ermittlungsarbeit Gruppen, die alle von einem Stabsoffizier angeführt werden. Markson, Sie begleiten Mr. Spock. Hallie wird

Dr. McCoy begleiten. Leno und ich bleiben beim Captain.«

»Aye, Sir«, erwiderte das Trio einstimmig.

»Gibt es irgendwelche Fragen?«

»Weiß der Captain, weshalb die Station hier ist, Sir?« fragte Markson neugierig.

»Wenn er es weiß, Fähnrich, hat er beschlossen, daß ich es im Moment noch nicht zu wissen brauche. Ich schätze, all dies und noch mehr werden wir erfahren, sobald wir an Bord sind. Sonst noch was?« Es gab keine weiteren Fragen mehr. Chekov nickte. »Na schön. Und jetzt ...«

Die Tür des Transporterraums öffnete sich erneut und unterbrach Chekov bei dem, was er hatte sagen wollen. Kirk trat ein. McCoy folgte ihm mit der medizinischen Ausrüstung. Spock kam als letzter, er hatte einen Tricorder bei sich. Der Sicherheitschef und seine Leute standen auf der Stelle stramm. »Sicherheitsgruppe versammelt und transportbereit, Sir!« schmetterte Chekov. Er trat vor. »Ich habe Kommunikatoren, Phaser und Handlampen für Sie mitgebracht.«

»Sehr gut, Lieutenant«, erwiderte Kirk. »Rührt euch.«

»Kann ich Sie kurz sprechen, Captain?« fragte Spock.

Kirk schaute ihn an. »Was ist denn, Spock?«

»Unter vier Augen, wenn es möglich ist.« Der Vulkanier trat mehrere Schritte von der Gruppe zurück.

Kirks Blick richtete sich kurz auf McCoy, aber der Arzt zuckte nur die Achseln. Er verstand offenbar ebenso wenig. »Hat es etwas mit dem Unternehmen zu tun, Spock?«

»Jawohl, Sir.«

»Nun, dann raus damit. Wir brauchen keine Geheimnisse vor unseren Kollegen zu haben, speziell dann nicht, wenn wir in ein unbekanntes Territorium vordringen.«

Spock wirkte fast verunsichert. »Ich würde lieber ...«

»Raus damit, Spock«, befahl Kirk und wartete.

Scott wurde den Eindruck nicht los, daß der Vulkanier am liebsten einen Seufzer ausgestoßen hätte. Als er zu sprechen begann, wirkte sein Gesichtsausdruck beinahe schmerzverzerrt. »Ich glaube nicht, daß Sie uns bei diesem Unternehmen begleiten sollten, Captain.«

»Was?!« riefen Kirk und McCoy wie aus einem Munde. Kirk musterte den Ersten Offizier, als seien diesem urplötzlich zwei weitere Ohren und ein Schwanz gewachsen. »Was soll das heißen, Spock? Natürlich gehe ich mit.«

»Ich halte es nicht für eine gute Idee, Captain.«

Kirk wollte etwas sagen, doch er hielt sich zurück. »Es hat doch wohl nichts mit dem Kommuniqué zu tun, das wir letzte Woche erhalten haben, oder?«

»Leider doch.«

»Ah!« Kirk riß die Arme hoch. Er wirkte sehr erleichtert. »Nun, darüber brauchen wir uns keine Sorgen zu machen. Es war doch nur ...«

»Captain«, unterbrach Spock ihn geduldig. »Es war eine Empfehlung des Starfleet-Hauptquartiers.«

»Wovon redet der eigentlich?« fragte McCoy neugierig.

Kirk sah nicht so aus, als wolle er die Frage beantworten. Er krümmte sich, wie man sich nur krümmen kann, ohne sich zu bewegen. Dann wandte er sich zu McCoy um. »Ach, es war nur so eine Botschaft, die das Hauptquartier geschickt hat. Man empfiehlt neuerdings, der Captain solle es vermeiden, routinemäßig bei Landeunternehmen dabei zu sein. Man möchte so was dem Ersten Offizier und den Leuten von der Sicherheit überlassen.«

»Das wurde aber auch Zeit!«

Kirk stierte McCoy an. »Du fällst mir in den Rücken, Pille? Was soll das heißen, ›das wurde aber auch Zeit‹?«

McCoy verschränkte die Arme vor der Brust und stellte sich breitbeinig in Positur. »Nun, ich habe es schon immer für eine verdammte Narretei gehalten, einem Captain zu erlauben, bei Landeunternehmen mitzumachen. Was ist denn, wenn irgendeine Katastrophe eintritt und das Schiff ohne kommandierenden Offizier ist?« Er grinste, um seine Worte etwas abzuschwächen. »Tut mir leid, Jim. Ich hätte zwar nie geglaubt, daß ich es je aussprechen würde, aber ich bin auf Spocks Seite.«

»Vielen Dank, Dr. McCoy«, sagte Spock.

»Von wegen, tut mir leid! Ich habe nicht vor, mich daran zu halten, Pille!« sagte Kirk stur. »Und ich verstoße nicht mal gegen das Protokoll. Momentan ist es nur eine *Empfehlung!*«

»Richtig, Captain«, stimmte Spock ihm zu. »Noch ist es nicht offiziell. Es ist jedoch ein wichtiger Vorschlag des Hauptquartiers, daß wir uns mit dem Gedanken vertraut machen, die Anweisung zu übernehmen, um zu sehen, wie sie funktioniert.«

»Ich denke darüber nach«, sagte Kirk sanfter. »Vielleicht beim nächsten Mal.«

McCoy stützte seine Hände in die Hüften. »Bei welchem nächsten Mal denn, Captain? Du weißt es doch so gut wie ich: Wenn wir dich nicht dazu zwingen, findest du immer eine Möglichkeit, weil du stets mit der Nase an vorderster Front sein mußt! Was soll das überhaupt? Traust du uns nicht zu, daß wir unsere Arbeit auch allein schaffen? Also wirklich, Jim – warum läßt du uns nicht allein gehen?« Er beugte sich vor und fügte leise hinzu: »Du bist, was die Hauptquartierbefehle angeht, kein gutes Vorbild für leicht zu beeindruckende junge Fähnriche …«

»Es ist kein Bef …«

»Dann eben eine *Empfehlung.*«

Kirk schäumte. Er spitzte die Lippen, dann nickte er plötzlich. »Du hast recht, Pille. Ich *halte* mich daran. Na schön, du kriegst deinen Willen.«

»Braver Junge«, sagte McCoy lobend. »Es zahlt sich aus, wenn man hin und wieder auf den Onkel Doktor hört.« Er streckte eine Hand aus. »Wenn ich bitten darf, Lieutenant?«

Kirk enthielt sich jedes weiteren Kommentars. Er schaute zu, wie der Arzt und der Erste Offizier die Ausrüstungsgegenstände befestigten, die Chekov ihnen gab. »Also los, lungern Sie nicht hier rum«, ulkte er, als die Gruppe fertig war und sich umwandte. »Schauen Sie sich an, was es zu sehen gibt, dann kommen Sie zurück und melden alle Funde. Wir überlassen dem Hauptquartier die Entscheidung, ob die Raumstation später genauer untersucht werden soll. – Wer weiß ...«, fügte er nachdenklich hinzu und blickte in die Ferne, als sähe er dort etwas, was die anderen nicht sehen konnten. »Vielleicht beschließt man, daß wir das Ding gründlich auf den Kopf stellen.« Er warf einen Blick über seine Schulter. »Was meinen Sie dazu, Mr. Scott?«

Der Chefingenieur reckte sein Kinn leicht vor. »Falls Starfleet beschließt, die Station genauer zu untersuchen, Sir ... Könnten Sie es da nicht über sich bringen und einen gewissen Chefingenieur empfehlen, damit er das Unternehmen beaufsichtigt?« Er lächelte einnehmend.

»*Sie*, Scotty? Sie wollen Urlaub von der *Enterprise* nehmen? Sie wissen doch, wie die Neugierigen enden.« Kirk lächelte. »Wenn es dazu kommt, werde ich mal sehen, was sich machen läßt, Mr. Scott.«

»Vielen Dank, Sir.«

Kirk drehte sich um und deutete mit der Hand auf den Transporter. »So sehr es mir auch gegen den Strich geht hierzubleiben ... Sind Sie bereit, meine Damen und Herren?«

Die Angehörigen der Forschungsgruppe nahmen ihre Plätze ein, und die Sicherheitsleute legten die Hand auf den Knauf ihrer Phaser.

»Vergessen Sie nicht, was ich gesagt habe«, sagte Kirk ernst. »Kein Herumlungern, keine Besichtigungstour. – Energie, Mr. Scott.«

McCoys Kinnlade sackte herunter. »Besichti ...?« war alles, was er hervorbrachte. Das Summen des Transporters wurde zu einem Winseln, und die sechs Gestalten verschwanden in messingfarbenen Lichtsäulen.

Scotts Blick richtete sich schnell auf seinen Vorgesetzten. Er sah den Ausdruck in Kirks Gesicht. »Ist nicht so toll, wenn man zurückgelassen wird, was, Sir?«

Kirk nickte. »Kann man wohl sagen, Mr. Scott.« Er wandte sich um und hob einen Zeigefinger. »Aber merken Sie sich meine Worte, Scotty: Daß der Captain an Bord bleibt und die Landeeinheit allein die Risiken eingeht, ist eine Idee, die sich *nie* durchsetzen wird.«

4

Auch McCoy kannte den alten Spruch: »Stunden können sich wie Tage dahinziehen«. Seine persönliche Erfahrung besagte jedoch eher, daß Mikrosekunden sich wie Jahre dahinziehen können, und zwar immer dann, wenn der verdammte Transporter dabei im Spiel war.

Als der Mechanismus aktiviert wurde, wurde er unterbrochen mitten in einer äußerst brillanten Gegenrede zu Kirks Häme, die ihn an die alte Fabel vom Fuchs und den sauren Trauben erinnerte. Das Zittern der Desorientierung begann in den Spitzen seiner Extremitäten und durchdrang seinen sich auflösenden Leib. Ihm wurde auf der Stelle kotzübel. Sein Blick verschwamm, wurde finster und schwarz, seine Sinneswahrnehmungen wurden völlig abgeschnitten, als hätte man ihn urplötzlich in einen Deprivationstank versetzt.

Niemand, mit dem McCoy je Erfahrungen ausgetauscht hatte, hatte bei einem Transport je die gleiche Reaktion gezeigt wie er. Jim hatte ihm mehr als einmal erzählt, seine heftige Reaktion sei wahrscheinlich zur Gänze auf seine wohlbekannte Ablehnung allen Maschinen gegenüber zurückzuführen.

Obwohl McCoy Dankbarkeit für die Besorgnis seines Freundes empfand, schätzte er es nicht, wenn Kirk bei ihm den agilen Psychologen spielte, nicht einmal dann, wenn seine Diagnose möglicherweise auf sehr gesunden Füßen stand. Der rationale, medizinisch und psychologisch gebildete Teil seines Verstandes wußte ohne den Anflug eines Zweifels, daß das Transportverfahren sicherer war als jeder andere Modus, den die Menschheit je ausgetüftelt hatte – Spaziergänge eingeschlossen –, und daß der gesamte Prozeß nicht länger dauerte als ein Menschenherz für drei Schläge benötigte. Doch obwohl er all dies wußte, war der Rest seiner Psyche davon überzeugt, daß die Reise nicht nur eine Ewigkeit dauerte, sondern auch mit Gefahren verbunden war, die man nicht mal sah. Und außerdem vermittelte sie einem die Erfahrung, wie es war, den eigenen Körper zu verlassen, ohne tatsächlich tot umzufallen. Niemand, nicht mal Kirk, würde ihn je vom Gegenteil überzeugen. Für McCoy war das Betreten der Transporterplattform fast ebenso schlimm wie das Eintauchen in tiefe Gewässer.

Drei Herzschläge später kehrten seine Sinne wie versprochen zurück, und er blinzelte rasch und konzentrierte sich auf die dunklen Ecken und Konturen eines matt beleuchteten, ihm unbekannten Raumes. Als die Nachwirkungen des Transports einsetzten, bekam er eine Gänsehaut. Kirk hatte versucht, ihn davon zu überzeugen, daß sie nur mental bedingt waren.

»Was sagten Sie, Doktor?« fragte Spock liebenswürdig.

McCoy wandte sich um. Das gespenstische Licht der Notbeleuchtung über ihnen verlieh den düsteren Gesichtszügen des Vulkaniers eine bedrohliche Note. Vermutlich hatte Scotty sich geirrt und sie statt auf die Raumstation in den Hades geschickt. McCoy focht das starke Verlangen nieder, Spock zu bitten, ihm seinen dreifach gespitzten Schwanz und seine Mistgabel vorzuführen – er hatte Angst, Spock würde es tatsächlich tun. »Was, Spock?« fragte er vorsichtig, während sich vor seinem Mund kleine Wölkchen bildeten. Die Temperatur war in etwa so niedrig wie an einem frischen Herbstnachmittag. Es war kühl, aber nicht unangenehm kalt.

»Als Commander Scott den Transporter aktivierte, wollten Sie gerade etwas sagen. Ich dachte, Sie würden Ihre Aussage vielleicht gern beenden.«

»Yeah, das kann ich mir vorstellen.« McCoy schüttelte den Kopf und drohte dem Vulkanier mit dem Finger. »Mich legen Sie nicht rein, Spock. Diesmal kriegen Sie mich nicht so weit, daß ich mich zum Deppen mache.«

Spocks Braue wölbte sich leicht. »Ich habe gar nicht gewußt, daß Sie *mich* dazu brauchen, Doktor«, erwiderte er gelassen.

McCoy wünschte sich, die in ihm aufgestaute Wut könne irgend jemanden, am liebsten Spock, in Flammen aufgehen lassen. Er wandte sich von dem Ersten Offizier ab. »Spock ist unheimlich in Form. Sind alle anderen an einem Stück hier angekommen? Hat noch jeder seinen Blinddarm? Fehlt nicht irgend etwas Wichtiges?«

Alle waren in bester Verfassung, und auf Chekovs Nicken hin bauten sie sich um die beiden Stabsoffiziere im Halbkreis auf.

Spock schnippte seinen Kommunikator mit einer flinken Bewegung auf. »Spock an *Enterprise.*«

»Hier ist die *Enterprise.*« Kirks laute Stimme kam deutlich aus dem kleinen Lautsprecher und vermittelte ein gewisses Maß an Beruhigung.

»Alle sind gesund angekommen, Captain. Wir werden die Ermittlungen gleich aufnehmen.«

»Gut, Mr. Spock. Halten Sie mich über die Lage auf dem Laufenden. Mr. Scott hat die Koordinaten des Teams fixiert. Wenn es irgendwelche Anzeichen von Schwierigkeiten gibt, kommen Sie sofort zur *Enterprise* zurück. Das ist ein Befehl. Ich will keine Heldentaten. – Lieutenant Chekov?«

Der Sicherheitschef meldete sich mit lauter Stimme. »Anwesend, Sir.«

»Das gilt um so mehr für Sie und Ihre Brigade.«

Dagegen gab es keinen Widerspruch, selbst wenn Chekov es gewollt hätte. »Aye, Sir«, erwiderte er.

»Das ist alles. Viel Glück. – Kirk, Ende.«

Spock schloß den Kommunikator, hängte ihn an den Gürtel und trat vor. Er sagte nichts, hob aber eine Braue, als Markson neben ihn trat. Was McCoy anbetraf, so war er dankbar, daß die kleine, doch zuverlässige Hallie sich ihm anschloß. Er hatte sie in der Sporthalle gesehen und wußte, welche Schäden sie anrichten konnte, wenn ihr jemand auf die dumme Tour kam. Verdammt noch mal, er hatte ihre Gegner während der kurzen Zeit, in der sie sich auf der *Enterprise* befand, mehr als einmal zusammengeflickt. Chekov und Leno deckten ihnen den Rükken.

Sie brauchten nur einen Moment, um zu erkennen, daß Scotty sie im Transporterraum der *Reltah* abgesetzt hatte. Er war dunkler als der der *Enterprise.* Daß die Notbeleuchtung brannte, half ihnen nicht besonders viel, denn sie tauchte alles in dumpfrote Schatten.

Zehn elliptische Transporterplattformen waren in den Boden eingelassen. Im Gegensatz zu Scottys stromlinienförmiger Steuerung bestand die hiesige aus einer massiven, klobigen Anlage und stand hinter einem transparenten Schutzschirm. Der Raum war in seiner Erscheinung äußerst streng und funktionell. Es gab nirgendwo Anzeichen dafür, daß er in letzter Zeit benutzt worden war.

Leno rümpfte die Nase. »Riecht komisch hier drin.«

»Das ist keine Überraschung, wenn die Systeme nur mit Minimalenergie laufen.« Chekov holte durch die Nase Luft und schüttelte den Kopf. »Ich kann's nicht bestimmen. Kann es jemand von Ihnen?«

Markson und Hallie waren gleichermaßen verwirrt. Nicht einmal Spock war in der Lage, dieses Odeur zu bestimmen. McCoy holte tief Luft, um den Geruch zu schmecken, atmete aus und wiederholte das Verfahren. Ein leichter, nicht ganz unangenehmer Duft kitzelte seine Nase und überzog die Oberfläche seiner Zunge.

»Pfirsich?« fragte er laut. Die anderen starrten ihn an, als hätte er den Verstand verloren, aber ihm fiel nichts anderes ein. »Ja, das ist es. Genau daran erinnert mich der Geruch. Faule Pfirsiche im Garten meines Großvaters.«

»Was haben Pfirsiche wohl an Bord einer romulanischen Raumstation zu suchen?« fragte Hallie verdutzt.

»Natürlich nichts«, stimmte McCoy ihr zu. »Ich glaube ja auch nicht, daß es wirklich Pfirsiche sind, aber so riecht es nun mal.«

»Gibt es noch etwas, das den Geruch hervorrufen könnte, Doktor?« fragte Chekov.

»Eins zu null für Sie, Lieutenant. Das einzige, von dem ich weiß, daß es wie faules Obst riecht, ist faules Obst. Haben Sie irgendwelche Ideen, Spock?«

»Nein, Doktor. Vielleicht werden weitere Ermittlungen eine Lösung bringen.« Spock nahm den Tricorder von der Schulter und schaltete ihn mit dem Daumen ein. »Die Abtastung erbringt keine anderen Ergebnisse als die, die wir schon auf der *Enterprise* bekommen haben – niedrige Energie, minimale Unterstützungssysteme, kein Lebenszeichen. Lassen Sie uns weitergehen.« Mit Markson neben sich trat er hinter die Wand, die das Transportermodul vom Rest des Raumes trennte. Er musterte die Konsole mit einem eingehenden Blick und bewegte die Hände über die Kontrollen, ohne sie jedoch zu berühren. »Offensichtlich ist die Einheit in eine Art Bereitschaftsmodus geschaltet. Es hat wahrscheinlich etwas mit der geringen Energie zu tun. Es ist unmöglich festzustellen, wann der letzte Transport stattgefunden hat.«

»Sie hatten doch ohnehin nicht vor, den Transporter zu benutzen, Spock, oder?« fragte McCoy unbehaglich. Er war nicht auf eine weitere Reise erpicht, besonders nicht mit einem Transporter, den irgendwelche Fremdlinge konstruiert hatten.

»Kaum, Dr. McCoy. Aber ich habe gehofft, ich könnte *erfahren,* wie lange die Station schon verlassen ist. Der Transporter wäre vielleicht in der Lage gewesen, mir diese Information zu geben. Außerdem hatte ich gehofft, wir könnten uns von hier aus Zugriff zum Computer verschaffen.« Spocks Augenbrauen wölbten sich – ein echtes Stirnrunzeln war es nicht. »Leider scheint es keinen irgendwie gearteten Zugang zu diesem Terminal zu geben. Äußerst ungewöhnlich. Es ist kaum verständlich, da wir uns eindeutig in einem wesentlichen Teil der Station befinden.«

»Für *uns* wesentlich, Spock, aber die Station gehört den Romulanern, haben Sie's vergessen? Malen Sie sich doch mal aus, wie die Romulaner denken. Vielleicht ist dies ihre Vorstellung von Sicherheit.« McCoy lehnte sich mit der Schulter an die Trennwand. »Wissen Sie noch, wie das Ding von draußen aussieht? Ich habe in meinem ganzen Leben noch nie so was Potthäßliches gesehen. Vielleicht entspricht auch der planlose Aufbau ihrer Vorstellung von Sicherheit.«

»Vielleicht. Jedenfalls sind wir nicht in der Lage, hier irgendwelche Informationen über die Station und ihre Besatzung zu gewinnen. Ich schlage vor, daß wir die Ermittlungen wieder aufnehmen und eine Schnittstelle suchen, die uns einen Computerzugriff ermöglicht.«

McCoy machte eine abwehrende Handbewegung. »Immer bereit, Genosse Pionierleiter.« Er trat beiseite, um Spock und Markson vorbeizulassen, dann nahmen Hallie und er ihre Plätze in der Mitte der Gruppe ein, Chekov und Leno bildeten erneut den Abschluß.

Glücklicherweise verhinderten die auf Minimalleistung geschalteten Systeme nicht das Verlassen des Transporterraums. Die breite Doppeltür stand sperrangelweit offen und gestattete ihnen den Zugang zum Rest der Station.

Markson hob vorsichtig eine Hand, lugte um den Türrahmen und schaute zurück. »Alles klar«, meldete er und gab den anderen mit einem Wink zu verstehen, daß sie ihm folgen sollten. »Welche Richtung, Sir?«

Die Frage war an Spock gerichtet, der in der Mitte des Ganges stand. Er drehte den Kopf von rechts nach links. An den Wänden waren keinerlei Zeichen, die einen Hinweis darauf gaben, an welchem Punkt der riesigen Station man sich befand oder in welche Richtung man gehen sollte, um am ehesten Antworten auf alle Fragen zu erhalten.

»Die in der Natur am häufigsten vorkommende Form ist eine Spirale«, sagte Spock, »die sich von links nach rechts in Richtung Sonne bewegt – beziehungsweise im Uhrzeigersinn. Dieses Muster ist offenbar universell, wenn man auch meist nicht darauf achtet, und man findet es bei vielen Völkern. Deswegen schlage ich vor, daß wir zuerst den Korridor zu unserer Linken nehmen.« Er ging los. Markson mußte sich beeilen, um ihn einzuholen und vorauszugehen, woraufhin sich der Vulkanier, in der gedämpften Beleuchtung eine hochgewachsene kranichartige Gestalt, an seine Fersen heftete.

McCoy mußte sich anstrengen, um mit dem langbeinigen Vulkanier Schritt zu halten. Hallie folgte ihm auf dem Fuße. »Wissen Sie«, sagte der Arzt leise, als er wieder neben dem Ersten Offizier herging, »das sind recht gewagte Spekulationen, wenn Sie annehmen, daß die Romulaner sich nach den gleichen Gesetzen wie viele andere Kulturen orientieren. Wer weiß denn schon, ob sie nicht aus purer Opposition genau das Gegenteil tun?«

»Das ist nicht von der Hand zu weisen, Dr. McCoy«, sagte Spock zustimmend, während er kurz den Blick auf den Arzt richtete. »Tatsächlich habe ich im Augenblick nichts, womit ich meine Mutmaßungen untermauern könnte – *außer* meinem Wissen über die Romulaner, die ja bekanntlich mit den Vulkaniern verwandt sind. – Aber seien Sie versichert, ich werde meine Spekulationen sofort modifizieren, sobald ich mich mit einem konkreten Beweis für das Gegenteil konfrontiert sehe. Bis dahin muß ich freilich nach bestem Wissen und Gewissen so weitermachen.«

»Hmmm.« McCoy wurde langsamer, ließ Spock vorauseilen und warf Chekov einen Blick zu. »Diese Pragmatiker machen mich noch *wahnsinnig*«, sagte er so leise, daß die überempfindlichen Ohren des Vulkaniers ihn nicht hörten.

Um Chekovs Augen bildeten sich Lachfältchen. »Die Welt hat auch Platz für Pragmatiker, Dr. McCoy«, erwiderte er großmütig.

»Sie hat auch Platz für Filzläuse, aber ich wäre trotzdem nicht bereit, mein Büro mit ihnen zu teilen.«

Hallie biß sich auf die Unterlippe, um ihr Lachen zu unterdrücken, und Leno grinste. »In solchen Situationen ist Pragmatismus sicher angebrachter als hysterisches Kreischen«, sagte Leno.

»Sie entwerfen da ein interessantes Bild, Fähnrich«, sagte McCoy schleppend. »Ich habe immer gedacht, die Welt hätte auch Platz für einen guten, altmodischen kreischenden Hysteriker.« Er unternahm den Versuch, beleidigt auszusehen. »Hab ich eigentlich schon mal erzählt, daß pragmatische Bordwachen mich auch in den Wahnsinn treiben?«

Chekov setzte eine Unschuldsmiene auf. »Sie beweisen sehr guten Geschmack, was die Auslöser für Ihren Wahnsinn angeht, Dr. McCoy.«

Leno nickte mit dem Kopf. »Danke, Chef.«

McCoy warf dem Russen einen Blick zu. »Sie machen mir Angst, Lieutenant«, sagte er todernst.

»Wie das, Sir?«

McCoy verzog das Gesicht, als hätte er einen üblen Geschmack im Mund. »Sie werden Spock von Tag zu Tag ähnlicher. Kommen Sie mal in meine Sprechstunde, wenn wir wieder an Bord sind. Ich glaube, Sie brauchen eine gründliche Untersuchung.«

»Jawohl, Sir«, stimmte der Sicherheitschef ihm ernsthaft zu, doch in seinen Augen blitzte der Schalk.

»Lieutenant Chekov! Dr. McCoy!« ertönte Spocks Stimme aus einiger Entfernung. »Würden Sie sich bitte zu uns bemühen?«

»Wir kommen!« Die Gerufenen eilten voran; sie stießen beinahe mit Spock und Markson zusammen, die hinter einer Korridorbiegung auf sie warteten.

»Was ist denn, Spock?« fragte McCoy.

»Nichts Besonderes, Doktor – außer meinem Verlangen, daß wir während der Ermittlungen beisammen bleiben. Ich glaube, es würde uns nicht zum Vorteil gereichen, wenn wir uns jetzt schon trennen.«

»Tja, wenn Sie nicht so losgerast wären wie einer der Reiseleiter bei der ›Elf-Planeten-in-drei-Tagen‹-Tour, wären wir schon bei Ihnen geblieben!«

Spock zuckte angesichts des üblichen McCoyschen Grolls mit keiner Wimper. »Ich möchte nur den Erkundungsprozeß erleichtern, wie Captain Kirk es befohlen hat.«

Dagegen konnte McCoy nichts einwenden. So sehr es ihm auch gefiel, den stoischen Vulkanier auf die Palme zu bringen, er wußte genau, wann der richtige Zeitpunkt und der richtige Ort dafür waren. »Sie haben völlig recht, Spock, und ich entschuldige mich, falls ich dazu beigetragen habe, dieses Ziel aus den Augen zu verlieren. Führen Sie uns an.«

Hätte er Spock nicht besser gekannt, er hätte schwören können, daß so etwas wie Überraschung in den undurchdringlich schwarzen Augen des Vulkaniers aufgeblitzt war. Er spürte einen erfreuten Kitzel. Konnte es sein, daß die beste Möglichkeit, den Vulkanier zu irritieren und zu verärgern, darin bestand, etwas Unerwartetes zu tun? Diese Theorie mußte er unbedingt überprüfen, wenn sie wieder auf der *Enterprise* waren.

Die sechs Gefährten durchquerten gemeinsam die leeren, kahlen Korridore. Keine einzige Tür unterbrach die glatten Wände. Spocks Tricorder übermittelte stets die gleichen Ergebnisse. Es gab mehrere Gänge, die den ihren kreuzten, und an jedem wandte sich die Gesellschaft nach links. Manchmal erwies sich dies zu ihrem Vorteil und brachte sie weiter. Doch immer wieder kamen sie unerwartet in eine Sackgasse und mußten bis an die Stelle zurückkehren, an der sie die Abzweigung genommen hatten. Spock kontaktierte Kirk einmal, um zu melden, daß sich nichts Neues ergeben hatte. Der

Funkverkehr zwischen der Raumstation und der *Enterprise* blieb weiterhin klar und deutlich.

Weiter und weiter marschierte die Gruppe durch die leeren Gänge. Nach einer weiteren Sackgasse, die in einem kahlen, türlosen Korridor endete, kam McCoy zu dem Schluß, daß diese Station das merkwürdigste Bauwerk war, das er je von innen gesehen hatte. Vielleicht lag es auch nur an ihm (was er, wenn die frustrierten Blicke seiner Gefährten ein Hinweis waren, allerdings nicht glaubte), aber der Aufbau erschien ihm absolut untauglich, denn die einzelnen Gänge waren nach keinem logischen System gestaltet. Es sah so aus, als hätte sich jemand gesagt: Prima, hier bauen wir einen Gang, ohne die Funktionalität der Station im Auge zu behalten. Es erinnerte ihn an einen Bienenstock oder an die durch irgendeine halluzinogene Droge hervorgerufene Wahnwelt.

»Mr. Spock!« rief Chekov, der ihnen ein Stück vorausgeeilt war. Er und Leno hatten sich getrennt; er war an der Spitze, sie fungierte als Rückendeckung am Ende der Expedition.

»Ja, Lieutenant?« rief Spock und führte die anderen weiter.

Der Russe klang irgendwie erleichtert. »Ich habe eine Tür gefunden!«

»Endlich!« ächzte McCoy. »Ich hatte schon das unbehagliche Gefühl, daß wir nichts anderes sind als Ratten in einem Irrgarten«, sagte er zu Hallie.

Sie nickte. »Ich weiß *genau,* was Sie meinen, Sir.«

Als sie Chekov erreichten, trat dieser zur Seite und deutete mit der Hand auf einen teilweise offenstehenden Eingang. »Sieht aus, als sei er aufgebrochen worden.«

Die Tür und ihr Rahmen wiesen Schrammen auf, als hätte jemand eine Brechstange dort angesetzt. Bevor Markson ihm zuvorkam, schob der Erste Offizier seinen schlanken Leib in die finstere, schmale Öffnung. Er schaltete seine Handlampe ein und ließ den Lichtstrahl mit präzisen, schnellen Bewegungen durch den dahinter liegenden Raum schweifen.

McCoy, der auf den Zehenspitzen stand, um über Spocks Schulter zu lugen, konnte nicht das Geringste erkennen. »Was ist es?« fragte er.

Statt einer Antwort drückte Spock gegen die Tür. Seine vulkanische Kraft, die die seiner menschlichen Gefährten übertraf, war dabei sehr hilfreich. Die Tür glitt knirschend ein Stückchen weiter zurück. Das protestierende Metall verursachte McCoy eine Gänsehaut. Spock machte einen Schritt voran und hielt inne, als Marksons Arm seinen Weg blockierte.

»Das ist meine Aufgabe, Sir«, sagte Markson fest und mit solcher Zuversicht, daß McCoy ihm in seinem geheimen Notizbuch einen Punkt gutschrieb. »Hat der Chef so angeordnet. Ich muß als erster rein.«

Falls Spock über sein Argument nachdachte, ließ er es sich nicht anmerken. »Korrekt, Fähnrich.« Er machte Markson den Weg frei.

Mit einer vorsichtigen Bewegung huschte Markson wie der Blitz um den Türrahmen und verschwand in der Finsternis des anderen Raumes. Die Lampe blitzte im Innern auf und leuchtete den Raum in einem Muster ab, das nur dem verständlich war, der sich in den Mysterien angewandter Sicherheit auskannte. Kurz darauf tauchte seine Hand auf und winkte die anderen herein.

Keine Notbeleuchtung durchdrang die Dunkelheit; doch die sechs Handlampen erleuchteten den Raum taghell. Der kleine Raum war offenbar irgendein Büro. Die an den Wänden stehenden Schränke erwiesen sich als leer. Ein rustikaler Schreibtisch und ein Sessel, der viel zu unbequem aussah, um ihn als Sitzmöbel zu verwenden, standen der Tür gleich gegenüber. Das Mobiliar paßte zu dem, was McCoy über die Romulaner wußte. Sie waren wild und unnachgiebig gegen sich selbst, wenn's um die Arbeit ging.

Spock trat weiter in den Raum hinein und ließ hinter

dem Schreibtisch seine Lampe aufblitzen. »Äußerst interessant...«

McCoy war sofort neben ihm, um einen Blick zu riskieren, und er bemerkte, daß Hallie versuchte, neben ihm eine Position einzunehmen, die ihn schützen sollte, falls sich Spocks Entdeckung als gefährlich erweisen sollte.

Sie war jedoch nicht im geringsten lebensbedrohend. Die Schubladen des Schreibtisches standen offen. Manche waren nur halb, andere ganz herausgerissen, so daß sich ihr Inhalt über den Boden ergossen hatte. Das Durcheinander erwies sich als nicht besonders wichtig. Hier hatte wahrscheinlich jemand in größter Hast etwas gesucht, aber wer, und aus welchem Grund? Waren dies die Spuren eines Einbruchs oder einer Flucht in großer Eile?

Spocks Lichtstrahl blieb auf etwas von größerem Interesse haften: einem Computerterminal. »Lieutenant Chekov, bringen Sie mir bitte den Generator.« Er trat um den Schreibtisch und nahm auf dem Sessel Platz. Chekov stellte den Generator auf der Tischplatte neben dem Terminal ab und wartete, während der Vulkanier verschiedene Möglichkeiten ausprobierte, Zugriff zu dem Computer zu erhalten. »Es ist so, wie ich es vermutet habe«, sagte Spock schließlich. »Wir brauchen den Generator, weil wir ohne Energie keinen Systemzugriff bekommen.« In den nächsten Minuten unterhielt er sich leise mit Chekov, und sie besprachen die beste Methode, um den Computer zu aktivieren. Dann schlossen sie den Generator an das Terminal an. Spock wandte sich um, legte erneut die Hände auf die Tastatur und fing an zu arbeiten.

Nichts passierte. Man hörte kein Geräusch, und der Monitor des Computers blieb dunkel. Nichts. Spock arbeitete weiter, doch ergebnislos.

»Er ist tot, was?« fragte Hallie enttäuscht.

Spock schüttelte den Kopf. »Ich glaube nicht, daß ›tot‹

der passende Ausdruck ist, Fähnrich. Das Terminal empfängt zwar schwachen Strom von der Station, aber ich bekomme keinen Zugang zu der korrekten Programmierung, die es mir gestattet, den Generatorstrom einzusetzen. Das Terminal verhält sich ebenso wie der Transporter – als stünde es nur halb im Stand-by-Modus.«

»Na, das ist ja wundervoll«, grunzte McCoy. Er schob die Hände in die Taschen, um sie zu wärmen. »Irgendwelche Empfehlungen, Spock?«

»Wir müssen einen anderen Computer finden. Sollten wir dann feststellen, daß die Außenstationen des Netzwerks keinen Zugriff zur Zentraleinheit gestatten, besteht unsere einzige Alternative darin, die Brücke zu finden, um den Versuch zu machen, uns dort einzuklinken. Die Lokalisierung der Brücke würde uns zweifellos zu ermitteln helfen, was die Station im Machtbereich der Föderation tut. Aller Wahrscheinlichkeit zufolge befinden sich sämtliche Informationen dort.«

»Tja, es ist wirklich schade, daß Scotty uns nicht gleich auf die Brücke hat beamen können.«

»Ich habe mich bemüht, genau das zu tun, Doktor. Ich dachte, das zentrale Kommandogebiet der Station müsse sich im Zentrum der Station befinden, damit die gesamte Besatzung Zugang zu ihr hat. Das schien mir der wahrscheinlichste Ort zu sein.«

»Einverstanden. Auf unseren Raumstationen ist es jedenfalls so. Was nun?«

»Offenbar ist es hier nicht der Fall, da Mr. Scott uns in den Transporterraum gebeamt hat.«

»Dann frage ich mich, *wo* die Brücke nun ist.« Chekov schüttelte den Kopf und schaute sich im Raum um. »Wissen Sie, Sir, ich denke gerade an das, was Dr. McCoy vorhin gesagt hat. Vielleicht hat der bizarre Aufbau dieser Station *wirklich* etwas mit Sicherheitsmaßnahmen zu tun. Vielleicht ist das eine Methode, ungebetene Gäste in die Irre zu führen und bestimmte Gebiete abzuschotten. Da wir nicht wissen, was die Romulaner mit dieser Anlage vorhatten... Es war vielleicht ein Vorteil für sie, in der Lage zu sein, bestimmte Sektoren nach Gutdünken zu isolieren. Wie zum Beispiel die Brücke.« Er drehte sich im Kreis. »Demnach kann sie sich auch am Ende irgendeines Ausläufers befinden, damit niemand sie findet.«

»Oder damit man sie bei einem Kampf absprengen kann«, fügte Hallie hinzu.

»Eine interessante Theorie, Fähnrich«, sagte Spock. »Doch solange wir keinen Zugang zu einem Computerterminal haben oder den Konstruktionsplan der Station finden, können wir uns mit letzter Sicherheit in keine bestimmte Richtung wenden.« Er stöpselte den Generator aus, verstaute ihn in der Schutzhülle und trat in den Gang hinaus. Die anderen folgten ihm.

McCoy verspürte ein vages innerliches Unbehagen und deutete auf das leere Büro zurück. »Sollten wir die Tür nicht wieder zumachen?«

»Warum denn?« fragte Hallie verdutzt.

McCoy zuckte die Achseln. »Ich weiß auch nicht. Ich schätze, es liegt wohl daran, daß ich das Gefühl habe, als ließen wir die Tür einer Gruft offenstehen.« Er sah an ihrem Gesichtsausdruck, daß dies keine Erklärung für sie war. Sie hatte keine Ahnung, worauf er anspielte.

»Von einer Gruft kann man wohl kaum sprechen, wenn die Leiche – falls je eine dort war – nicht mehr vorhanden ist«, erläuterte Spock.

»Erzählen Sie das mal den Ägyptern«, sagte McCoy gereizt. »Na schön, vergessen Sie, was ich gesagt habe. Sehen wir zu, daß wir weiterkommen. Ich möchte gern aufs Schiff zurück.« Sie nahmen wieder ihre Formation ein und schritten durch den Korridor. Rings um sie her blieb die Station still und ohne Leben.

Im Laufe der Zeit fanden sie immer mehr Räume, doch es waren immer kahle, funktionelle Büros. Spock unternahm zwei weitere Versuche, Zugriff auf einen Computer zu bekommen, doch ohne Erfolg. Beide

Geräte schienen in den Bereitschaftsmodus geschaltet zu sein, der ihm schon im Transporterraum aufgefallen war, und so kam er zu dem Schluß, daß Außenstellen tatsächlich nur dann Zugriff boten, wenn der Zentralrechner auf der Brücke aktiv war. Sie mußten ihn finden.

Alle Büros erweckten den Eindruck, als seien sie einst benutzt worden. In einem Raum fanden sie eine über einem Stuhl hängende schwarze Jacke. In einem anderen lagen Computerdisketten willkürlich auf dem Boden verstreut. Im dritten stand ein unberührter verschimmelter Imbiß auf der Schreibtischplatte.

McCoy fuhr mit einem Sensor über die Nahrung. »Ist mehrere Wochen alt.«

Hallie stieß Markson plötzlich in die Rippen. »Genau wie auf der *Marie Celeste*, nicht wahr, Dan?« sagte sie mit einem boshaften Grinsen.

Der Vergleich gefiel Markson nicht. »Das finde ich gar nicht komisch, Suzie.«

»Es reicht, Fähnrich Hallie«, sagte McCoy. »Wir haben keine Zeit, an Gespenster zu denken. Reißen Sie sich am Riemen.«

Hallie war so geistesgegenwärtig, verlegen zu wirken. »Jawohl, Sir. Tut mir leid, Sir.«

»Mr. Spock!« Chekovs Stimme klang schrill. Erst jetzt wurde McCoy klar, daß Leno und er den Raum verlassen hatten und sich draußen im Gang aufhielten. »Dr. McCoy!«

Einige Meter weiter, vor einer halb im Finsteren liegenden Korridorkreuzung, knieten Chekov und Leno am Boden. Zwischen ihnen – im Schein von Chekovs Lampe – lag ein Haufen Krimskrams: ein Umhang, irgendwelche Werkzeuge, eine Decke und mehrere wertlose Schmuckstücke, die für die Besucher von der *Enterprise* ohne Bedeutung waren.

»Was ist das?« McCoy beugte sich vor, um die Sachen näher in Augenschein zu nehmen.

Spock bückte sich und sortierte vorsichtig das Zeug,

das irgend jemand hier zurückgelassen hatte. »Noch mehr Material, um das Rätsel zu füttern. Lassen Sie uns weitergehen.«

»Moment!« Leno hob eine Hand und holte Luft. »Wonach *riecht* es hier?«

Hallie verzog das Gesicht. »Puh! Nach faulen Pfirsichen riecht es aber nicht.«

»Ich weiß nicht ...« Chekov wandte sich auf dem Absatz um. Der Strahl seiner Lampe fuhr willkürlich durch den Gang und erhellte abwechselnd Boden und Wände. Unerwartete Bewegungen fingen ihre Blicke ein, als etwas in der plötzlichen Helligkeit aufzuckte und hinter der nächsten Korridorkreuzung verschwand.

Chekov war wie ein Bluthund sofort auf den Beinen, hielt den Phaser bereit und führte die anderen im Laufschritt um die Ecke.

Dort war der Geruch erheblich intensiver; ranzig und scharf. Chekov blieb so unverhofft stehen, daß die anderen fast gegen ihn prallten. Sein Lichtstrahl wanderte über den Boden.

Auf halbem Weg durch den Gang erfaßte er eine Gestalt auf dem Boden. Ihre schlanken Gliedmaßen lagen an ihren Seiten, ihr Kopf lehnte, unnatürlich zur Seite geknickt, an der Wand. Hallie hielt sich die Nase zu und würgte. »Ich dachte, es wären keine Lebenszeichen gemessen worden«, sagte sie leise.

»Man kann nur Lebenszeichen messen, wenn jemand lebt«, sagte McCoy grimmig. Er näherte sich langsam dem verwesenden Leichnam, kniete sich auf den Boden und warf einen Blick auf den Scanner in seiner Hand hielt. »Eine junge Romulanerin.« Er hatte schon Schlimmeres gerochen. *Ja, red es dir nur ein, Leonard.* Er bewegte das Gerät mit langsamen Bewegungen über die gesamte Länge der Leiche und las die Werte ab. Als er fertig war, stand er auf, drehte sich um und fragte sich, ob er so grau aussah, wie er sich fühlte. »Sie ist seit mehreren Wochen tot, Spock.«

»Todesursache?« fragte der Erste Offizier.

McCoy schob den Kopf der Leiche mit der Stiefelspitze vorsichtig hin und her. »Genick- und Schädelbruch. Das, was man einen Henker-Genickbruch nennt.«

»Was ist Ihrer Meinung nach hier passiert, Dr. McCoy?« fragte Leno leise. In der düsteren Beleuchtung wirkten ihre Augen fast schwarz. »Ist sie ermordet worden?«

McCoy zuckte die Achseln. »Wir wollen keine vorschnellen Schlüsse ziehen, Fähnrich. Ich weiß nicht, was hier passiert ist. Sie könnte auch gestü ...«

»Moment mal«, unterbrach Markson ihn und warf mit einem eigenartigen Ausdruck einen Blick auf die Leiche. »Wenn sie schon mehrere Wochen tot ist, was haben wir dann eben gesehen?«

»Gut mitgedacht«, erwiderte Chekov leise. Wie auf ein geheimes Kommando hin, flammten alle Lampen der Gruppe auf und suchten den Gang ab. Der Korridor ging noch mehrere Meter weiter, aber nirgendwo war eine Tür oder eine Kreuzung zu erblicken. Es gab keinen Platz, an dem man sich verstecken konnte, keine Möglichkeit, von hier zu verschwinden. Man hatte alles voll im Blick.

»Es *war* aber etwas da«, sagte Leno mit fester Stimme. »Ich habe es *gesehen*. Ich weiß zwar nicht, was es war, aber ich weiß, daß es *da* war.« Sie wandte sich zu Chekov um; ihr Blick war fast bittend. »Sie haben es doch auch gesehen, Chef, oder?«

Chekovs Stirn furchte sich. »Ich habe tatsächlich *etwas* gesehen, Fähnrich«, sagte er zustimmend. »Aber ich weiß nicht ...«

»Ich glaube, Sie wissen, was Sie gesehen haben, Lieutenant. Bitte, machen Sie die Lampen aus.« Nachdem sie Spocks Bitte gefolgt waren, leuchtete der Vulkanier mit seiner Lampe den Gang ab. Die Wände gaben einen hellen Glanz ab. Ein Streifen Metall, der zur Dekoration oder Richtungsangabe diente, blitzte in ihren

Augen auf, als das Licht ihn abtastete und dann in den dunkleren Tiefen des Ganges verschwand.

Leno seufzte empört. »Ich glaube wirklich, daß das Auge einem Streiche spielen kann.« Chekov nickte, wirkte aber weniger überzeugt.

»Ja, Fähnrich, das kann es, besonders dann, wenn man aufgeregt ist«, sagte McCoy besänftigend. »Dieser Ort ist so gespenstisch, daß wir *das* nicht auch noch brauchen.« Er deutete auf die tote Romulanerin.

»Wissen Sie *genau,* daß da nicht noch etwas anderes war, Doktor?« fragte Markson mit hohler Stimme. »Ob es nun ein Licht war oder nicht – jemand hat die Romulanerin umgebracht.«

»Hören Sie, Fähnrich, wir wissen nicht …«

Doch bevor McCoy noch mehr sagen konnte, erlosch die Notbeleuchtung. Spocks Handlampe ging ohne warnendes Flackern aus. Sie standen in absoluter Dunkelheit.

5

Nach dem Gespräch der Einsatzgruppe schloß sich der Kanal mit einem Klicken, und Kirk lehnte sich im Kommandosessel zurück. Er stieß einen leisen Seufzer aus. Sein Brustkorb hob und senkte sich in straffen, kontrollierten Bewegungen, die so gering ausfielen, daß niemand vom Brückenpersonal sie bemerkte. Er wollte nicht, daß die Leute seine Besorgnis spürten oder das dumpfe Unbehagen erahnten, das ihn sofort nach dem Transfer des Teams überkommen hatte.

Eine unidentifizierbare Anspannung drückte wie die geisterhafte Berührung feinster pantasianischer Seide gegen seine Haut. Doch im Gegensatz zu dem seltenen, prächtigen Stoff erfreute ihn das Gefühl nicht im geringsten. Er fühlte sich gereizt. Er wußte genau, daß irgendwo irgend etwas passierte, über das er im Bilde sein sollte. Doch er war es nicht. Er hatte ein Gefühl, als… Tja, man konnte es wohl nur melodramatisch ausdrücken: Da war eine ›drohende Macht‹. Aber auch das traf es nicht ganz. Genau besehen hatte er den Eindruck der Erinnerung an einen tollen Sommertag, an dem ein Gewitter die Kornfelder Iowas bedrohte. Er erinnerte sich. Er saß auf der hinteren Veranda und schaute zu, als sich die Gewitterwolken am Horizont zusammenballten. Schwarze Wolkenkegel, die sich immer höher auftürmten, darin die Blitze, das Rollen einer unheilvollen Macht, und die drohenden Wassermassen. Ja, *genau* so fühlte er sich in diesem Moment, und es ärgerte ihn, weil er keine logische Begründung für seine Besorgnis fand.

Er hatte doch gerade erst mit Spock gesprochen. Es war alles in Ordnung. Warum machte er sich also Sorgen?

Kirks linker Zeigefinger zog gedankenverlorene Kreise um den Rufknopf der Sessellehne. Sein Blick konzentrierte sich auf die kaum wahrnehmbaren Bewegungen, flitzte mit winzigen, jähen Bewegungen umher, folgte wie hypnotisiert dem Kreismuster der Fingerspitze, ohne die Geste im Grunde zu registrieren. Er spitzte nachdenklich die Lippen, verfiel noch tiefer ins Grübeln, sondierte die Ebene seines sechsten Sinnes, den er ›Riecher‹ nannte. Er hatte in den Jahren, in denen er bei der Flotte war, gelernt, sich darauf zu verlassen.

Was beunruhigte ihn nur so? Weder die Scanner noch das Sondierungsteam gaben einen Hinweis darauf, daß trotz des unangekündigten und geheimnisvollen Auftauchens der romulanischen Station Schwierigkeiten anstanden. Der Steuermann hatte in diesem Gebiet keine anderen Schiffe entdecken können. Aber es war durchaus vorstellbar, daß ein getarntes romulanisches Schiff – von den Instrumenten der *Enterprise* nicht erfaßbar –, irgendwo bereitstand und nur darauf wartete, daß er und seine Leute träge und nachlässig wurden. Dann konnte es seine Tarnung aufgeben und sich zum Angriff bereitmachen.

Kirk schüttelte leicht den Kopf. Wenn er so weitermachte, würde er bald durchdrehen und Pille konnte ihn dann ins Altenheim für Raumfahrer einweisen.

Diese Vorstellung fegte einige seiner Sorgen beiseite. Wenn er in dieser Lage noch Humor hatte, konnte sie unmöglich so düster sein, wie er sie sich ausmalte. Es gab *wirklich* nichts, worum er sich Sorgen machen mußte.

Außerdem hatte Scotty – sollte auf der Station *wirklich* ein Problem sein häßliches Haupt erheben – die Reflexe und die Geistesgegenwart, die Gruppe zurückzuholen und die *Enterprise* auf Warp 9 zu beschleunigen, bevor irgend etwas Böses geschah.

Schön. Doch warum hatte er, obwohl ihm all dies klar war, noch immer dieses eigenartige Hautjucken?

Kirk seufzte erneut, diesmal echt irritiert über sich und seinen besorgten sechsten Sinn. Es gab keine Antwort. Er war lange genug Captain, um zu wissen, daß es *nie* eine befriedigende Erklärung für diese Unruhe geben würde. Außerdem war er lange genug in einer Kommandofunktion, um zu wissen, daß er und die *Enterprise,* falls wirklich irgendwo etwas passierte, sich früher oder später im Zentrum der Gefahr befinden würden.

Mit diesem nicht ganz befriedigenden Gedanken stand er auf und zupfte sein Jackett zurecht. »Nun«, sagte er in dem Versuch, trocken und gutgelaunt zu klingen, »wenn alle ihren Spaß haben und ich außen vor bleiben muß, kann ich wohl einen Teil meiner überschüssigen Energie anderswo abbauen.« Er lächelte die schöne Bantufrau an, die an der Komkonsole saß. »Commander Uhura, ich bin in der Sporthalle und übe mich im Riseawayspiel. Kontaktieren Sie mich dort oder in meiner Unterkunft, falls Sie mich brauchen oder etwas von dem Team hören.«

Uhura nickte spröde, ihre Augen glitzerten. »Jawohl, Sir.«

»Commander Sulu, Sie haben das Kommando.«

»Aye, Sir.« Der schlaksige Steuermann nickte kurz und stand elegant auf, um Kirks Platz einzunehmen.

Im Turbolift gab er Deck 7 und die Sporthalle als Ziel an. Jetzt war die beste Zeit, McCoys unerwartete Überlegenheit beim Riseaway etwas auszugleichen. Wenn es nach ihm ging, würde der Onkel Doktor eine ordentliche Überraschung erleben, wenn er aufs Schiff zurückkehrte.

Kirk spürte das unterschwellige Vibrieren des Bodens durch die Stiefelsohlen, als der Lift sich in Bewegung setzte, und verschränkte seufzend die Arme vor der Brust.

Verärgert, Jim? fragte er sich stumm, und kam zu dem Schluß, daß er es war, ein bißchen jedenfalls. Captain eines Raumschiffes zu sein, war keineswegs eine leichte Aufgabe. Klar, man hatte viele Vorteile, denn mit dem Rang kamen nun mal gewisse Privilegien. Aber die Verantwortung brachte auch eine Menge Frustrationen mit sich. Wie zum Beispiel jetzt.

Der Lift verlangsamte, auf der Anzeige leuchtete eine Sieben, und die Türhälften gingen auf. Kirk wandte sich sofort der Sporthalle zu.

Für einen Menschen mit seinem Sinn fürs Abenteuer und seiner verzehrenden Neugier bezüglich des Universums war es schwer, gleichzeitig Captain zu sein und an Bord bleiben zu müssen, während die anderen hinausgingen und Abenteuer erleben durften! Er wußte, welcher Admiral seinen Namen unter die vorläufige Anweisung gesetzt hatte, die ›empfahl‹, daß die Captains die Kommandogewalt über die Landeeinheiten an die Stabsoffiziere abgeben sollten. Der Mann war seit langem ein guter Freund, aber Kirk kam sich dennoch wie ein Betrogener vor. Na ja, ein bißchen. Er hatte das Memorandum beim Eintreffen mit Häme bedacht und kurz die Absicht im Herzen getragen, es so lange zu ignorieren, bis es offiziell war oder es ihm jemand in den Rachen schob. Leider war dieser Jemand sein Erster Offizier gewesen, und Kirk wußte schon seit langer Zeit, daß es keinen Sinn hatte, sich mit Spock auf Diskussionen einzulassen, speziell dann nicht, wenn McCoy im gleichen Raum war. Pille hatte einfach zuviel Spaß an solchen Dingen.

Zwar hätte er gern gesagt, daß er Pille und Spock die Durchsuchung der romulanischen Raumstation nicht neidete, aber es wäre nicht die Wahrheit gewesen. Er war *ungeheuer* neidisch, und es juckte ihn schrecklich, sich das anzusehen, was die Romulaner da zusammengebaut hatten.

Die Tür der Sporthalle teilte sich bei Kirks Erscheinen, und er ging hinein. Der große Raum war fast leer, wenn man von zwei dienstfreien Besatzungsmitgliedern absah, die auf dicken Matten in einer Ecke Fallübungen machten. Die Einerkabinen am Rand des Hauptraumes waren jedoch stärker frequentiert – das warme Leuchten roter Lampen über den Türen zeigte an, daß sie besetzt waren. Von dort aus, wo er stand, sah Kirk eine einsame schwitzende Handballspielerin, die einem Ball Saures gab, und zwei weitere Personen, deren Geschlecht von dicker Schutzkleidung verborgen wurde. Sie übten mit den hell erleuchteten Stöcken, die man beim Littlejohn benutzte.

Er ging in den Umkleideraum und brachte mehrere Minuten damit zu, sich aus der Uniform zu schälen und den engen weißen Anzug anzuziehen, den man beim Riseaway brauchte. Er zog den Stoff sorgfältig gerade, weil er glatt am Körper anliegen mußte. Unnötige Falten beeinflußten das Spiel. Er hatte dies auf die harte Tour erfahren müssen. Kirk zog die Kapuze über, paßte sie seinem Gesicht an und setzte die Schutzbrille auf. Dann nahm er seinen Schläger aus dem Spind, verließ den Raum und durchquerte die Halle.

Kabine neun war frei. Kirk trat ein. Er betätigte den Schalter neben der Tür, der das ›Besetzt‹-Licht aufflammen ließ und die Fenster undurchsichtig machte. Er wollte nicht, daß seine Übungen beobachtet wurden, und dies schon gar nicht, wenn sie der List dienen sollten, McCoy zu überraschen. Pille war nach seinen letzten Siegen mächtig hochnäsig geworden. Es würde ihm Vergnügen bereiten, ihm ein wenig von seiner eigenen Medizin zu verabreichen. Der Gedanke ließ Kirk lächeln, und er spürte sofort, daß seine Stimmung besser wurde. Die schwarze Wolke löste sich auf. Vielleicht lag das beunruhigende Gefühl weniger daran, daß über ihnen eine drohende Gefahr schwebte. Vielleicht fühlte er sich nur ausgeschlossen, weil seine Freunde ihr Vergnügen hatten.

»Mein Gott, du bist *wirklich* neidisch.« Er schüttelte den Kopf und empfand leichte Erheiterung. Er betätigte grinsend den dritten Kontrollknopf. Die Schwerkraft im Innern des Raumes wurde sofort aufgehoben. Kirk spürte, daß er allmählich zu schweben begann und stieß sich leicht vom Boden ab. Die leichte Bewegung reichte aus, um ihn die halbe Wand hinaufschweben zu lassen, bis zur Höhe der Haltegriffe. Er packte einen mit der behandschuhten Linken und hielt einen Moment inne, um den unter ihm liegenden Raum zu mustern.

Die Riseaway-Regeln waren im Vergleich zu denen mancher Kartenspiele, die Pille ihm früher hatte beibringen wollen (wie etwa das unbegreifliche ›Schafkopf‹), vergleichsweise einfach. Das Spiel war eine Mischung aus Handball und Kricket und basierte auf der Logik von Schach, ergänzt durch Nullgravitation. Der ›Ball‹ war eine bunte Lichtkugel. Verschiedene Farben bedeuteten unterschiedliche Punktwerte. Der Spieler mußte den Ball mit einem ›Paddel‹ auf ein Ziel schlagen, um direkte Treffer zu erzielen und Punkte zu sammeln. Dazu kam die Schwierigkeit, daß man gleichzeitig die Wände erklimmen mußte, und zwar nach Regeln, die nur der Spielcomputer kannte, der die Bälle erzeugte. Ein Summer ertönte, wenn dieses Hochsteigen nicht korrekt war; dann verlor man Punkte, die dem Gegenspieler gutgeschrieben wurden.

Kirk hatte sich schon beim ersten Mal in das Spiel vernarrt. Er hatte McCoy damit bekannt gemacht, weil er geglaubt hatte, ihm könne die Bewegung guttun. Und er hatte – bis zu Pilles langer Glückssträhne – auf eine lange Reihe von Siegen gehofft. Doch nun war ihm klar, daß er mehr Übung brauchte, um es mit ihm aufzunehmen; er mußte lernen, die besondere Drehung zu beherrschen, die McCoy seinen Bällen so gekonnt verlieh.

»Computer, anfangen«, sagte Kirk. Er duckte sich reflexartig, als der erste Lichtball aus dem Schlitz an der gegenüberliegenden Wand schoß und auf seinen Kopf zuflog. Vielleicht war er *noch* schlechter, als er angenommen hatte. »Anfängerstufe eins, bitte«, fügte er hinzu.

»Es soll nur zum Aufwärmen sein.« Der nächste Ball kam langsamer, und Kirk erwischte ihn.

Einige Zeit später war er zwar schweißgebadet, aber auch in die Liga jener aufgestiegen, die das Spiel recht gut beherrschten. Er versetzte dem letzten Ball eine Drehung, die McCoys Kinnlade dazu animiert hätte, nach unten zu sinken, und drosch ihn mit perfekter Genauigkeit auf das Zählerfeld. Nicht übel. Wirklich nicht übel. Beim nächsten Mal würde McCoy wissen, gegen wen er verloren hatte.

Kirk stieß sich von der Wand zum Boden ab und packte den Fangring an der Tür. Nun war er sich sicher, Pille als *Enterprise*-Meister in diesem Spiel entthronen zu können. Und schlagartig war die Schwerkraft wieder da. Zum Glück schwebte Kirk nicht hoch über dem Boden, deswegen fiel er nicht sehr tief. Trotzdem war er überrascht. Er baute eine harte Landung und drehte sich im letzten Moment, um die Hauptlast des Falles mit der Schulter aufzufangen. Es tat weh, er drückte eine Hand auf die linke Seite seines Brustkorbs und kniff die Augen zusammen.

Nach ein, zwei Minuten öffnete er sie wieder, setzte sich vorsichtig hin und überprüfte die Seite vorsichtig mit den Fingerspitzen. Er hatte sich zwar nichts gebrochen, aber in ein paar Stunden hatte er wahrscheinlich einen ansehnlichen blauen Fleck. »Gesteh's dir ein«, murmelte er, während das gute Gefühl, das er beim Spiel gehabt hatte, in alle Winde zerstob. »Du wirst zu alt für dieses Zeug.« Er stand langsam auf, betätigte die restlichen Schalter und verließ den Raum.

Alle anderen waren aus der Sporthalle verschwunden, deswegen gab es auch niemanden, den er hätte fragen können, ob die anderen Räume ebenso betroffen waren. Er betätigte den Kommunikator im Umkleideraum. »Kirk an Commander Scott.«

»Hier ist Scott, Captain.«

Kirk schob die Kapuze zurück und fuhr sich mit der

Hand über das verschwitzte Haar. »Scotty, der Antigrav in Sporthallenraum neun hat gerade seinen Geist aufgegeben.«

»Sind Sie in Ordnung, Sir?« fragte der Chefingenieur besorgt. »Oder soll ich Dr. Chapel benachrichtigen?«

»Wird nicht nötig sein, Scotty. Mir geht's gut. Aber einer Ihrer Ingenieure soll das Ding prüfen, ja? Ich möchte nicht das Risiko eingehen, daß sich jemand ernsthaft verletzt.«

»Aye, Sir«, erwiderte Scott durch das Interkom. »Ich mache es sofort. Und ich benachrichtige die Mannschaft, daß niemand den Raum benutzt, ehe ich ihn nicht freigegeben habe.«

»Sehr gut, Mr. Scott. – Kirk, Ende.« Er zog den nassen Anzug bis zum Bauch hinab und trat vor den Spiegel, um die Seite etwas genauer in Augenschein zu nehmen. Kein Zweifel, da entwickelte sich der Großvater aller Schrammen. Kirk murmelte wüste Verwünschungen gegen einen gewissen einfachen Landarzt, der sich entschlossen hatte, es ausgerechnet in so einem blöden Spiel zur Meisterschaft zu bringen, zog den Rest des Anzugs aus und ging unter die Dusche. Das heiße Wasser tat seinem geschundenen Leib zwar gut, aber er gestattete sich nicht den Luxus, es zu genießen. Sekunden später stand er wieder im Freien, und kurz darauf verließ er die Sporthalle und eilte zum Turbolift, um sein Quartier aufzusuchen.

Vor dem Lift stand eine recht verwirrt aussehende Angehörige der Besatzung, die mit den Fingern gegen die Wand trommelte. »Probleme, Lieutenant?« fragte Kirk liebenswürdig.

Sie warf einen Blick über ihre Schulter. Sie wirkte entrüstet, aber als sie ihn erkannte, stand sie sofort stramm.

Kirk gab ihr mit einer Geste zu verstehen, sie solle sich rühren. »Was ist denn los?«

»Es ist der Turbolift. Er reagiert nicht.«

Kirk runzelte die Stirn. »Das ist aber sonderbar.« Ein

paar Sekunden später packte ihn selbst die Ungeduld. »Was ist das denn für ein Quatsch?« murmelte er verärgert und stützte die Hände in die Hüften. Dann rief er mit lauter Stimme: »Computer!«

»In Funktion«, erwiderte die androgyne Stimme sofort.

»Welche Ursache hat die Fehlfunktion im Steuerbordlift.«

Es gab eine sekundenlange Pause, dann meldete sich die neutrale Stimme des Computers wieder. »Steuerbord-Turbolift funktioniert in jeglicher Hinsicht normal.«

Kirk hob fragend die Brauen und schaute den Lieutenant an. »Er ist *im Eimer!*« sagte er.

»Frage bitte wiederholen.«

Kirk verdrehte die Augen, dann drückte er erneut auf den Knopf und war leicht überrascht, als die Tür sofort aufging. »*Endlich*«, keuchte er zufrieden. »Das ist schon besser. Vielleicht war er nur pausenlos im Einsatz, Lieutenant. Nach Ihnen.«

Sie lächelte, und Kirk fühlte sich wieder mal wie ein Held.

Er stieg auf Deck 5 aus, ging durch den Korridor an McCoys und Spocks Unterkünften vorbei und näherte sich seiner eigenen. Als er eingetreten war, zog er die Jacke aus – die Bewegung bereitete ihm erhebliche Schmerzen –, nahm in dem Sessel Platz, der vor der privaten Kommunikationsstation stand und schaltete das Gerät ein. »Kirk an Uhura.«

»Anwesend, Sir.« Ihre melodische Stimme war Manna für seine Ohren.

»Haben wir schon was vom Sondierungsteam gehört?«

»Negativ, Captain.«

Kirk schaute auf die Uhr und spitzte die Lippen. »Sie sind überfällig, Commander. Versuchen Sie, sie zu erreichen.«

»Aye, Sir.« Uhura hielt inne, und er hörte, daß sie den

Kanal öffnete. »Captain, gerade kommt eine Nachricht vom Starfleet-Hauptquartier herein. Es ist Admiral Cartwright.«

Kirk nahm eine bequemere Position in seinem Sessel ein. Er fragte sich, ob er die Jacke wieder anziehen sollte, aber Cartwright und er waren alte Freunde, und er glaubte nicht, daß der Admiral es ihm verübeln würde, wenn er mal gegen das Protokoll verstieß. »Stellen Sie ihn durch, Uhura, und machen Sie mir eine Verbindung mit Spock oder McCoy.«

»Aye, aye, Sir. – Starfleet-Hauptquartier, hier ist die *Enterprise.* Die Verbindung steht.« Uhura klinkte sich aus. Der Bildschirm der Kommunikationsanlage erstrahlte in hellem Licht, das kurz darauf verschwand, um das dunkle Gesicht Admiral Cartwrights zu zeigen. Der gutaussehende Flottenoffizier nickte erfreut.

»Hallo, Jim.«

»Admiral?«

»Ich habe deine Botschaft gerade erhalten. Wißt ihr genau, daß es eine romulanische Raumstation ist?«

»Wir sind ziemlich sicher. Ich erfahre die Einzelheiten aber erst, wenn das Team wieder an Bord ist. Mr. Spock und Dr. McCoy sind mit einer Sicherheitsmannschaft drüben.«

»Sehr gut.«

Kirk beugte sich vor und faltete die Hände auf der Tischplatte. »Gibt's irgendwelche Neuigkeiten über Aktivitäten am Rand der Neutralen Zone? Müssen wir auf irgend etwas achtgeben?«

Cartwrights Gesichtsausdruck wurde ernst. »Wir haben keine Meldungen erhalten, die uns besorgt machen müßten. Aber es bedeutet nicht, daß die Romulaner *nicht* gerade etwas auskochen. Ich wollte dir nur mitteilen, daß ich auf deine Nachricht hin die Beobachtungsposten an der Grenze in erhöhte Alarmbereitschaft versetzt habe. Hat sich bei euch schon irgend etwas ergeben?«

»Nein. Die Sensoren zeigen keine fremden oder unidentifizierten Schiffe in diesem Gebiet.«

Cartwright nickte zwar, aber er sah nicht besonders glücklich aus. »Das gefällt mir nicht. Wenn es eine romulanische Station ist, stellt sie eine große Bedrohung dar. Jim, ich schicke euch Verstärkung. Die *Kongo* kann in sechsunddreißig Stunden bei euch sein; die *Lexington* in drei Tagen. Ich hoffe zwar, daß wir sie nicht brauchen, aber wir können kein Risiko eingehen. Laß es mich wissen, wenn es irgendwelche Entwicklungen gibt oder wenn du etwas von dem Sondierungsteam hörst.«

»Ich halte dich auf dem Laufenden. Sobald ich etwas höre, erfährst du es ebenfalls.«

Nun lächelte Cartwright. »Ich weiß, Jim. Viel Glück. – Cartwright, Ende.«

Kirk lehnte sich im Sessel zurück und musterte die Wand. Es war gut, wenn man wußte, daß Starfleet über die Lage im Bilde war und Schritte unternahm, um die Romulaner besser im Auge zu behalten. Die Verstärkung würde helfen, jeden abzuschrecken, der feindliche Absichten verfolgte. Hätte er vielleicht McCoys Bemerkung zitieren sollen, daß es sich unter Umständen gar nicht um eine romulanische Raumstation handelte? Aber er wollte nicht zu viele Feuer unter dem kollektiven Hinterteil der Flotte entfachen, denn es gab einige Mitgliedswelten, die bei der geringsten Andeutung von Gefahr hysterisch wurden. Er wartete lieber ab, um zu sehen, was passierte. Ach ja …

Er betätigte den Knopf erneut. »Uhura, haben Sie Spock erreicht?«

Als ihre Antwort kam, klang sie verblüfft. »Ich versuche es ständig, Captain. Auf der Frequenz gibt es leichte Störungen. Es sieht so aus, als könnte ich keine …«

Montgomery Scotts breiter Akzent schaltete sich in die Verbindung ein. Kirk schnappte nach Luft und spürte, daß eine eisige Hand nach seinem Herzen griff. »Captain! Ich habe die Koordinaten der Gruppe verloren!«

6

Eine kleine, feste und sehr unerbittliche Hand legte sich schwer auf McCoys Schulter und warf ihn schmerzhaft auf den kalten Boden. Er keuchte auf, als seine Knie gegen die grobe Behandlung protestierten, dann spürte er, daß sich die anderen Angehörigen des Kommandos rings um ihn in der plötzlichen Dunkelheit sammelten. Doch so nahe sie auch waren, er konnte nicht mal einen Schatten erkennen. Ihr Atem klang in seinen Ohren leicht und schnell. Sein eigenes Herz schlug wie ein amoklaufender Trommler gegen seinen Brustkorb, und er kämpfte das von einem Adrenalinstoß erzeugte Verlangen nieder, die Flucht zu ergreifen. Ein panischer Rückzug in der Dunkelheit konnte für ihn in einer Katastrophe enden, vielleicht sogar für die ganze Gruppe. Fähnrich Hallies feste Hand blieb weiterhin auf seiner Schulter, und er empfand Dankbarkeit für den körperlichen Kontakt, denn er verlieh ihm in der Desorientierung der absoluten Finsternis einen Bezugspunkt.

»Spock…« McCoys flüsternde Stimme war von Anspannung belegt und klang übermäßig laut. Hallies Finger drückten in seine Schulter, baten ihn zu schweigen. Wahrscheinlich brach er irgendeine wichtige Regel, wenn er jetzt sprach, aber er mußte einfach wissen, ob…

»Still, Doktor«, befahl der Vulkanier jäh. Sein geflüsterter Befehl – in einem Ton, der keine Diskussion zuließ – kam von rechts, oberhalb von McCoys Kopf. Fähnrich Markson war offenbar weniger erfolgreich darin gewesen, seinen Schützling zu bewegen, sich auf den Boden zu ducken. Spock stand noch immer.

»Was machen Sie da?« fragte McCoy heiser. Er ignorierte Spocks Anweisung einfach. Er wollte unbedingt wissen, ob da irgend etwas auf sie zukroch. Doch wenn es so war, wurde es von der Dunkelheit zweifellos ebenso behindert wie sie. *Unsinn,* gestand er sich mit einem stummen Schnauben ein. *Bei meinem Glück trägt es eine Infrarotbrille.*

Die nächsten Worte des Ersten Offiziers fielen weniger knapp aus: »Wenn Sie so freundlich wären, Ihr unnötiges Geschwätz einzustellen, Dr. McCoy, könnten wir eventuell etwas hören.«

Dies brachte den gedankenlosen Mediziner zum Schweigen. Er senkte den Kopf und schämte sich in einem plötzlichen und gerechtfertigten Erröten. Er blieb still, blieb hocken, wo er war, stützte aus Gleichgewichtsgründen eine Hand auf den kühlen Boden zwischen seinen Knien und legte die andere fest auf den Knauf seines Phasers, auch wenn es wenig nützen würde. Er hatte nicht vor, in der Dunkelheit herumzuballern, nicht mal dann, wenn *wirklich* einer von Commander Scotts Klabautermännern im Begriff war, auf sie zuzukommen. Er wollte nicht das Risiko eingehen, einen seiner Kameraden zu töten, selbst wenn die unwahrscheinliche Chance bestand, er könne auch etwas anderes treffen. Vorausgesetzt, da draußen war überhaupt etwas.

McCoy schaute auf seinen Phaser und stellte überrascht fest, daß er das Licht der Energieanzeige nicht sah. Was ging hier vor, verdammt?

Irgend jemand rumste leicht gegen ihn, erschreckte ihn und brachte ihn für einen Augenblick aus dem Gleichgewicht. Eine leise Stimme, die offenbar Leno gehörte, murmelte »Verzeihung«, und der Kontakt war sofort wieder unterbrochen. Die kurze Berührung war unglaublich beruhigend gewesen. Es war nett zu wissen, daß man nicht allein in dieser Lage steckte, selbst wenn man das Gesicht des anderen nicht sah.

Doch flackerte die Notbeleuchtung des Korridors wieder auf. Die unerwartete Helligkeit war beruhigend, vor allem deswegen, weil der rötliche Farbton allem einen düsteren, überirdischen Schein verlieh. *Willkommen in der Hölle, Dr. McCoy,* dachte er säuerlich.

Er schaute hoch. Spock ragte vor ihm auf, seine hagere Gestalt wirkte angespannt. Der Vulkanier drehte langsam den Kopf, als er den Versuch machte, mit seinem überlegenen Gehör irgendein Geräusch zu erhaschen. Die bizarre Beleuchtung betonte die scharfen Konturen seines Gesichts und schuf Höhlen auf seine Wangen, so daß er eher einer vulkanischen Leiche glich als einer Entität aus Fleisch und Blut.

»Können wir jetzt aufstehen?«

Als der Erste Offizier nickte, rappelten McCoy und die anderen sich hoch. Ohne sich dessen bewußt zu sein, standen sie mehr oder weniger Rücken an Rücken, so daß mindestens ein Augenpaar jede Richtung im Blick behielt.

»Haben Sie irgend etwas gehört, Mr. Spock?« fragte Chekov.

»Nein.« Der Vulkanier schien enttäuscht zu sein. Seine dunklen Augen erforschten den leeren Gang.

»Sind alle in Ordnung?« fragte McCoy die anderen. Alle nickten. Hallie blies sich eine Haarsträhne aus dem Gesicht. Lenos Blick flackerte, als sie jeden Winkel nach Unstimmigkeiten absuchte.

McCoy holte tief Luft. »Tja«, sagte er, »was war das eigentlich?«

»Das ist noch unklar, Doktor«, sagte Spock gleichmütig. Sein Blick suchte den halbdunklen Gang weiterhin ab, obwohl es dort nichts zu sehen gab. »Die Bordsensoren haben angezeigt, daß die Systeme der Station auf Minimalniveau laufen, aber nichts über Energieabfälle gesagt. Selbst wenn Systeme völlig ausfallen, können sie unmöglich auch unsere eigenen Lampen ausschalten.«

»Nicht nur sie waren aus«, wandte Hallie ein. Sie hob ihren Phaser. »Jetzt ist die Energie zwar wieder da, aber während der Dunkelheit war die Anzeige aus. Ich weiß nicht, ob wir Energie gehabt hätten, wenn es nötig gewesen wäre.«

McCoy nickte. »Hallie hat recht. Meine Anzeige war auch erloschen.«

»Das ist aber gar nicht gut«, murmelte Leno und tauschte mit Chekov einen Blick.

»Es ist äußerst merkwürdig«, lautete Spocks Kommentar über diese Neuigkeit.

»Äußerst merkwürdig?« wiederholte McCoy, den die Ruhe des Ersten Offiziers stark irritierte. »*Mehr* fällt Ihnen dazu nicht ein? *Äußerst merkwürdig?«* Er stützte die Hände in die Hüften und widerstand dem Verlangen, den Vulkanier durchzuschütteln.

»Leider vermag ich nicht zu verstehen, was ich Ihrer Meinung nach hätte sagen sollen«, erwiderte Spock. Er nahm den Tricorder von der Schulter und betätigte die Kontrollen. »Der Tricorder funktioniert völlig normal.« Er drehte ihn im Kreis und hielt inne, dann schaute er in die Richtung, in die sie unterwegs gewesen waren. »Es gibt keinen Hinweis auf einen Energieabfall.« Er hob das Gerät hoch, damit alle es sahen. »Faszinierend. Ich schlage vor, wir setzen die Suche fort.«

»Moment mal!« McCoys Stimme ließ den Vulkanier innehalten. »Was machen wir, wenn unsere Lampen noch mal ausgehen?«

Spock wandte sich um und maß ihn mit einem abschätzenden Blick. »Das entscheiden wir, wenn es soweit ist«, erwiderte er pragmatisch.

»Na, prima!« höhnte McCoy und wandte sich ab.

»Auch mir wäre jede positive Alternative lieber, Dr. McCoy, aber unsere Möglichkeiten sind, solange wir über keine weitergehenden Informationen verfügen, momentan wohl sehr begrenzt.«

Hörte er da etwa eisige Ironie in der festen Stimme

des Vulkaniers? McCoy drehte sich wieder um, warf einen Blick in Spocks emotionsloses Gesicht und konzentrierte sich auf die dunklen Augen. Spock schwor zwar ständig bei all seinen vulkanischen Vorfahren, daß seine Seele nicht über die kleinste Emotion verfügte, aber McCoy wußte, daß es anders war. Und ebenso kannte er nun die Botschaft, die Spock ihm aus seinen dunklen, bodenlosen Augen übermittelte: *Wir sind die Anführer dieser Expedition. Wir müssen jetzt zusammenhalten. Jetzt oder nie.*

McCoy empfand aufgrund seines Verhaltens plötzlich einen Anflug von Scham. Die Station – und alles, was sich in ihrem Innern befand – war eine gewaltige unbekannte Größe. Spock würde alles in seiner Macht Stehende tun, damit die Gruppe sicher war und zusammenblieb, aber die Situation war ihm offenbar unangenehm, auch wenn er es nicht zugeben wollte. Die Tatsache, daß all dies auch den stoischen Vulkanier erschreckt hatte, reichte aus. McCoy riß sich zusammen. »Sollten wir uns nicht bei der *Enterprise* melden?« fragte er leise und weitaus angemessener. »Wenn wir keine Garantie für eine Beleuchtung haben, überlegt der Captain es sich vielleicht anders.«

»Ich möchte zwar auch nicht, daß wir in eine Klemme geraten, falls die Lampen erneut versagen«, sagte Spock nach einigen schweigsamen Sekunden, »aber ich bin auch nicht unbedingt der Meinung, daß die Beendigung dieses Unternehmens der beste Weg ist. Ihr Vorschlag ist vernünftig, Doktor. Wir lassen Captain Kirk entscheiden, wie wir weiter verfahren sollen. Vielleicht sähe er es tatsächlich lieber, wenn wir sofort aufs Schiff zurückkehren.«

»Klingt vernünftig«, stimmte McCoy ihm sofort zu. Chekov und Leno schauten aufgrund dieser Entscheidung zwar leicht enttäuscht drein, aber sie waren beide berüchtigt dafür, zu den abenteuerlicheren Gesellen an Bord der *Enterprise* zu gehören. Hallie, die ihren Chef ansah, schien noch zu schwanken. Markson hingegen wirkte sehr erleichtert.

Spock löste seinen Kommunikator vom Gürtel und schnippte ihn auf. »Spock an *Enterprise.*« Als keine sofortige Antwort kam, schaute er seine Gefährten kurz an. Er veränderte die Einstellungen des Geräts und versuchte es erneut. »Hier ist Spock. *Enterprise,* hören Sie mich?«

Die weiterhin andauernde Stille brachte McCoys Magen dazu, den Versuch zu wagen, ihm durch die Kehle zu entschlüpfen. »Was ist denn los, Spock?«

Der Vulkanier musterte nachdenklich den Kommunikator, dann klappte er ihn wieder zu. Er schaute auf. »Es scheint, wir haben die Verbindung zum Schiff verloren«, sagte er einfach.

Ein eisiges Kitzeln breitete sich in Kirks Magen aus, als er die schrecklichen Worte des Chefingenieurs hörte. Er holte tief Luft und beugte sich in seiner Unterkunft über den Schreibtisch. »Was ist passiert, Scotty?«

Verzweiflung trübte die tiefe Stimme des Chefingenieurs. Man vernahm es sogar über den kleinen Lautsprecher des Interkom.

»Das ist es ja gerade, Sir! Ich weiß es nicht! Ich hatte sie hundertprozentig im Visier, und sie waren so sicher wie in Abrahams Schoß. Und dann waren sie einfach weg, als wären sie nie dort gewesen!«

»Haben Sie während der ganzen Zeit deutliche Meßwerte erhalten?«

»Aye, Sir, und wie!« erwiderte der Schotte heftig. »Es war, abgesehen von einem kurzen Moment, ein starkes, festes Signal.«

»Abgesehen von einem Moment?« wiederholte Kirk. Scotts Worte ließen ihn zusammenzucken. Er beugte sich weiter vor, als könne er sich durch die Leitung schieben und neben Scott im Transporterraum auftauchen. »Haben Sie ›einen Moment‹ gesagt, Scotty?«

»Aye, Sir. Aus irgendeinem Grund, den ich nicht erklären kann, hat das Signal um eine Winzigkeit fluktuiert.« Scotty klang nun noch besorgter. »Und dann waren sie auch schon weg.«

Kirk ließ sich zurückfallen. Sein Verstand raste. »In der Sporthalle hat der Antigrav versagt«, murmelte er vor sich hin. »Und der Turbolift...«

»Sir?« fragte Scott. »Was war denn mit dem Turbolift?«

»Ich weiß es nicht genau, Scotty, aber er hat sich recht seltsam verhalten. Ich dachte, er sei vielleicht überlastet gewesen, aber jetzt glaube ich nicht mehr daran. Ich möchte, daß Sie ihn überprüfen und alle Details mit denen vergleichen, die den Antigrav ausgeschaltet haben könnten. Und bleiben Sie im Transporterraum. Versuchen Sie weiter, die Gruppe zu finden, und wenn es soweit ist, beamen Sie sie sofort an Bord.«

»Aye, Sir!« Die Verbindung brach ab.

Kirk drückte einen Konsolenknopf. Sein Abbild wurde von dem dunklen Bildschirm schwankend zurückgeworfen. »Uhura!« bellte er. »Haben Sie den Kanal zu Spock überprüft?«

»Tut mir leid, Captain.« Die Funkoffizierin klang, als sei sie auf sich oder ihre Instrumente wütend. »Ich habe alles versucht, aber ich bekomme keinen Kontakt.«

»Werden wir irgendwie gestört?« Verdammt noch mal, war es *doch* eine Verschwörung der Romulaner? Mußten sie mit einem Angriff rechnen?

»Ich weiß nicht, Sir. Es ist jedenfalls keine Störung, die ich kenne. Es ist eher wie ... Nun ja, wie ein *Auslaugen,* Sir. Als würde sich das Funksignal einfach auflösen.«

Kirks Verstand machte einen Sprung, wie Wasser über eine heiße Eisenplatte, als ein plötzlicher Adrenalinstoß sein Herz gegen seine Rippen schlagen ließ und ihn schmerzhaft an die verschrammte Seite erinnerte. »In Ordnung, Uhura.« Seine Stimme blieb gelassen und beruhigend. »Ich weiß, daß Sie Ihr Bestes geben. Bleiben Sie am Ball. Ich bin unterwegs zur Brücke.«

»Aye, Sir.«

Kirk beugte sich vor. »Noch etwas, Uhura. Ich möchte Meldungen aus allen Sektionen über Fehlfunktionen, Energieausfälle und ungewöhnliche Fluktuationen, die in den letzten paar Stunden vorgekommen sind. Es ist egal, wie geringfügig sie waren.«

»Jawohl, Sir. Ich sorge dafür, daß Sie alle Informationen erhalten.« Sie unterbrach die Verbindung.

Es muß einen Zusammenhang geben, dachte Kirk, als er zur Tür ging. Es konnte kein Zufall sein. Außerdem glaubte er nicht an Zufälle. Zu viele Beinahe-Scharmützel mit dem Tod hatten in ihm die feste Philosophie etabliert, daß nichts ohne Grund geschah, und wenn es noch so obskur war. Auch wenn man den Grund nie erfuhr oder verstand: Es gab immer einen.

Als er im Korridor war, lief er beinahe zum Turbolift. Die Türhälften glitten lautlos auseinander. Gut. Wenigstens arbeiteten sie jetzt wieder normal. Er trat ohne Zögern ein, und die Tür schloß sich leise hinter ihm. »Brücke.«

Die Gravplatte unter seinen Füßen summte leise, als der Lift beschleunigte. Er bewegte sich ohne Komplikationen nach oben, und die Anzeige über der Tür zeigte in Leuchtziffern die Decks an. Deck 3... Deck 2... Das nächste war die Brücke.

Der Lift hielt mit einem Geräusch an, das Kirk in den Zähnen spürte. Auf der Anzeige stand Deck 2, aber die Tür öffnete sich nicht.

Kirks Seufzer war eine Explosion der Frustration. »Verdammt noch mal, ich habe keine Zeit für so was!« Er mußte eine Möglichkeit finden, das Außenteam zu erreichen. Was er jetzt nicht brauchen konnte, war ein *Schiff* mit Fehlfunktionen.

Die Turboliftkabine sank unter ihm plötzlich in die Tiefe, und Kirk hatte das Gefühl, sein Magen hinge in seiner Kehle. Er sprang auf die Handsteuerung zu, doch er wurde von den Beinen gerissen, als die Kabine auf Deck 5 unerwartet zur Seite ruckte. Er verlor das Gleichgewicht, wirbelte herum und krachte so fest auf den Boden, daß die Luft pfeifend aus seiner Lunge entwich. Seine ohnehin schon verschrammte Seite explodierte in einem Aufblitzen heller Schmerzen, und zwei Rippen knackten. Kirk rang nach Luft, keuchte gegen den Ansturm der Agonie an und kämpfte gegen die auf ihn eindringende Dunkelheit, die ihn zu übermannen drohte. Die Anzeige über der Tür zeigte eine 5, als der Turbolift quer in die Untertassensektion einbog.

Ein Brüllen war in seinen Ohren, und obwohl er sich anstrengte, wurde sein Blickfeld grau. Kirk rappelte sich auf die Knie, drückte fest eine Hand auf seine Rippen und versuchte sich trotz Schmerz und der Desorientierung daran zu erinnern, wo die Handsteuerung lag. Mit der freien Hand tastete er blindlings nach dem Handrad und zog sich hoch. Er zwang sich, halb ohnmächtig vor Schreck und Schmerz, auf den Knien zu bleiben.

Der Turbolift blieb abrupt stehen. Ein kurzer, fast grauenhafter Augenblick der Stille folgte ... Dann raste die Kabine in die Tiefe. Völlig außer Kontrolle geraten, fegte sie im freien Fall ihrer Vernichtung am Ende des Liftschachtes entgegen.

7

Was soll das heißen, wir *scheinen* die Verbindung zum Schiff verloren zu haben?« McCoys Stimme durchbrach die tiefe Stille, die nach Spocks schrecklicher Bekanntmachung eingetreten war. »Haben wir sie nun verloren oder nicht?«

Eine von Spocks Brauen zuckte leicht. »Ja, Doktor, wir haben.« Er warf dem Kommunikator, den er noch in der Hand hielt, einen neugierigen Blick zu, dann heftete er ihn wieder an seinen Gürtel.

»Na, das ist doch toll!« McCoy verschränkte die Arme vor der Brust – doch nicht, weil er verärgert oder wütend war (er war natürlich beides), sondern weil seine Hände, selbst angesichts der niedrigeren Temperaturen an Bord der verlassenen Raumstation plötzlich kälter waren, als ihnen zustand. Er schob sie unter die Achselhöhlen und bemühte sich, das Frösteln zu ignorieren, das sich irgendwo tief in seinem Solarplexus zu entwickeln begann. Er bedachte Spocks stoisches Gesicht mit einem unglücklichen Blick. »Und was machen wir jetzt?«

»Ich schlage vor, daß wir die Erforschung der Station wie geplant fortführen«, sagte Spock einfach und mit mehr Seelenruhe, als er McCoys Ansicht zufolge hätte zur Schau stellen dürfen. »Für uns gilt noch immer der Befehl des Captains, der besagt, daß wir herausfinden sollen, was es mit der Station auf sich hat. Ich halte es für wahrscheinlich, daß das, was den Energieausfall unserer Geräte bewirkt hat, auch den momentanen Zustand der Station bestimmt. Wir werden in routinemäßigen Intervallen den Versuch unternehmen, die Verbindung zur *Enterprise* wiederherzustellen.«

»Und auf das Beste hoffen?« fragte McCoy leicht säuerlich.

»Und, falls nötig, ein alternatives Kommunikationssystem finden, Doktor«, erwiderte Spock.

»Wo denn, Sir?« fragte Markson.

Spock wandte sich zu dem jungen Sicherheitsmann um. »Obwohl die hiesigen Eingabegeräte uns keinen Zugriff bieten, Fähnrich, glaube ich, daß unsere Chancen auf der Brücke der Station größer sind.«

»Mr. Spock«, meldete sich Leno zu Wort. »Glauben Sie, daß das, was unsere Handlampen außer Kraft gesetzt hat, auch für das Zusammenbrechen der Verbindung zum Schiff verantwortlich war?«

»Die Lampen sind aber wieder angegangen«, warf Chekov ein.

»Trotzdem, Lieutenant«, erwiderte Spock. »Dies macht die Situation unter den gegebenen Umständen noch merkwürdiger. Es könnte bedeuten, daß auch die *Enterprise* betroffen ist. Daß man dort mein Signal nicht empfangen oder nicht reagieren kann, *falls* man uns empfängt.«

»Ich habe schon befürchtet, daß Sie das sagen«, grollte McCoy.

»Mr. Spock, was passiert, wenn wir die Brücke erreichen und Sie sich geirrt haben? Wenn der Generator keinen Zugriff auf den Computer ermöglicht?« Marksons dunkle Augen wirkten in dem unheimlichen Licht riesig. »Angenommen, wir können die *Enterprise* nicht erreichen und Bescheid geben, was passiert ist? Angenommen, sie kann uns nicht erreichen? Was machen wir dann?«

Spock blickte auf den jungen Mann hinab und schwieg länger, als es McCoy lieb war. »Ich weiß nicht, Fähnrich«, erwiderte er gleichmütig. »Es ist müßig, jetzt derartige Spekulationen anzustellen.«

»Er hat recht«, warf McCoy etwas freundlicher ein und legte vorsichtig eine Hand auf Marksons Arm. »Spekulationen erzeugen Anspannung und machen die gegenwärtige Lage nur um so schwieriger. Es wird schon gutgehen.«

»Wenn Sie meinen, Sir«, sagte Markson mutig. Sein Adamsapfel hüpfte zweimal. »Es ist nur so ... ähm ..., daß irgend etwas die Romulanerin da umgebracht hat.« Seine Hand deutete auf die ausgebreitet daliegende Leiche. »Was tun wir, wenn dieses Etwas noch an Bord ist?«

»Du fängst ja schon wieder an, Dan«, sagte Hallie warnend.

»Was sollen wir Ihrer Meinung nach tun, Markson?« fragte Leno knapp. »Zum Schiff zurück*gehen?*«

»Nun machen Sie mal halblang«, sagte Chekov zu den beiden. Der Klang seiner Stimme ließ sie zu ihm herumfahren. Sie entspannten sich sichtlich, nachdem es zwischen ihnen und ihrem Chef zu irgendeinem stummen Dialog gekommen war. Leno nickte Markson entschuldigend zu, und er lächelte leicht.

»*Möglicherweise* hat irgend etwas die Frau umgebracht«, fügte McCoy hinzu. »Aber vielleicht ist auch irgend etwas passiert, so daß sie gestürzt und derart unglücklich gelandet ist, daß sie sich das Genick gebrochen hat. So was ist schon vorgekommen.«

Markson nickte. »Ja, Sir. Danke, Sir.«

Hallie tätschelte die Schulter ihres Freundes. »Immer mit der Ruhe, Dan. Es wird schon alles gutgehen.« Sie lächelte Chekov schief an. »Ich wette, der Lieutenant ist schon in schwierigeren Situationen als der hier gewesen, oder nicht, Sir?« McCoy brauchte kein Diplom in Psychologie, um ihre Körpersprache zu verstehen. Sie wollte ihren Freund beruhigen, und vielleicht auch sich selbst.

Chekov ließ seine ausdrucksvollen Augen rollen und nickte. »Mir fallen gleich mehrere ein, Hallie. Das können Sie doch bestätigen, nicht wahr, Dr. McCoy?«

»Richtig, Lieutenant«, stimmte McCoy ihm enthusiastisch zu. »Wirklich, Fähnrich Hallie, ich könnte Sie stundenlang mit den Heldentaten langweilen, die wir vollbracht haben.«

Hallie nickte lächelnd. »Irgendwann komme ich darauf zurück, Sir, wenn ich darf.«

McCoy legte eine beruhigende Hand auf Marksons Schulter und drückte sie, dann richtete er seine Aufmerksamkeit wieder auf Spock. »Nun? Wenn wir die Brücke oder überhaupt etwas finden wollen, sollten wir uns jetzt lieber in Bewegung setzen.«

»Einverstanden. Der Captain ist wegen unseres Schweigens bestimmt ebenso besorgt, wie wir über das seine.«

»Besorgt? Jim rauft sich wahrscheinlich schon die Haare.« Es reichte schon, über seinen Freund zu reden und sich daran zu erinnern, daß er irgendwo dort draußen war, und schon fühlte McCoy sich besser.

Sie marschierten los. Chekov ging voraus. Er hielt den Phaser in der einen und die Lampe in der anderen Hand. Markson und Spock waren hinter ihm. McCoy folgte ihnen mit Hallie an der Seite, während Leno ihnen den Rücken deckte.

Der Korridor schien eine Sackgasse zu sein, doch als sie sein Ende erreichten, entdeckten sie, daß er einen leichten Knick machte. Dort fanden sie eine Tür, die in einem solchen Winkel in die Wand eingesetzt war, daß man sie zuvor unmöglich hatte sehen können, auch im Licht ihrer Lampen nicht. Als Chekov sie öffnen wollte, ging sie leicht auf. Dahinter entdeckten sie eine Treppe, die im rot leuchtenden Dämmerlicht verschwand.

Die Entdeckung bescherte McCoy Unbehagen. Er hatte bei der Diagnose des Todes der Romulanerin gute Arbeit geleistet und glaubte an Spocks Erklärung für die blitzartige Bewegung, die sie gesehen hatten. Das heißt, zum größten Teil. Aber als Advokat des Teufels, der er nun einmal war, hatte seine Seele eine ärgerliche Charakteréigenschaft. Sie spekulierte gern, und so fragte er sich, ob sich auf dem Gang etwas aufgehalten hatte, das über diese Treppe entfleucht war. Wenn ja… Gab es irgendeine Garantie, daß es nicht irgendwo hier herumspukte, um sie irgendwann später anzufallen?

»Nun, Spock? Welchen Weg sollen wir nehmen?«

Der Erste Offizier trat in das Treppenhaus und leuchtete mit der Lampe nach oben und unten. Der Tricorder in seiner Hand gab keine relevanten Messungen ab, also steckte er ihn nach kurzem Nachdenken wieder ein. »Ich schlage vor, wir gehen nach oben.«

McCoy zuckte die Achseln. »Paßt mir in den Kram. Gehen wir.« Er folgte den anderen.

Die Treppe bestand aus Eisen und schepperte leise bei jedem ihrer Schritte. Nach zwei Wendungen erwartete McCoy, auf den Absatz zur nächsten Ebene zu stoßen, aber dies war nicht der Fall. Das Treppenhaus erstreckte sich vor ihnen in die Finsternis, und er seufzte, weil seine Unterschenkel für so lange Klettereien nicht geschaffen waren. Er mußte wohl aufhören, so oft Riseaway zu spielen und sich eine Weile auf Fußgewichte konzentrieren, wenn er nicht wollte, daß sich die untere Hälfte seines Körpers in einen Schwamm verwandelte.

Hallies leise Stimme war seinem Ohr so unverhofft nahe, daß McCoy leicht zusammenzuckte. Erst dann fiel ihm auf, daß sie, statt hinter ihm zu bleiben, neben ihm herging. »Kommt er wieder in Ordnung, Sir?« Ihr Kinn zuckte. »Ich meine Dan. Ich habe ihn noch nie so nervös erlebt.«

»Was wissen Sie denn über Fähnrich Markson?« fragte er.

Sie zuckte die Achseln, ihr Blick folgte den Bewegungen ihrer Füße. »Wir waren auf der Akademie ziemlich gut befreundet, und es hat mir gefallen, daß wir zusammen auf die *Enterprise* abkommandiert wurden. Ich weiß, daß er von Vindali 5 stammt, falls Sie das meinen.«

McCoy nickte. »Hat er Ihnen viel über Vindali 5 erzählt? Über die Kultur?«

»Hin und wieder ein paar Dinge. Wir haben uns über unsere Familien und Ähnliches unterhalten, und auch ein bißchen übers Erwachsenwerden, aber Dan erzählt nicht viel über seine Vergangenheit. Er ist aber kein Geheimniskrämer oder so was, er hat wohl nur den Eindruck, daß es niemanden besonders interessiert.«

McCoy hielt inne und dachte an Dans Personalakte, dann kam er zu dem Schluß, daß er eigentlich nicht gegen die ärztliche Schweigepflicht verstieß, wenn er über die religiösen Bräuche von Marksons Randwelt sprach. »Die Vindalier glauben andächtig ans Übernatürliche, Fähnrich. Geister spielen in ihrem alltäglichen Leben eine sehr große Rolle, ob es sich nun um Ahnen handelt, von denen man hofft, daß sie einen führen, oder um Feinde, vor denen man beschützt werden möchte. Der Glaube ist ein integraler Bestandteil ihrer Gesellschaft und ihres täglichen Lebens.«

»Dann hat Dan also Angst vor Geistern?« Sie schaute ihn leicht entrüstet und beunruhigt an und musterte den breiten Rücken ihres Freundes, der vor Spock herging. »Aber er ist doch gar kein echter Vindalier. Er ist nur dort geboren. Seine Eltern stammen von der Erde.«

»In gewisser Hinsicht ist er in *allem* – außer seiner genetischen Herkunft – Vindalier«, fuhr McCoy fort. »Er ist zusammen mit vindalischen Kindern aufgewachsen und wurde in vindalischen Schulen erzogen. Ich bin zwar sicher, daß seine Eltern ihm von der Erde und unserem Glauben erzählt haben, aber Kinder sind nun mal leicht zu beeindrucken, besonders dann, wenn ihre Eltern radikal anders sind. Er hat zweifellos eine Menge von dieser Kultur absorbiert. Und wir haben keine Ahnung, was für Dinge er gesehen hat.« McCoy spitzte die Lippen. Er dachte nach. Er bedauerte es plötzlich, daß Marksons Akte nicht mehr Material enthielt. »Ich weiß zwar nicht mal, ob ›Angst‹ das passende Wort ist, um seine Gefühle zu beschreiben, Hallie, aber die gespenstische Atmosphäre, die hier herrscht, stört ihn. Und daß er sich vor diesem Auftrag Mr. Scotts Geschichte über die *Stefania Emilia* angehört hat, macht die Sache auch nicht besser.«

Hallie nickte. »Ich habe, kurz nachdem wir das Freizeitdeck verließen, einen Versuch gemacht, mit ihm darüber zu reden, weil mir die Geschichte auch gefallen hat, aber er hat sich nicht darauf eingelassen. Also hab ich es gelassen.«

»Na, bitte. Wir wissen nicht, was Dan als Kind erlebt hat, was er gesehen hat, als er aufwuchs. Aber ich will Ihnen was erzählen ... Ich bin zwar bei der Flotte ausgebildet worden und so nüchtern, wie man es nur sein kann, ohne zum Vulkanier zu werden, aber auch *ich* habe in meinem Leben ein paar Dinge gesehen. Und hätte ich die Neigung, an Geister zu glauben, oder wäre ich von einer Kultur geprägt, die an sie glaubt, könnte mich nicht mal die Flotte dazu bewegen, meine Meinung zu ändern. Es gibt wirklich ein paar gespenstische Dinge da draußen im Universum, Fähnrich.«

»Ich weiß«, sagte sie zustimmend. Ihre Augen leuchteten. »Und ich möchte alle sehen.«

McCoy lachte leise. »So spricht nur eine echte Absolventin der Flotte!« Er tätschelte ihren Arm. »Markson ist nur nervös, Hallie, mehr nicht. Seine Vergangenheit holt ihn jetzt ein. Die meisten von uns kommen mit ihrer Furcht so lange klar, bis sich ihr persönlicher Buhmann zeigt. Man weiß nie, wie man unter diesen Umständen reagiert, deswegen sollten wir ihm alle etwas Verständnis entgegenbringen. Verdammt, bevor dieses Unternehmen zu Ende ist, haben wir uns vielleicht alle vor irgend etwas gefürchtet.« Er sagte es zwar nicht gern, aber es war eine Möglichkeit, sie wissen zu lassen, daß sie mit dem Unerwarteten rechnen mußten.

Hallie nickte. McCoy sah, daß sie nicht nur seine Worte begriff, sondern auch die ihnen zugrundeliegende Botschaft. »Danke, Sir. Ich werde all das nicht vergessen.«

»Gut.«

Sie folgten den anderen die Treppe hinauf und nahmen eine Wendung nach der anderen, bis McCoy sich allmählich fragte, wohin sie überhaupt gingen. Spock unternahm hin und wieder einen Versuch, die *Enterprise* zu erreichen, aber ohne Erfolg. Der Kommunikator blieb absolut still, als hätte das Universum außerhalb der winzigen Sphäre dessen, was sie sehen konnten, zu existieren aufgehört. *Diese* Vorstellung verschaffte McCoy wirklich eine Gänsehaut, und er beeilte sich, dafür zu sorgen, daß kein allzu großer Abstand zwischen ihm und dem langbeinigen Vulkanier zustande kam. Er war nicht scharf darauf, in dieser romulanischen Klapsmühle allein zurückzubleiben.

»Schon wieder eine Tür, Mr. Spock«, meldete Chekov von der Front. »Sie ist offen.«

»Großartig!« rief McCoy. »Laßt uns sofort von hier verschwinden, und wenn's auch nur für ein paar Minuten ist.« Er folgte den anderen aus dem Treppenhaus hinaus und blieb schlagartig und mit offenem Mund stehen.

Er hatte nie darüber nachgedacht, was die Station alles enthalten könnte, wie sehr sie eventuell den anderen Stationen glich, die er bei seinen Reisen durch das Universum gesehen hatte, weil sie von außen so bizarr wirkte. Was er nun erblickte, machte ihn so sprachlos, als wären Schneewittchen und die sieben Zwerge gerade vor ihm vom Himmel gefallen.

Der Sektor, den sie betreten hatten, war gewaltig und dehnte sich in einer spinnwebartigen Ansammlung von Zugangskorridoren in alle nur vorstellbaren Richtungen aus. McCoy sah in dem sie umgebenden Halbdunkel keine Decke, aber er hatte den Eindruck großer Dimensionen. Rings um sie erstreckten sich Läden und Geschäftsfronten, und – so nahm er an – romulanische Entsprechungen von Bars und anderen Lokalitäten. Der Transporterraum befand sich möglicherweise im physikalischen Zentrum der Station, doch dies war der Mittelpunkt, in dem das Leben wogte. Beziehungsweise sollte es irgendwann hier wogen, denn die Geschäfte waren alle dunkel und still, bar aller Lebenszeichen.

»Es wirkt wie eine Geisterstadt«, sagte McCoy leise. Ein Blick auf Fähnrich Markson ließ ihn sein letztes Wort sofort bedauern. »Das sagt man so«, fügte er an.

»Es sieht... *unschuldig* aus«, sagte Chekov. Er klang überrascht. »Ich hätte auf einer romulanischen Raumstation etwas...« – er suchte nach dem passenden Wort – »*Boshafteres* erwartet.«

»Es gibt, habe ich gehört, nichts Boshafteres als romulanische Bars, Lieutenant.« McCoy rieb sich die Hände und warf einen Blick auf Spock. »Haben Sie etwas dagegen, wenn wir uns ein bißchen umsehen?«

»Dazu sind wir hier, Doktor. Während Sie und das Sicherheitsteam die Umgebung erforschen, werde ich versuchen, ein Computerterminal mit Zugang zum Hauptrechner zu lokalisieren, mich in ihn einzuklinken und die *Enterprise* kontaktieren.«

McCoy nickte. »Kommen Sie mit, Fähnrich Hallie. Seien Sie mein Schatten. Sie wollten das ganze Universum sehen? Fangen wir hier an.«

»Gehen Sie nicht zu weit fort, Doktor«, sagte Spock warnend. »Wir sollten in Hörweite voneinander bleiben.«

»Was immer Sie wollen, Spock.« McCoy zog los, und Hallie blieb dicht hinter ihm. Er nahm beim Gehen den medizinischen Tricorder von der Schulter und nahm eine rasche Messung vor, die nichts anzeigte, was erwähnenswert gewesen wäre. Nach allem, was er sah, hätte dieser Ort auch von Staubmäusen und wirbelnden Steppenläufern bevölkert sein können.

Als sie durch die breite Straße gingen, blickte er sich um und schaute an den Bauwerken hoch, die oben in der Dunkelheit verschwanden. Manche wirkten unfertig, aber vielleicht sollten sie auch so aussehen, denn skelettartige Metallstäbe hoben sich der unsichtbaren Decke entgegen oder ragten über die breite Straße zu den gegenüberliegenden Gebäuden. McCoy blieb stehen, um in ein Gebäude hineinzusehen, wischte mit dem Ärmel über die Fensterscheibe und ging dann weiter.

»Es ist wie ein Vergnügungspark, nicht wahr?« sagte Hallie verwundert.

Er schaute zu ihr hin. Sie stand still und blickte nach oben. »Bitte?«

Sie wirkte verlegen. »Ich habe natürlich noch nie einen gesehen, aber es sieht aus wie die Bilder im Fernsehen. Alles ist so metallisch und spinnenhaft. Natürlich nicht, wenn es aktiv ist, aber später, wenn alle nach Hause gegangen sind und die Lichter gelöscht wurden.«

McCoy folgte ihrem Blick. Er hatte Aufzeichnungen von Coney Island gesehen, bevor die Insel vor vielen, vielen Jahren im Meer versunken war. Er wußte, was sie meinte. »Ja, Fähnrich, schätze, Sie haben recht.«

Sie gingen weiter. Die meisten Gebäude waren verschlossen, und keiner hielt es momentan für angebracht, sich Zugang zu erzwingen. Sie lugten durch die Scheiben, wo es möglich war, und unterhielten sich über die im Innern lagernden Waren. Die Helligkeit ihrer Handlampen fiel, wenn sie sie nach innen richteten, auf Ballen glänzender Stoffe, und das Licht huschte über Metallfäden, die in das kostspielige Material eingewebt waren. Im Schaufenster eines Ladens, an dem sie vorbeieilten, verschimmelte Nahrung. In einem anderen lagen die Pflanzen braun und tot da. In einem weiteren Geschäft wurden Dinge ausgestellt, die Hallie erröten und McCoy kichern ließen.

»Tja, eins steht fest«, sagte McCoy, »aus Mangel an

Waren haben sie nicht geschlossen.« Er blieb stehen, um sich das nächste Schaufenster anzusehen. Es war lang und niedrig, und der Laden schien ziemlich weit nach hinten zu führen. »Na, das sieht aber interessant aus.« Er deutete auf das Firmenschild. »Können Sie Romulanisch, Fähnrich?«

»Nein, Sir. Diese Sprache habe ich nicht gelernt.« Sie legte den Kopf schief und musterte die Gebäudefront. »Könnte eine Bar sein.«

»Zu groß.« McCoy runzelte die Stirn und dachte nach. »Vielleicht irgendeine Art Theater.« Er streckte die Hand aus und rüttelte an der Tür. Sie bewegte sich. Seine Augen blitzten. »He, sie ist offen! Was halten Sie davon, wenn wir ...«

Spocks Stimme unterbrach ihn. Er rief vom anderen Ende der Straße nach ihnen, wo er bei Chekov, Leno und Markson stand. »Dr. McCoy! Fähnrich Hallie!«

»Er findet doch immer eine Möglichkeit, mir den Spaß zu verderben«, murmelte McCoy. »Was ist denn, Spock?« rief er.

»Ich habe teilweisen Zugriff zum Computersystem.«

»Toll! Was haben Sie herausgefunden?«

»Relativ wenig, bevor das System sich abgeschaltet hat. Ich habe jedoch einen Plan der Station gesehen, so daß wir jetzt zur Brücke gehen können.«

»In Ordnung!« rief McCoy. »Wir sind gleich bei Ihnen. Ich möchte nur eben noch dieses ...« Noch während er sprach, betätigte er die Türklinke und schob sich durch den offenen Eingang.

Der Geruch, der ihnen entgegenströmte, ließ Hallie auf der Stelle herumwirbeln und würgen. Sie preßte eine Hand auf ihren Mund. McCoy, der tief durch die Nase einatmete, schob sie mit einem Arm zurück, trat weiter in den Raum hinein und schaltete die Handlampe ein.

Das Gebäude war eine Art Amphitheater mit einer hohen, gewölbten Decke, die im Dunkel verschwand.

Wer immer hier aufgetreten war, er hatte vor vollem Haus gespielt. Doch dieses Publikum war nun schon seit Wochen tot.

»Das hat mir gerade noch gefehlt«, sagte McCoy leise. Eine undefinierbare Trauer machte sich in ihm breit, als er seine Übelkeit herunterschluckte und den Medoscanner vom Gürtel löste. »Das hat mir wirklich gerade noch gefehlt.«

8

Kirk griff durch den schneegrauen Nebel seines Blickfeldes blind nach der Turbolift-Handsteuerung. Sein Verstand raste, und er kämpfte gegen das klopfende Pulsieren des Schmerzes in seiner Seite an, um das Bewußtsein und das Gleichgewicht nicht zu verlieren. Er fühlte das Schnappschloß unter den tastenden Fingern seiner bebenden Hand fast mehr als er es sah, aber es sprang bei der Berührung auf. Seine Rippen kreischten schmerzhaft auf, als er beide Hände einsetzte, um den Hebel zu ergreifen, und betätigte die Handsteuerung, wie ein Seemann am Ruder eines vom Sturm gebeutelten Schiffes. Die Notgreifer packten mit einem Scheppern und einem metallischen Kreischen zu, verlangsamten den Absturz des Turbolifts.

Keuchend blickte Kirk auf die Anzeige über der Tür. Der graue Nebel vor seinen Augen löste sich auf, und der feste Griff um die Handsteuerung war das einzige, was ihn auf den Beinen hielt, als der Schock einsetzte. Es war knapp gewesen, sehr knapp! Noch ein paar Sekunden, und mit James T. Kirk wäre es aus gewesen. Dann hätte Pille ihn vom Boden des Liftschachts kratzen und seine Überreste in einem Einmachglas nach Hause schicken können.

Jedesmal, wenn Kirk Luft holte, spürte er glühendheiße Schmerzen in den gebrochenen Rippen. Er musterte die Anzeige durch die über seine Augen hängenden Haarsträhnen, und der Lift setzte sich wieder in Bewegung. Deck 14 … Deck 13 … Deck 12 … Er stieg höher, mit normaler Geschwindigkeit, so ruhig wie ein Bus, der nur mal eben einen Park umrundete. Als er Deck 7 erreichte, ertönte ein weicher Klang. Der Lift beendete den Aufstieg, ohne daß Kirk etwas dazu beigetragen hatte, und die Tür glitt lautlos auf.

Scotty und die beiden Techniker, die bei ihm waren, setzten verdutzte Mienen auf, als sie sahen, daß ihr Captain an der Kabinenwand zusammengesackt war. »Captain Kirk! Was, in Gottes Namen ...!?«

»Holt mich hier raus!« schnarrte Kirk und bewegte sich zur Tür, da er keine Lust hatte, noch die geringste Zeit in dem durchgedrehten Kasten zu verbringen. Die Hände der Männer fingen ihn auf und zogen ihn ins Freie. Kirks Beine gaben nach, und er sackte zu Boden, wobei Scottys Arme seine Schultern festhielten. Sein Brustkorb hob sich, und er schaute zu, als einer der Techniker den Lift abschaltete, die Tür arretierte und einen hellroten Streifen anklebte, auf dem KEIN ZUTRITT stand. Kirks Blick fiel auf Scottys besorgte Miene. »Woher haben Sie gewußt, daß ich da drin war?«

»Wußte ich gar nicht, Sir. Die Jungs haben mich im Transporterraum benachrichtigt und gemeldet, der Computer hätte eine Fehlfunktion des Turbolifts gemeldet ... daß er sich im freien Fall befand. Sie wollten sofort einen Greifer aktivieren, aber das hatte schon jemand im Innern manuell getan. Da wußten wir, daß jemand drin war. Ich hab ihn hierher holen lassen, damit ich mich selbst drum kümmern kann.«

»Sie sollten doch im Transporterraum bleiben und das Außenteam aufspüren.«

Scott hielt dem vorwurfsvollen Blick des Captains stand, ohne mit der Wimper zu zucken. »Aye, Sir. Ich habe Lieutenant Rand an die Transporterkontrollen gestellt. Sie hat schwer was auf dem Kasten; es gibt keine Bessere. Wenn die Gruppe sich meldet, holt sie sie ebenso schnell wieder an Bord wie ich.« Scott setzte eine ernste Miene auf. »Ich wurde auch hier gebraucht, Sir, um die Sicherheit der Mannschaft zu gewährleisten. Und da wir gerade von Sicherheit sprechen, Captain, Sie haben eine Schramme an der Stirn.«

Kirk betastete seine Braue mit sanften Fingern und zuckte zusammen. Über seinem linken Auge wuchs eine Beule von der Größe eines Enteneis, obwohl er sich nicht daran erinnerte, mit dem Schädel aufgeschlagen zu sein. Die Mitte der Schwellung war naß, und als er die Hand zurückzog, waren seine Finger blutig. Das Blut war in seine Braue getröpfelt und hatte einen klebrigen Fleck gebildet.

»Das sollten Sie nachsehen lassen, Captain«, sagte Scott.

»Später, Mr. Scott.« Kirk wischte sich die klebrigen Finger am Hosenbein ab und breitete die Arme aus. »Helfen Sie mir hoch.« Als er aufstand, raste ein solcher Schmerz durch seinen Leib, daß er die Zähne zusammenbiß und zischend die Luft ausstieß. Seine Knie schienen aus Gummi zu sein, und sein Blick verschleierte sich wieder.

»Captain!« Scott legte einen Arm um Kirks Taille, und der Captain kämpfte das Verlangen nieder, laut aufzuschreien. »Sie sind verletzt!«

»Das kann man wohl sagen, Mr. Scott«, knirschte Kirk mit zusammengebissenen Zähnen. Mit Hilfe des Chefingenieurs wankte er zum Interkom an der Wand neben dem Turbolift. Sein bebender Finger drückte den Sprechknopf. »Hier ist Captain Kirk.« Er schloß die Augen, denn er konnte es nicht ausstehen, wie schlaff seine Stimme klang. Er fühlte sich wie ausgeblutet. »Die Turbolifts sind für die gesamte Mannschaft gesperrt. Ich wiederhole – für die *gesamte* Mannschaft. Bis auf weiteres werden nur der Haupttreppenaufgang und die Zugangsleitern benutzt. – Kirk, Ende.« Er mußte sich zwingen, die Augen offenzuhalten.

Scotty musterte ihn eingehend, er war sichtlich verdutzt. »Captain ... Es besteht kein Grund, das ganze System abzuschalten. Die Jungs und ich kriegen das im Nu wieder hin. Es war doch nur 'ne kleine Fehlfunktion.«

»Das glaube ich nicht, Mr. Scott«, sagte Kirk grimmig. »Ich glaube, dahinter steckt viel mehr.« Er holte unter Schmerzen tief Luft. »Ich muß auf die Brücke.«

»Aye, Sir«, stimmte Scott bereitwillig zu. »Sobald Sie im Lazarett waren.«

»Scotty ...«

»Es ist nicht das erste Mal, Sir, daß ein alter Kneipengänger wie ich einen Mann sieht, dessen Rippen gebrochen sind«, sagte Scott ernst. »Sie schaffen die sieben Decks bis zur Brücke allein nie, wenn sich nicht vorher jemand um sie kümmert. Das Lazarett ist am Ende des Ganges, direkt auf dem Weg zur Treppe. Haben Sie nicht ein paar Minuten Zeit, damit Dr. Chapel Sie sich ansehen kann?«

»Dafür habe ich keine Zeit.« Kirk löste sich stur aus der Umarmung des Chefingenieurs und wandte sich um. Er preßte eine Hand fest auf seine Seite und spürte, daß die Farbe, die er zurückgewonnen hatte, erneut aus seinem Gesicht wich.

Scotty war sofort neben Kirk und reichte ihm seinen kräftigen Arm, damit er sich aufstützen konnte. »Aye, Sie sind wirklich stur, Sir. Muß ich Sie etwa ins Lazarett tragen?«

Kirk schaute ihn sprachlos an. »Das würden Sie nicht wagen.« Er musterte den Chefingenieur kurz, dann stieß er einen müden Seufzer aus. »Sie würden es machen, was?«

»Aye, Sir.« Scott warf einen Blick über seine Schulter. »Schaut nach, was mit dem Lift los ist, Jungs, dann schickt ihr mir das Ergebnis zu meiner Station auf der Brücke.«

»Jawohl, Commander.« Die beiden Techniker wandten sich ab und nahmen die Arbeit in Angriff.

»Also gehen wir, Mr. Scott?« Kirk streckte einen Arm aus, damit Scott ihm half. Der Chefingenieur hielt ihn fest, und sie machten sich zusammen auf den Weg zum Lazarett.

Christine Chapel brauchte nicht lange, um Kirks Verletzungen zu verarzten, dann entließ sie ihn, nicht ohne die Ermahnung, es nicht zu übertreiben. Zwei von Kirks Rippen waren angebrochen. Dr. Chapel erklärte sich einverstanden, sie erst zu reparieren, wenn die momentane Krise behoben war, und konzentrierte sich auf seine Stirnverletzung.

Als Kirk und Scotty die Treppe erreichten, die durch das Innenleben der *Enterprise* nach oben zur Notluke vor dem Platz des Steuermanns führte, stieß der Captain einen schweren Seufzer aus. »Ich bin nicht wild darauf, Mr. Scott.«

»Ich weiß«, sagte Scott verständnisvoll. »Ich kann auch nicht gerade sagen, daß es mich freut.« Er warf einen Blick auf die lange Treppe und legte den Kopf schief. »Wenn es unbedingt nötig sein sollte, Sir«, fügte er hinzu, »kann ich Sie immer noch Huckepack nehmen.«

»Seien Sie vorsichtig mit Ihren Angeboten, Mr. Scott«, sagte Kirk warnend. »Vielleicht komme ich darauf zurück.« Er tätschelte den Arm des Chefingenieurs. »Gehen wir.«

Es ärgerte Kirk, daß er nicht die Kraft und das Durchhaltevermögen für diese Kletterei hatte – und nicht fähig war, so tief Luft zu holen, wie es bei dieser Strapaze nötig war. Dr. Chapel hatte ihm nur ein leichtes Schmerzmittel verabreicht, damit er geistig auf der Höhe blieb, aber nun behinderte ihn das schmerzhafte Stechen in seiner Seite. Sein Anfangstempo – ein Versuch, sich von der Verletzung nicht unterkriegen zu lassen – ließ zwei Absätze später nach, und er rang keuchend nach Atem; seine Lunge ackerte wie ein Gefangener hinter dem Gitter seiner Rippen. Der Schnitt über der Augenbraue, den Dr. Chapels tüchtige Hände geschlossen hatte, klopfte im Rhythmus seines mühsamen Atmens wie ein zweites Herz.

Kirk hob eine Hand, verlangte nach einem kurzen Halt, und das ärgerte ihn gewaltig. Seine Sicht wurde von stecknadelkopfgroßen Lichtern behindert. Wenn er nicht stehenblieb und sich ausruhte, würde er noch zusammenklappen, und dann mußte Scott ihn *wirklich* schleppen. »Haben wir schon irgendwas von der Sondierungsgruppe gehört?« röchelte er.

»Nicht, daß ich wüßte, Sir«, keuchte Scott, der zwar ebenfalls außer Atem war, aber längst nicht so wie Kirk. »Und der Transporter hat auch noch kein Signal gegeben.«

»*Verdammt.*« Kirk fuhr sich mit der Hand über sein verschwitztes Haar. »Können wir jemanden rüberschicken?«

Scotty schaute zweifelnd drein. »Wir könnten es wohl versuchen, Captain, aber ich würde es lieber erst dann tun, wenn es keine andere Lösung gibt. Der Transporter verhält sich recht seltsam, seit ich das Signal verloren habe. Es würde mir nicht gefallen, jemanden mitten in ein Schott hineinzubeamen.«

Das war keine erfreuliche Vorstellung. »Und wenn wir eine Raumfähre rüberschicken?«

Der Chefingenieur dachte kurz nach, dann nickte er. »Aye, es könnte zwar etwas schwierig werden, aber das können wir versuchen. Wir schicken eine zweite Sicherheitsmannschaft mit einem Generator rüber, den sie an der Luftschleuse ansetzen können.«

»Gut. Das machen wir.« Die Frustration nagte wie ein Hautausschlag an Kirk. Er mußte unbedingt handeln. Er mußte wissen, was aus dem Sondierungsteam geworden war und was er unternehmen konnte, um es wieder an Bord zu holen. Und er wollte in Erfahrung bringen, was – verdammt – mit seinem Schiff los war.

»Captain?« fragte Scotty, als sie den Weg wieder aufgenommen hatten. »Was ist *wirklich* mit dem Turbolift passiert?«

Kirk setzte ihn kurz in Kenntnis. Dann sagte er: »Wissen Sie noch, daß ich Sie angerufen und von dem Antigrav erzählt habe, der mir in der Sporthalle eins verpaßt hat?«

»Ja, Sir.«

»Tja, der Turbolift hat sich schon zuvor eigenartig verhalten. Er kam nicht, als der Rufknopf gedrückt wurde. Außerdem ist der Transporter ausgefallen, und Uhura kann das Außenteam nicht erreichen.« Er runzelte die Stirn. »Haben Sie dazu nicht irgendwelche Theorien, Mr. Scott?«

»Klingt nach irgendeinem Energieausfall, Captain, aber ich kann mir nicht vorstellen, wo. Sobald wir auf der Brücke sind, prüfe ich es nach.«

In vier Millionen Jahren … dachte Kirk. »Uhura stellt eine Liste zusammen …« Er hielt inne, um Luft zu holen. »… um zu sehen, ob es noch weitere Anomalien an Bord gegeben hat. Wenn ja, müssen wir wissen, wo sie stattgefunden haben, wie weit sie verbreitet waren und wie sie sich manifestieren.« Er suchte Scotts Blick. »Und wir müssen in Erfahrung bringen, was sie verursacht.«

»Wenn es an der *Enterprise* läge«, schwor Scott, »müßte ich es wissen.«

»Ich weiß ihre Zuversicht zwar zu schätzen, Mr. Scott, aber ich glaube *nicht,* daß es am Schiff liegt.«

»Sir?«

»Unsere Probleme haben erst angefangen, als wir die Raumstation sichteten, Scotty. Wir können nicht einfach davon ausgehen, daß unsere Energieprobleme der Grund dafür sind, daß wir nichts mehr von unseren Leuten hören. Sie können ebenso gut selbst in Schwierigkeiten stecken.«

»Das ist aber keine erfreuliche Vorstellung, Sir.«

»Nein, Mr. Scott, wirklich nicht. Aber ich weiß längst nicht so viel über die Raumstation, wie ich gern wüßte.« Kirk ging weiter.

Nach jedem weiteren Treppenabsatz stützte sich Kirk fester auf das Eisengeländer, auf das er sich ebenso verließ wie auf Scottys stämmige Gestalt neben ihm, die ihm half, das nächste Deck zu erreichen.

Sein sich hebender und senkender Brustkorb sandte bei jedem schwerfälligen Atemzug eine Schmerzwelle durch sein Nervensystem. Kirk stützte sich auf das Geländer, Scott löste den Knebel, der die Luke sicherte, und hob diese an. Kirk schob sich an Scott vorbei und kletterte auf die Brücke.

Als er oben ankam, verzog er das Gesicht, dankbar, daß ihm Scottys Hilfe von unten zuteil wurde. »Lagebericht, Uhura!« bellte er so ausgeglichen wie möglich und machte Platz, damit Scotty an ihm vorbeikam und an seine Station gehen konnte.

»Keine Verbindung zur Sondierungsgruppe, Captain. Mehrere Decks melden eine Vielzahl von Fehlfunktionen«, gab sie rasch bekannt. »Weitere Meldungen sind angekündigt.«

Kirk fiel fast in den Kommandosessel. Er unterdrückte ein Ächzen und wünschte sich kurz eine weitere von Chapels Injektionen. Er nahm den Datenblock, den ihm eine Unteroffizierin reichte, und ihm wurde beinahe übel. Obwohl die Mehrzahl der Probleme geringfügig war, war die Liste länger als erwartet. Und hatte Uhura nicht gesagt, daß weitere Meldungen noch ausstünden?

Eine gründliche Müdigkeit überkam ihn und drohte ihn wegzuspülen. Aber er hatte keine Zeit, müde zu sein; nicht, solange ein Außenteam auf einer Raumstation vermißt wurde, die gar nicht dort sein durfte, und das Schiff um ihn herum seinen Geist aufgab.

»Scotty, schauen Sie sich das mal an.« Kirk gab die Liste an die Ingenieursstation auf der Brücke weiter. Er wußte zwar nicht, was die gälischen Worte bedeuteten, die Scotts Mund ausspuckten, aber er konnte es sich gut vorstellen, da ihm nur wenige Sekunden zuvor ähnliche Gedanken gekommen waren.

Scott schüttelte ungläubig den Kopf. »Das verstehe ich *überhaupt* nicht, Sir.« Er deutete mit der Hand auf die

Meldungen. »Die Systeme fallen zu verschiedenen Zeiten aus. Es gibt kein System bei diesen Schwankungen, sie kommen auch nicht überall vor. Es ist wie der Hauptgang bei der Tagung der Bierprüfer – man nippt mal hier und mal da. Ich setze meine Leute gleich an die Sache ran, aber es könnte einige Zeit dauern …«

»Diesen Luxus haben wir nicht, Commander Scott«, erinnerte Kirk ihn mit eisenhartem Blick.

»Aye, Sir, natürlich nicht. Meine Leute kümmern sich schon darum.« Er beugte sich über seinen Arbeitsplatz und stieß erneut einen Schwall unfreundlicher Worte aus.

Uhura wandte sich an der Komkonsole um. »Deck 6 meldet, daß die Heizung trotz aller Versuche, sie wieder in Betrieb zu setzen, auf das Minimalniveau gesunken ist, Captain. Ich lasse mit Ihrer Erlaubnis das dienstfreie Personal antreten.« Als Kirk nickte, wirbelte sie wieder auf ihrem Sitz herum.

»Fähnrich Estano!« Kirk rief den Mann, der während Chekovs Abwesenheit an dessen Konsole Platz genommen hatte.

Der junge Fähnrich setzte sich kerzengerade hin. »Aye, Sir?«

»Zwei Ihrer Leute sollen sich in fünf Minuten im Fährenhangar melden. Sie werden zur Raumstation hinüberfliegen, um den Versuch zu machen, in sie einzudringen und Verbindung zu unserem Team herzustellen.«

»Jawohl, Sir!« Estanos Hände flogen über seine Konsole, und seine Stimme wurde lauter. »Bordwachen Jaffe und Corey melden sich in fünf Minuten im Fährenhangar! Auftrag: Rettungsunternehmen an Bord der romulanischen Raumstation!« Ein störendes Knistern mischte sich unter seine Worte. Estano runzelte die Stirn und wiederholte den Befehl. Dann schaute er Kirk kurz an. »Ich *glaube*, sie haben mich gehört, Sir.«

»Wollen wir es hoffen, Mr. Estano. Es ist ein langer

Marsch zum Fährenhangar.« Kirk rieb sich die Hände. »Uhura, ist es hier so kalt, oder friere nur ich so sehr?«

Uhura studierte einige Anzeigen auf der großen Armatur vor ihr. »Heizung minimal betroffen, Captain. Brückentemperatur um einige Grad gesunken.«

Kirk nickte. In ihm machte sich immer größeres Unbehagen breit. Er warf einen Blick auf den Hauptbildschirm. Das Bild der Raumstation wurde von einem Störungsschauer getrübt. Der Frust nagte an ihm. Er tat alles, was er konnte, und so, wie er es immer getan hatte, aber er kam sich vor, als täte er nichts! Irgend etwas *stahl der Enterprise* die Energie, die sie brauchte, um weiter zu funktionieren. Und seine Sondierungsgruppe war nicht mehr erreichbar. Was, verdammt noch mal, ging hier vor sich?

9

Das tiefe Atmen durch den Mund, um dem beinahe unerträglichen Gestank im Amphitheater zu entgehen, erwies sich für McCoy als fast ebenso schwierig wie das Luftholen durch die Nase. Der Gestank der Verwesung war eindeutig, er kondensierte auf seiner Zunge und in seiner Kehle, so daß er sein süßsaures Aroma schmecken konnte.

Während er gegen das Verlangen ankämpfte, die mageren Überreste der letzten Mahlzeit von sich zu geben, schaltete er den Medoscanner ein. Das Piepsen des Instruments ließ ihn wissen, daß es im Gegensatz zu manch anderem an Bord der Raumstation noch funktionierte, aber wer wußte schon, wann es seinen Geist aufgab? Er trat vor und ließ das Gerät die Leichen analysieren, die ihm am nächsten waren. Während sich ein Teil seines Verstandes damit beschäftigte, die Töne zu interpretieren, die das Gerät erzeugte, überprüfte er die Toten mit eigenen Augen.

Er interessierte sich nicht dafür, wie sie gestorben waren. Das und noch viel mehr würde ihm das Instrument mitteilen, wenn es mit seinen Berechnungen fertig war. Ihn interessierte, wer die Leute gewesen waren, wie sie an diesen Ort gelangt waren und was sie hier getan hatten. War die Station nur ein Versuch der Romulaner gewesen, ihre Präsenz in der Galaxis auszudehnen – so wie die menschliche Rasse es beim Bau ihrer ersten Raumstationen getan hatte? Oder hatte es einen schändlicheren Grund für den Bau gegeben?

Und was war mit den geheimnistuerischen Romulanern selbst? Lachten sie eigentlich über die gleichen Witze wie er? Lachten sie *überhaupt?* Tranken sie nach der harten Tagesarbeit ebenso gern ein Glas romulanisches Bier, wie er sich gern mit einem Gläschen Kentucky-Bourbon entspannte? Liebten sie ihre Freunde ebenso, wie er Jim, Scotty und (Gott stehe ihm bei) Spock gern hatte?

Es war kein Spiel, das McCoy hier spielte, auch wenn es vor vielen Jahren an der medizinischen Fakultät der Akademie so ausgesehen hatte. Damals (und wahrscheinlich noch heute, denn die Studenten hatten sich nicht zu sehr verändert) hatte es eine Art ständigen Wettbewerb zwischen den Medizinalassistenten und Ortsansässigen gegeben. Das Ziel: zu erkennen, wieviel man über einen Patienten in Erfahrung bringen konnte, indem man ihn einfach schweigend ansah. Die Schlüsse wurden dann bestätigt oder von den schriftlichen Unterlagen des Krankenhauses abgewiesen. McCoy war ziemlich gut darin gewesen; gut genug, daß die Studenten seines Semesters ihn ›Sherlock McCoy‹ getauft hatten. Es hatte ihm zwar Spaß gemacht, auf intellektuelle Weise Leiden zu erraten, aber im Zuge des Vergnügens hatte er auch etwas Außergewöhnliches entdeckt: Er hatte sein Talent immer öfter eingesetzt, um seine Patienten besser zu verstehen, um zu erfahren, woher sie kamen, was ihre Ängste und Leidenschaften waren und wie diese Einfluß auf ihre Krankheiten oder Verletzungen genommen hatten.

Es gab nur wenige Mediziner, die sich die Zeit nehmen konnten, ihre Patienten zu beobachten und so gut kennenzulernen, um ›zu wissen, wer sie waren‹, wie ein amerikanischer Professor es einst treffend ausgedrückt hatte. Nach McCoys Ansicht verpaßten die anderen Ärzte die seltene Gelegenheit, etwas mehr zu sein als nur jemand, der Medikamente verteilte. Es war viel einfacher, jemanden zu behandeln, mit dem man vertraut war; jemanden, über den man etwas wußte, selbst wenn das Wissen nur durch Intuition erschlossen worden war. Sicher, er konnte für die toten Romulaner jetzt nichts mehr von Belang tun, aber er wollte *wirklich* etwas mehr über dieses Volk erfahren, damit es in seinem Verstand real wurde. Selbst wenn es nur für ein, zwei Augenblicke war, damit ihr Tod etwas bedeutete – wenn auch nur für ihn.

McCoy musterte seine toten Patienten noch eine Weile, dann drehte er sich um, verließ den Raum und schloß leise die Tür hinter sich. Erst als die vergleichsweise frische Luft der Raumstation den Geruch der Fäulnis aus seiner Nase vertrieb, wurde ihm klar, daß der Rest der Gruppe sich zu ihm und Hallie gesellt hatte. Wahrscheinlich waren sie herbeigelaufen, als sie gesehen hatten, wie Hallie sich, von Übelkeit gepackt, abwandte.

Sie saß mit gekreuzten Beinen auf dem Boden, hatte den Kopf über die Knie gebeugt und atmete heftig. Markson und Chekov knieten zu beiden Seiten neben ihr. Marksons Hand lag tröstend auf Hallies Schulter, und Chekov sprach beruhigend in ihr Ohr. McCoy sah, daß sie Chekov zunickte und dann aufstand. Ihre Augen erschienen ihm im teigigen Weiß ihres Gesichts größer als vorher.

Spock schaute McCoy an. »Doktor?«

McCoy zuckte herum. »Ist kein hübscher Anblick, der sich da drin bietet, Spock, aber wenn Sie wollen, schauen Sie es sich an. Lauter tote Romulaner.« Er drehte der Tür den Rücken zu und wartete, während Spock den Raum einer kurzen Inspektion unterzog. Dann hörte er das Geräusch eines aufschnippenden Kommunikators.

»Spock an *Enterprise.* Hier ist Spock, ich rufe die *Enterprise.* Bitte melden, *Enterprise.*«

McCoy erwartete zwar keine Antwort, aber als tatsächlich keine kam, war er trotzdem enttäuscht. Er hätte fast alles dafür gegeben, in diesem Moment Jim Kirks Stimme zu hören, selbst dann, wenn sie ihnen erzählt hätte, daß man sie im Moment nicht retten konnte.

Schon das Wissen, daß er dort draußen war, wäre ihm eine große Hilfe gewesen.

Als der Vulkanier an seine Seite zurückkehrte, schaute McCoy gerade auf den Scanner, den er in der Hand hielt. »Es ist verdammt komisch …«

»Doktor?«

McCoy seufzte gereizt und steckte das Gerät in seinen Taillenbeutel zurück. »Tja, laut den Messungen des Scanners sind die Leute da drin an Unterkühlung gestorben. Aber ich verstehe nicht, wie das möglich sein soll.« Er atmete schwer; sein Atem erzeugte in der kühlen Luft kleine Wölkchen. »So kalt ist es hier nicht, speziell nicht auf einer Station, in der es Kleidung und Decken gibt, wie wir gesehen haben.« Er kratzte sich am Kopf. »Es ist mir völlig schleierhaft.«

Leno meldete sich zu Wort. »Ist es möglich, daß die Heizung abgeschaltet und später wieder eingeschaltet worden ist?«

»Wie schon mein Großvater immer gesagt hat,« erwiderte McCoy, »in Zeichentrickfilmen ist alles möglich, Fähnrich. – Wenn ich die Prämisse akzeptiere, daß die Leute ermordet wurden, könnte ich mir vorstellen, daß jemand die Heizung manipuliert und ein Deck nach dem anderen abgeschaltet hat, bis alle anderen tot waren, um sie dann zu reaktivieren, damit spätere Ermittler auf eine falsche Spur gelockt werden. Aber dafür gibt es hier zu viele offene Fragen, und ich glaube nicht, daß dies der Fall war. Nennen Sie es *Riecher.*« Er warf einen kurzen Blick über die Schulter und schaute dann in eine andere Richtung. »Ich glaube, die Leute haben sich hier versammelt, um sich zu wärmen, aber es hat nicht für sie gereicht.« McCoy runzelte beunruhigt die Stirn. Sein Blick schweifte in die Ferne. Er erinnerte sich plötzlich an eine Bemerkung, die er Jim gegenüber gemacht hatte – über eine Raumstation voller toter Romulaner. »Es ist einfach zu bizarr.« Selbst nach all den Jahren, die er nun schon in der Medizin tätig war, trotz des gewaltigen Umfangs seiner Ausbildung, seines Wissens und seiner persönlichen Erfahrung – Dinge dieser Art schlugen ihm immer auf den Magen. Unterkühlung war ein verdammt tragischer Abgang.

Fähnrich Hallie rieb sich die Arme, stand vom Boden auf und schnappte kurz nach Luft. »Wenigstens ist es nicht irgendeine Seuche, an der wir uns anstecken können«, sagte sie erleichtert und schaute ihre Kameraden an.

»Tja, die erste Romulanerin, die wir gefunden haben, ist aber nicht an Unterkühlung gestorben«, erwiderte Leno lakonisch und deutete mit dem Daumen in die Richtung, aus der sie gekommen waren. Hallie warf ihr hinter Chekovs Rücken einen bösen Blick zu.

»Und an einer Seuche auch nicht«, fügte McCoy mit fester Stimme hinzu. »Es sei denn, es gibt eine Seuche, die dazu führt, daß ihre Opfer mit dem Kopf gegen die Wand laufen.«

»Glauben Sie, es gibt noch mehr Leichen an Bord?« wollte Markson wissen.

McCoy zuckte die Achseln. »Wer weiß? Wenn ja, möchte ich sie nicht finden. Für heute habe ich schon zu viele gesehen.«

»Wie lange sind sie schon tot, Doktor?« fragte Spock. Er musterte nachdenklich und mit ausdrucksloser Miene die geschlossene Tür hinter McCoys Rücken.

»Der Scanner sagt: vier bis sechs Wochen«, erwiderte McCoy leicht ermüdet. »Wie die Frau unten. Aufgrund des Verwesungszustandes kann ich leider keine bessere Diagnose stellen, ohne sie ins Lazarett zu bringen und eine Autopsie vorzunehmen. Warum fragen Sie?«

Spock nickte, als speichere er die Information für eine spätere Analyse in dem Computer, den er sein Hirn nannte. »Ich möchte in Erfahrung bringen, wie lange die Station schon durchs All treibt. Da die Romulaner vor mindestens vier Wochen an den Folgen der Unterkühlung gestorben sind, kann man sicher annehmen, daß sie schon so lange ohne Steuerung treibt; vielleicht sogar länger. Wenn wir die Vier-Wochen-Theorie zu Hilfe nehmen und davon ausgehen, daß die gegenwärtige Bahn und Geschwindigkeit der Station konstant war und kein Fremdverschulden oder interne Pfuscherei vorlag, könnten wir vielleicht ihre Flugbahn rekonstruieren und ihre Ausgangsposition in eine Sternkarte eintragen.«

»Falls Sie einen Computer finden, der uns das ermöglicht, *oder* es schaffen, mit der *Enterprise* Kontakt aufzunehmen. Aber ich dachte, wir seien bisher davon ausgegangen, daß die Station aus dem romulanischen Reich stammt.« McCoy verschränkte die Arme. Er war stinkwütend über den ruhigen Vortrag des Vulkaniers und auf die gesamte verfluchte Raumstation, in der sie sich aufhielten. Und wenn er wütend war... Nun, dann ärgerte er sich eben.

»Es ist möglich, Doktor, aber nicht sicher. Unser momentanes Wissen untermauert diese Argumentation nicht und führt nur in eine Sackgasse«, erläuterte Spock liebenswürdig. »Es gibt auch andere Möglichkeiten.«

»Ich glaube, ich möchte sie im Moment nicht hören«, erwiderte McCoy flink. Er trat von dem zum Massengrab gewordenen Amphitheater zurück und nahm den Weg, den sie gekommen waren. Die anderen folgten ihm. Er hatte kein großes Verlangen danach, vor dem Eingang herumzulungern. »Offen gesagt, Spock, im Moment schert es mich einen Dreck, woher die Station wirklich kommt. Mich sorgt nur eins: daß wir keine Energie haben und von der *Enterprise* abgeschnitten sind.« Er warf der hochgewachsenen, neben ihm hergehenden Gestalt einen Blick zu. »Haben Sie eben gesagt, Sie hätten einen Plan der Station gefunden?«

Spock nickte. »Er war zwar nicht ausgesprochen detailliert, hat aber den Standort der Brücke angezeigt. Es ist mir gelungen, ihn mir einzuprägen, bevor das System plötzlich abschaltete.«

»Tja, in dem Fall sollten wir Sie besser nicht verlieren, was?«

Spock nahm den Kommentar ungerührt hin. »Jetzt, da ich genauer weiß, wo wir uns aufhalten, können wir zielgerichteter vorgehen. Laut Plan brauchen wir nur zwei Ebenen höher hinaufzusteigen, dann stoßen wir auf einen Gang, der uns zu einem Turboschacht führt. Und dann zur Brücke.«

»Warten Sie noch eine verdammte Minute«, fiel McCoy ihm grob ins Wort und blieb auf der Stelle stehen. Spock schaute ihn an und blinzelte so geduldig, daß McCoy sich an die Jersey-Kühe seines Onkels erinnert fühlte. »Es wäre sicher eine gute Idee gewesen, einen Turbolift zu nehmen, bevor der ganze Quatsch mit dem Strom angefangen hat. Wenn Sie glauben, daß ich in einer Raumstation mit fluktuierendem Energieniveau einen Turbolift besteige, der jeden Moment abstürzen kann, sind Sie schief gewickelt! Ich laß mich weder für Sie noch für sonst jemanden zu Matsch verarbeiten!«

»Ihre Besorgnis, Dr. McCoy, ist zwar verständlich, aber unbegründet.« Spock musterte ihn nüchtern. »Unter anderen Umständen hätte ich dieses Vorgehen vielleicht empfohlen. Momentan würde ich einen solchen Versuch aber nicht vorschlagen.«

»Das hört man gern«, sagte McCoy knurrig. »Aber wieso habe ich das Gefühl, daß noch ein Haken dabei ist?«

McCoys Unterbrechung störte Spock nicht. Er sprach ungerührt weiter. »Es müßte Wartungsleitern im gesamten Turboschacht geben. Aller Wahrscheinlichkeit nach können wir sie benutzen, um zur Brücke hinaufzugelangen.«

McCoy verzog das Gesicht. Klettern haßte er beinahe ebenso wie Tauchen. »Gibt es denn keine Treppe?«

»Laut Plan reicht die Treppe nicht bis zur Brücke hinauf.«

»Wieso überrascht mich das nicht?« fragte McCoy

müde. Er warf einen Blick auf Hallie, deren Gesichtsfarbe wieder normal war. »Eins sollten Sie über Landeunternehmen sofort erfahren, Fähnrich.«

»Zum Beispiel, Sir?«

»Da haut *nie* was hin!« McCoy schaute Chekov an. »Es klingt nach einer harten Kletterei, Lieutenant. Ich hoffe, Ihre Leute haben dicke Schwielen an den Händen.«

Chekov nickte grimmig. »Sie kommen mit der Erfahrung, Dr. McCoy. Sie kommen mit der Erfahrung.«

Als die Forschungsgruppe zwei Etagen über der Einkaufszone aus dem Treppenhaus kam, blieb Spock stehen, gab mit einer Geste die Richtung an und trat in einen angrenzenden Korridor. »Der Turboschacht, den wir suchen, müßte sich an der nächsten Gangkreuzung befinden.«

Die anderen beeilten sich, ihm zu folgen, und waren erfreut, als sie feststellten, daß der Schacht sich tatsächlich dort befand. Leider war die hohe, schwarz lackierte Aufzugtür fest verschlossen.

McCoy musterte mit säuerlichem Blick die dreieckige Form der Tür und die solide Fuge in der Mitte. Das Unternehmen hatte für ihn schon vor langer Zeit jeden Reiz verloren. »Haben Sie irgendwelche Vorschläge, meine Damen und Herren? Sieht so aus, als stünden wir in einer Sackgasse.«

»Wir können versuchen, den Generator an die Wandkontrollen des Turbolifts anzuschließen«, sagte Chekov, der die Steuerplatte eingehend musterte. »Es sieht so aus, als könnte er passen, und wenn nicht, kann ich sicher eine Überbrückung improvisieren. Das müßte uns wenigstens soviel Energie verschaffen, um die Tür aufzukriegen. Dann haben wir Zugang zur Leiter.«

»So Gott will und kein Hochwasser kommt«, sagte McCoy. »In dem Büro da unten hat es doch auch nicht hingehauen.«

»Ich glaube, daran brauchen Sie uns nicht zu erinnern,

Dr. McCoy«, sagte Spock. »Der Turboschacht ist ein integraler Teil der Station. Theoretisch müßte er, wenn Sie so wollen, die Hauptlebensadern aller Stationen enthalten und sollte leicht zugänglich sein, speziell angesichts der Tatsache, daß es eine passende Schalttafel gibt. Jedenfalls können wir bei dem Versuch nichts verlieren. – Fangen Sie an, Lieutenant Chekov«, befahl er und machte dem jüngeren Mann Platz.

»Sie überraschen mich, Spock«, murmelte McCoy. Er stand breitbeinig da, hatte die Arme lose vor der Brust verschränkt und schaute Chekov zu, der sich mit den für ihn typischen präzisen und sparsamen Bewegungen an die Arbeit machte.

»Wieso, Doktor?« Auch Spock sprach leise, als wolle er den Chef der Sicherheit nicht bei der Arbeit stören. Seine dunklen Augen beobachteten aufmerksam Chekovs Fortschritte.

McCoy kämpfte ein Lächeln nieder, aber auch er hielt den Blick auf Chekov gerichtet. Es war faszinierend zu sehen, wie er mit den Schaltungen zauberte. »Ach, ich dachte nur, Sie könnten unser Problem mit Ihrer überraschenden Kraft lösen, indem Sie die Tür einfach aufdrücken, wie Sie es unten gemacht haben.«

Spocks Blick blieb auf Chekov und dessen Leuten haften, die den tragbaren Generator anschlossen. Leno und Hallie hielten ihn hoch, während Chekov die Leitungen mit den passenden Stromkreisen verband. »Ich bin zwar kräftig, Doktor«, sagte Spock, »aber *so* kräftig nun auch wieder nicht.«

McCoy legte den Kopf schief und schaute auf. »Wirklich? Ich bin enttäuscht.«

Spock wirkte in jeder Hinsicht so, als lege er keinen Wert auf eine Fortsetzung dieses Gesprächs; er vermutete wohl eine Falle. Die angeborene Höflichkeit des Vulkaniers konnte den Wortwechsel freilich nicht so einfach beenden, so sehr es sich seine menschliche Seite möglicherweise wünschte. »Wieso das, Doktor?«

McCoy verlagerte sein Gewicht auf das andere Bein und zuckte mit seinen hageren Schultern. »Ich dachte, wenn wir irgendwann alle in Rente gehen, könnte ich Ihnen eine Stelle als Kraftmeier im Zirkus besorgen.«

»Vielen Dank, Dr. McCoy«, erwiderte Spock mit einer Geduld, die aus seiner langen Bekanntschaft mit dem ständig frotzelnden Arzt erwachsen war. »Ich werde mich bemühen, es nicht zu vergessen, wenn ich mich aus dem Flottendienst zurückziehe. Da die Lebenszeit von Vulkaniern beträchtlich länger ist als die von Menschen, rechne ich damit, daß ich noch im Dienst der Flotte und der Föderation bin, wenn Sie – wie sagen die Menschen doch so schön? – die Früchte des Pensionärsdaseins genießen. Vielleicht denken Sie dann daran, eine zweite Laufbahn als Vertreter für Sockenhalter einzuschlagen. In dieser Branche wären Ihre verbalen Fähigkeiten gut aufgehoben.« Nach dieser Bemerkung trat Spock vor, um sich Chekovs Arbeit aus der Nähe anzusehen.

McCoy musterte den Rücken des Vulkaniers mit einem finsteren Blick. »Sehr komisch, wirklich«, grunzte er. Er schaute sich um. Er konnte es nicht erwarten, von hier fortzukommen, auch wenn er nicht wild darauf war, mehrere Etagen durch den Schacht zur Brücke hinaufzuklettern. Wie konnte man das Kommandozentrum einer Raumstation nur in den hintersten Teil verlegen? Hier war alles anders als das, was er kannte, aber irgendwie verstand er die Romulaner, wenn sie all dies aus Sicherheitsgründen getan hatten. McCoy fragte sich, was sie im Namen der Sicherheit auf dieser Station noch verändert hatten.

Eine Bewegung kitzelte den Randbereich seines Blickfeldes, und er drehte jäh den Kopf zur Seite. Doch da war nur die Ausdehnung des leeren Korridors. Dort, wo sie hergekommen waren, war alles leer und dunkel. Komisch, er hätte schwören können …

Als er sich wieder umdrehte, sah er, daß Markson ihn

genau ansah. Ein gespenstisches Wissen schien im Blick des Fähnrichs zu flackern. »Haben Sie etwas gesehen, Dr. McCoy?« fragte er leise.

McCoy zuckte die Achseln und rieb nervös seine Schulter. »Mein Hals war 'n bißchen verspannt, mein Sohn.«

Markson nickte. »Natürlich.« Sein Blick suchte hinter McCoy den Gang ab. Der Arzt drehte sich um, um Marksons Blick zu folgen, aber natürlich gab es nichts zu sehen.

»Wir sind fertig«, meldete Chekov. »Es geht los.« Er drückte einen Knopf der Turbolift-Schalttafel. Nichts passierte. Hallie setzte eine enttäuschte Miene auf. Chekov streckte die Hand aus, um einen Schalter an der Vorderseite des Generators umzulegen und drückte den Knopf erneut. Die Doppeltür glitt leise etwa dreißig Zentimeter auseinander, und das erste echte Lächeln, das McCoy seit langer Zeit gesehen hatte, zeigte sich auf Chekovs Zügen.

»Gut gemacht, Lieutenant«, sagte Spock lobend. Er trat an die Tür heran. Chekov und er schoben den Kopf durch die schmale Öffnung und leuchteten mit den Handlampen in das finstere Innere des Schachtes hinein.

»Die Luft scheint rein zu sein«, sagte Chekov. Er balancierte so gefährlich am Rand, daß McCoy an Jims Neigung denken mußte, im Bergsteigen eine Form der Entspannung zu sehen. Chekov griff hinein und rüttelte an der Eisenleiter, die an der Schachtinnenwand befestigt war. »Scheint sicher zu sein. Ich glaube nicht, daß wir irgendwelche Probleme kriegen.« Er richtete sich auf, drehte sich um und schaute die anderen an. »Ich gehe zuerst. Mr. Spock, Sie folgen mir. Dann kommen Markson, Hallie, Dr. McCoy und Leno. – Fähnrich Leno, Ihnen fällt die Aufgabe zu, den Generator abzuklemmen und mitzubringen.«

»O. k., Chef.« Sie nickte. »Kein Problem.«

»Ich empfehle, daß wir die Lampen am Handgelenk

befestigen«, sagte Chekov, setzte seine Worte gleich in die Tat um und schaute genau zu, als die anderen es ihm gleichtaten. »Jetzt haben wir beide Hände zum Klettern frei und blenden uns nicht gegenseitig. Sind alle bereit? Dann los.« Er schwang sich mit der Eleganz und Behendigkeit eines Äffchens in den Schacht hinein und stieg die Leiter hinauf.

McCoy wartete hinter Hallie in der Schlange, aber sein Blick haftete auf Markson, der vor ihr stand. Was ging ihm jetzt wohl durch den Kopf? Er sollte es sehr schnell erfahren. Markson blieb am Schachtrand stehen. Wollte er sich orientieren, bevor er sich in die Dunkelheit hinausschwang? Als er sich mehrere Sekunden später noch immer nicht rührte, stupste Hallie ihn zwischen die Schulterblätter. »Auf geht's, Dan. Du bist an der Reihe.« Der hochgewachsene Fähnrich reagierte nicht, aber McCoy sah, daß sich seine Schultern spannten.

»Dan?« Hallie streckte die Hände aus, um ihn zu berühren. McCoy packte ihren Arm und schüttelte ernst den Kopf.

Er ging an ihr vorbei und baute sich neben Markson auf. »Ist alles in Ordnung, Fähnrich?« Er legte die Hand sanft auf Marksons Handgelenk und zählte schnell seinen Pulsschlag. Das Herz des jungen Mannes raste. »Dan? Was ist los, Junge?«

Aus dem Schachtinneren ertönte Spocks Stimme. »Ist irgend etwas, Dr. McCoy?«

»Wir sind in Ordnung, Spock. Wir kommen gleich. Lungern Sie nicht rum.« Er zuckte zusammen wegen des unpassenden Wortes, das ihn an Kirks letzte Worte erinnerte, und empfand Dankbarkeit, daß Spock es ihm nicht mit irgendeiner lakonischen Antwort heimzahlte.

Markson murmelte etwas. McCoy mußte dicht an ihn herantreten, um ihn deutlich zu verstehen. »Was ist, Dan? Was haben Sie gesagt?«

»Enra. Es ist genau wie ein Enra.«

Dieser Kommentar verblüffte McCoy. »Ein Enra? Was

ist das?« Da Markson auch weiterhin nur mit großen Augen in die Finsternis des Schachtes stierte, schüttelte McCoy leicht seinen Arm. »Dan, was ist ein Enra?«

Markson schluckte unkontrolliert und wandte sich zu McCoy um. Im Licht der Handlampen wirkte sein Gesicht völlig blutleer. Seine Augen waren groß und furchtsam. »Ein Enra ist...« Er leckte sich die Lippen und schluckte erneut. »Ein Enra ist eine tiefe Grube auf Vindali 5, in der die Toten bestattet werden, und in der ihre Geister an die Oberfläche steigen. Enras sehen genauso aus, sind genauso groß. Die Toten werden in Schichten bestattet, und ihre Geister steigen auf und gehen um...« Er holte tief Luft, um sich zusammenzureißen. »Es gibt ein Geräusch, wenn die Toten aufstehen... wenn die Geister kommen. Es ist wie ein kreischendes Heulen, das ihre Ankunft ankündigt...«

»Dan.« McCoys Stimme war ernst. Hallie und Leno sagten hinter ihm kein Wort, aber er wußte, daß Chekov und Spock ihnen im Schachtinneren zuhörten. »Ich höre aber nichts davon. Sie etwa?« Seine Finger drückten Marksons Unterarm. »Hören *Sie* etwas?«

Markson schüttelte schnell den Kopf. »Nein, Sir.«

»Sie hören nichts, weil wir nicht auf Vindali 5 sind, und *dies* kein Enra ist. Hier gibt es keine Geister. Hier gibt es keine...« Nun, daß es hier keine Toten gab, konnte er nicht behaupten, das stand fest. »Hier gibt es keine Geister«, wiederholte er. Er beugte sich näher an Markson heran. »Haben Sie als Kind ein Enra gesehen, Dan? Haben Sie auf Vindali 5 irgend etwas gesehen?«

Markson lachte. Es war ein schwaches und kränkliches Geräusch, aber immerhin ein Lachen, doch es linderte McCoys Besorgnis kaum. »Auf Vindali 5 kann man immer Dinge sehen, Dr. McCoy. Umgehende Geister, Geistertänze, Umzüge für die Toten...« Sein Blick fand den des Arztes und hielt ihm stand. Der Anflug eines Lächelns huschte über Marksons blasse Lippen. »Ich bin in Ordnung, Dr. McCoy, danke.«

»Ganz bestimmt?«

»Jawohl, Sir. Ich bin nur erschrocken, mehr nicht. Wenn man all dies nach vier Jahren wiedersieht...« Er deutete mit der Hand in den Schacht. »Ich bin in Ordnung«, wiederholte er.

»Na prima, mein Sohn.« McCoy tätschelte seinen Arm. »Ich nehm Sie beim Wort. Wenn Sie wieder nervös werden, sagen Sie mir Bescheid.«

»Jawohl, Sir. Danke, Sir.«

Chekovs Stimme kam aus den Tiefen des Schachtes; er klang besorgt. »Ist da unten alles in Ordnung?«

Markson nickte noch einmal, und McCoy rief: »Es geht uns glänzend, Lieutenant. Wir kommen jetzt sofort hinter Ihnen her.« Er drückte noch einmal Marksons Arm und kehrte an seinen Platz in der Reihe zurück.

Markson, der sich mit unglaublicher Vorsicht bewegte und sich bemühte, den Blick nicht nach unten zu richten, verschwand im Schacht. Kurz darauf eilte Hallie wie ein winziges Äffchen hinter ihm her und schwang sich mühelos auf die Eisensprossen. Sie lächelte McCoy über die Schulter zu, als sie hinter den anderen die Leiter hinaufstieg. »Kommen Sie, Doktor«, ermutigte sie ihn. »Es ist ganz einfach.«

»Sie haben leicht reden.« McCoy blieb am Rande des Schachts stehen und warf unklugerweise einen Blick in die Tiefe. Das Licht seiner Lampe erhellte einen Gutteil der Strecke, bevor es von der allumfassenden Finsternis verschluckt wurde. Es gab nichts Bemerkenswertes zu sehen; kein klaffender Schlund, der bereit war, ihn mit Haut und Haar zu verschlingen, keine gespenstische Erscheinung mit dazugehöriger Sense und Laterne, und auch kein wandelnder Toter von Vindali 5. Es gab nichts, worum er sich hätte Sorgen machen müssen. Warum also zögerte er?

»Es ist keine gute Idee, nach unten zu schauen, Dr. McCoy«, sagte Lenos weiche Stimme an seinem Ohr. Sie hatte den Generator bereits am Tragriemen um ihre kräftigen breiten Schultern gehängt.

»Was Sie nicht sagen.« McCoy hob den Kopf, gewöhnte sich an den Anblick der Leiter und nahm sich vor, nicht wieder nach unten zu blicken. Dann holte er tief Luft, schluckte schwer und ergriff die nächste Sprosse. Er trat vorsichtig in die nur da und dort erhellte Finsternis des Schachts hinein und fing an zu klettern. Dabei richtete er den Blick fest auf die Sprossen vor sich und schaute nur gelegentlich nach oben, um zu sehen, ob er Hallie nicht zu eng auf die Pelle rückte, oder um sich zu versichern, daß die anderen noch da waren. Die Lampen bewegten sich über ihm in der Dunkelheit. Hinter sich hörte er Lenos leichtfüßigen Sprung auf die Leiter und ein Schnappen, als sich die Schachttür hinter ihr schloß. Nun waren sie im Herzen der Raumstation eingeschlossen. McCoy befahl sich ernst, nicht darüber nachzudenken, lebendig begraben zu sein.

Die Luft im Schacht roch abgestanden, fast wie Mehltau, wie sonst überall in der Station; sie war noch immer durchsetzt vom Geruch verfaulender Pfirsiche, was aber viel besser war als der von verwesendem Menschenfleisch. Der Duft von Mehltau war McCoy vertraut, denn er war im feuchteren Klima der südöstlichen USA aufgewachsen. Im Weltraum war er ihm freilich noch nicht begegnet. Die luftdichte Umwelt von Raumschiffen verhinderte in der Regel die Entwicklung von Mehltau, und doch gab es diesen Geruch hier – zumindest einen ähnlichen. Er hätte Spock gern dazu befragt, aber es gab keine Möglichkeit, den Vulkanier jetzt in ein Gespräch zu verwickeln. Er konnte das Risiko nicht eingehen, daß er die Konzentration auf die schlanken Metallsprossen unter den Händen verlor.

Als McCoy spürte, daß sich seine Hände seltsam anfühlten, hielt er inne, löste eine Hand von den Sprossen und rieb die kalten Finger gegeneinander. Die Leiter fühlte sich, obwohl an seinen Fingern keinerlei Rückstände waren, irgendwie zu glatt an. Er streckte vorsichtig die Hand aus und berührte die kühle Wand. Sie fühlte sich ebenso an wie die Leiter, als sei dort etwas ... Er schüttelte den Kopf. *Halt dich bloß fest, Leonard,* dachte er und verzog das Gesicht.

»Probleme, Dr. McCoy?« Lenos Stimme wehte leise zu ihm hinauf.

McCoy wischte sich die Hand am Hosenbein ab. »Nein, alles klar.« Er schüttelte sich, dann kletterte er weiter.

Sie stiegen schweigend in die Höhe. Die einzigen hörbaren Geräusche waren das Ratschen ihrer Stiefel auf den Sprossen und ihr mühsames Atmen. Die Lichtstrahlen hüpften durch den Schacht wie betrunkene Glühwürmchen. Dann und wann hielten sie an, um Luft zu schöpfen, und während einer dieser Pausen wechselten Spock und Chekov ein paar kurze Worte, bei denen sie ihre Zählung der Ebenen verglichen und sich fragten, wie lange sie noch steigen mußten, bevor sie das gesuchte Deck erreichten. McCoy war dankbar, daß die Heizung funktionierte, wenn auch nur minimal. Es war nicht so kalt, daß ihr Leben bedroht gewesen wäre. Wenn man davon absah, daß die Romulaner entgegen aller Logik an Unterkühlung gestorben waren. Wie war dies möglich gewesen, wenn es nicht kalt genug wurde, um die Körpertemperatur eines Lebewesens zu bedrohen? Sein Verstand rang mit dieser Frage wie ein Hund mit einem Knochen.

Ein matter Ton wehte von unten herauf und ließ alle in der Bewegung erstarren. McCoy strengte sein Gehör an. Er glaubte etwas zu vernehmen, war sich aber nicht sicher. »Spock?« hauchte er. »Wa ...« Der Ton erstarb in seiner Kehle, als ihre Lampen erneut erloschen und sie in tiefster Schwärze verharrten. McCoys Hände klammerten sich fester an die Leitersprossen, sie zuckten vor Furcht und scheuerten schmerzhaft gegen das Eisen. Höhenangst packte ihn, seine Sinne schwammen in der übersättigten, alles umfassenden Schwärze. Das Wissen um die Tiefe unter den Füßen ließ sein Herz so laut schlagen, daß er glaubte, die anderen müßten es hören. Er drückte das Gesicht an die Leiter und schluckte schwer.

»Niemand rührt sich«, sagte Spock. McCoy empfand Dankbarkeit für den ruhigen Tonfall des Vulkaniers. Markson erzeugte über McCoys Kopf leise Geräusche, aber er konnte nicht sagen, ob der Mann betete oder weinte. Er empfand Mitgefühl für ihn. Markson hatte schwer gearbeitet, um sein Ziel zu erreichen, doch nun trug er schwer an einer Last aus der Vergangenheit, von der er nicht mal gewußt hatte, daß sie da war.

»Bist du in Ordnung, Dan?« fragte Hallie leise. Es gab keine klare Antwort, nur die gemurmelte Litanei von Marksons Stimme. McCoy gefiel die Schärfe in seinem Tonfall nicht; er wünschte sich nichts sehnlicher, als endlich aus dem Schacht herauszukommen und Licht zu sehen.

Das Geräusch von unten erklang erneut. Diesmal kam es McCoys Ohren vertrauter vor. So vertraut, daß er eigentlich gar nicht mehr spekulieren wollte – aus Angst, er könne recht behalten.

Spock bewahrte ihn jedoch davor. »Alle schwingen sich seitlich um die Leiter herum …«

»Was?!« krächzte McCoy, dem die Vorstellung, über einem Abgrund zu turnen, den Atem raubte.

»… und schieben sich in die Nische zwischen Leiter und Schachtwand.« Spock ignorierte McCoys unbeabsichtigte Unterbrechung und redete schnell weiter. »Fähnrich Leno, wird es Ihnen gelingen, den Generator einfach am Tragriemen baumeln zu lassen? Können Sie ihn halten, oder möchten Sie ihn lieber schnell nach oben weitergeben?«

Die junge Frau unter McCoy schnaubte in der Dunkelheit. »Es ist nicht böse gemeint, Sir – aber Sie belieben wohl zu scherzen. Schließlich hab ich meine Muskeln nicht vom Stricken.«

»Verzeihung, Fähnrich.«

»Mr. Spock?« Angesichts ihrer Lage klang Hallie außergewöhnlich ruhig. »Was geht da vor?«

»Der Turbolift fährt nach oben«, erwiderte Spock einfach.

McCoy schloß vor Grauen die Augen und schwang sich eilig auf die Rückseite der Leiter. Kein Wunder, daß das Geräusch ihm so bekannt vorgekommen war. »Sind wir zu dicht an der Kabine, Spock?«

»Normalerweise nicht, Doktor«, drang die Stimme des Vulkaniers über ihm aus der Dunkelheit. »Aber ich glaube nicht, daß wir uns ohne Licht auf solche Spekulationen verlassen können. Die Leitern werden nur benutzt, wenn der Lift außer Betrieb ist. Selbst wenn wir genügend Platz haben, möchte ich das Risiko nicht eingehen, daß einer von uns in den Schacht gestoßen wird, wenn der Lift mit maximaler Beschleunigung an uns vorbeifährt.«

»Na ja, wenn's weiter nichts ist…«

McCoy spürte die gewaltige Präsenz der Turboliftkabine, als sie den Schacht heraufkam. Eine Brise fegte an seinem Gesicht vorbei, die sein schweißüberströmtes Gesicht kitzelte und sein Haar zerzauste. Die Kabine kam langsam und schwerfällig näher, wie ein Elefant, der schweigend durch die Dunkelheit schritt, um seine Größe und Macht zu demonstrieren. Er spürte die Distanz zwischen sich und der Liftkabine und atmete erleichtert auf. Selbst wenn sie auf der Vorderseite der Leiter geblieben wären, hätte die Kabine ihnen nichts anhaben können.

»Wenn der Lift den Zugang zur Brücke blockiert…« setzte Leno an.

»Dann finden wir eine andere Möglichkeit, sie zu betreten, Fähnrich«, beendete Spock den angefangenen Satz. Seine Stimme klang fest und frei von Zweifeln. Jetzt war eindeutig nicht die Zeit, solche Themen zu diskutieren.

»Aye, Sir.«

Von hoch oben kam das laute Geräusch von Metall, das sich an Metall rieb, und Markson stieß einen erschreckten Schrei aus. McCoy fragte sich erst später, ob die Bremse – oder was auch immer Liftkabinen an Ort und Stelle hielt – sich gelöst oder versagt hatte. Das Ganze hing anscheinend mit den bizarren Energiefluktuationen zusammen, die sie schon erlebt hatten, denn ihre Lampen flammten auf, als der Lift in die Tiefe schoß. Er kreischte, so schnell war er; offensichtlich war er außer Kontrolle.

»Festhalten!« befahl Spock laut.

McCoy, dessen Augen im plötzlichen Licht schmerzhaft blinzelten, hatte nur einen Augenblick, um zu erkennen, daß sich Markson aus Gründen, die nur er selbst kannte, entweder nicht in die Sicherheit des engen Raums hinter der Leiter begeben hatte oder zu früh aufgetaucht war, bevor Spocks Befehl gekommen war. Ehe McCoy ihm eine Warnung zurufen konnte, war die Liftkabine über ihnen und schoß in einem heulenden Sturmwirbel, der ihm die Luft aus der Lunge preßte, vorbei... Und riß Markson hinter sich in den Schacht hinein. Markson fiel, sein Aufschrei zerriß die Luft wie Krallen. Wenige Sekunden später erklang aus den Tiefen der Finsternis, die ihre Lampen nicht durchdringen konnten, das Krachen des Turbolifts, der am Schachtboden auftraf, und Marksons Schrei verstummte schlagartig.

Irgend jemand zitterte unkontrolliert, und McCoy brauchte eine Weile, um zu erkennen, daß er es selbst war. Der Schacht war wieder dunkel, aber es war McCoys eigene, private Dunkelheit. Er konnte sich nicht erinnern, die Augen geschlossen zu haben. Er wollte etwas sagen, *irgend etwas*, aber er bekam nicht genug Luft. Er hing zitternd zwischen Hallie und Leno an der Leiter, sein Verstand war leer. Er wußte nicht, was er als nächstes tun sollte.

Über ihm räusperte sich jemand. »Anwesenheitsmeldung.« Chekov klang heiser, aber seine Stimme verlieh ihrer Lage wieder Realität. »Chekov.«

»Spock.«

Pause. »Hallie.« Sie klang schrecklich und stand kurz vor einem Tränenausbruch.

McCoy wußte, wie sie sich fühlte. »McCoy.«

»Leno. – *Verdammt.*«

»Sind alle in Ordnung?« fragte Chekov. McCoy schaute auf und fragte sich, ob er auch so bleich aussah wie der Russe. Waren seine Augen so groß wie die Hallies? Sogar Spock wirkte leicht blaß.

Alle bestätigten, denn sie waren *wirklich* in Ordnung ... zumindest körperlich. Um die anderen Schäden würde man sich später kümmern müssen.

»Okay.« Chekov atmete tief ein. »Klettern wir also weiter.«

»Aber, Dan ...!« protestierte Hallie.

McCoy griff nach oben und fand ihr Fußgelenk. Sie zuckte bei der Berührung zusammen, und er fluchte, weil er sie nicht gewarnt hatte. Noch einen Sturz konnten sie sich nicht leisten. »Warten Sie einen Moment, Chekov. Sie hat recht. Ich muß das mal eben prüfen.«

»Sie glauben doch nicht im Ernst, daß er diesen Absturz überlebt hat, Doktor?«

»Menschen haben schon Schlimmeres überlebt, Lieutenant. Und es dauert auch nur einen Moment.« Er nahm, obwohl ihm dabei nicht ganz geheuer war, eine Hand von der Sprosse und griff in die Medotasche, um den kleinen Tricorder hervorzuziehen. Er richtete ihn auf den Schachtboden und schaltete ihn ein. Sein Blick konzentrierte sich auf die Anzeige, dann steckte er das Gerät mit einem leisen Seufzer ein. »Klettern wir weiter«, sagte er einfach.

»Aber ...« Hallie setzte zu einem Protest an, ihre Stimme klang stark belegt.

Chekov meldete sich, und Strenge überlagerte sein Mitgefühl. »Später, Hallie. Los, Leute, es geht weiter.

Nach meiner Zählung liegen nur noch vier Ebenen über uns.«

Für McCoys Gefühl hätten es auch vier Lichtjahre sein können. Er klammerte sich einen Moment lang so fest an die Sprosse, daß er nicht mehr sicher war, ob er seine Hände überreden konnte, sie je wieder loszulassen. Erst ein Stupser Lenos gegen seinen klettermüden Unterschenkel versetzte ihn in Bewegung. Sein Blick heftete sich an Hallies Stiefel, der vor ihm herstieg.

Die Kletterei erschien McCoy beinahe endlos. Seine Beinmuskeln bettelten um eine Pause, aber er folgte dem Geräusch von Hallies Stiefeln, bis er beinahe mit der Nase gegen ihre Ferse gestoßen wäre, als sie unter Spock anhielt.

»Sind wir da?« rief Leno.

»Hab's geschafft«, meldete Chekov. »Reicht den Generator rauf.«

»Mit Freuden, Chef«, brummte sie. Sie neigte den Kopf, nahm den Tragriemen ab und reichte das Gerät an McCoy weiter. Er nahm es grimmig an sich – seine Hand- und Armmuskeln protestierten – und gab es an Hallie weiter. Sie bückte sich, um ihn mit einer Kraft zu entlasten, die er ihrer winzigen Gestalt nicht zugetraut hatte. Er zuckte zurück, als er den Schmerz in ihren Augen sah. Sie schenkte ihm den Anflug eines unglücklichen Lächelns und gab den Generator an Spock weiter, der ihn Chekov reichte.

Der Sicherheitschef schlang wie ein Akrobat ein Bein um die Leiter und bediente das unhandliche Gerät mit glatter, professioneller Gewandtheit. Kurz darauf hatte er die Verbindungen zur Innenleitung geschlossen, und die Tür glitt auf.

»Sie müssen alle über mich wegsteigen«, sagte Chekov. »Ich werde mich bemühen, Ihnen so weit wie möglich auszuweichen.«

»Machen Sie sich unseretwegen keine Sorgen«, erwiderte McCoy. »Halten Sie sich nur fest.« Wenn er so darüber nachdachte, war seine Wortwahl vielleicht nicht ganz passend gewesen. Er wünschte sich, er hätte den Mund gehalten, denn niemand antwortete auf seinen Rat.

McCoy folgte erneut Hallies Beinen und versprach seinen schmerzenden Muskeln stumm, daß bald alles vorbei sein würde, daß sie sich dann ausruhen konnten, zumindest für eine Weile. Spock streckte einen langen Arm aus, um Hallie hinaufzuhelfen. Dann half sie ihm, McCoy und Leno hochzuziehen. Chekov kam als letzter.

Sie befanden sich in einer Art Vestibül. In alle Richtungen zweigten Korridore ab. In der gegenüberliegenden Wand gab es nur eine Tür. »Wenn der Plan stimmt, den ich gesehen habe«, sagte Spock, »befindet sich die Brücke der Station hinter der Tür dort.«

»Halleluja!« sagte McCoy ohne Begeisterung. »Dann wollen wir mal hoffen, daß der Generator auch diese verdammte Tür aufkriegt.«

»Hoffnung hat man immer«, sagte Chekov und nahm die Arbeit in Angriff. Er brauchte nicht lange. Nun, nach den Erfahrungen mit dem Turboschacht, ging ihm alles flotter von der Hand, und die Tür öffnete sich.

Der Geruch hier oben war zwar nicht so schlimm wie unten, aber abscheulich genug, um Leno würgen zu lassen. McCoy schob sie laut seufzend beiseite und trat vorwärts, um den ersten Blick auf die Zentrale der Raumstation zu werfen. Er ging an einer Hauptkonsole vorbei und blieb stehen. Fast wäre er auf die ausgestreckte Hand eines von zwei toten Romulanern getreten, die dort lagen. Plötzlich verließ McCoy jede Kraft. Er setzte sich schnell auf den kalten Boden, stieß sich dabei sein Steißbein an und stierte geradeaus – taub bis ins Innerste.

10

Kirk saß im Kommandosessel, stützte sein Kinn auf der zur Faust geballten Hand ab und starrte ins Nichts. Der Schmerz in seiner Seite war nun, nachdem die Wirkung des Medikaments abgeklungen war, ein klopfender Refrain. Ihm war kalt, wahrscheinlich eine Nachwirkung der angebrochenen Rippen.

Sulu hatte es bemerkt und mit Erlaubnis des Captains kurz die Brücke verlassen, um die Mannschaft mit Jacken zu versorgen. Es war hier *wirklich* kühler als normal, aber Kirk fror vor allem innerlich, dort, wohin die Wärme der Jacke nicht reichte. Lag es an der Verletzung? Oder nagte Ärger an ihm? Oder lag es an irgend etwas, an das er noch gar nicht gedacht hatte?

Ein Aufblitzen von Zorn gegen sich selbst und alles, was ihn umgab, zerrte Kirk aus dem Morast der Lethargie, und er richtete sich im Sessel auf. »Uhura, ist die Fähre schon von Bord?«

Er hatte aus Uhuras Richtung noch nie einen so entschuldigenden Blick gesehen. »Noch nicht, Sir.«

»Nun, worauf warten die denn noch? Unsere Leute sind da drüben irgendwo gestrandet!« Er deutete auf den Bildschirm. Das Bild der Raumstation war, je mehr Zeit verging, immer undeutlicher zu erkennen. Die Störungen hatten sich zum ›Schneesturm‹ ausgeweitet.

»Wir haben Probleme, die Fährenhangarschleuse zu öffnen, Captain«, sagte Estano von der Sicherheitsstation her. Er klang fast peinlich berührt, obwohl er mit dem

Vorfall nichts zu tun hatte. »Jaffe und Corey sind in der Fähre abflugbereit. Die Ingenieure sind schon an der Arbeit.«

Bevor Kirk »Nun, sagen Sie ihnen, sie sollen, falls nötig, die Handsteuerung einsetzen« sagen konnte, riß er sich zusammen, denn er wußte, daß Commander Scotts Ingenieure taten, was sie konnten, und auch so schnell es ging. Deswegen nickte er nur und wandte sich wieder dem Bildschirm zu. »Danke, Fähnrich. Halten Sie mich auf dem Laufenden.«

»Aye, Sir.«

Das Nichtstun fraß an Kirk wie ein Quadrotricital verschlingender Tribble. Er war in allererster Linie ein Mann der Tat, ein Mensch, der Entscheidungen fällte und dann sicher und rasch handelte. Und doch saß er völlig sinnlos hier herum, während andere vorhatten, hinauszugehen und seine Freunde zu retten. Die Vorstellung tat ihm so weh wie eine Spore in der Flanke. Er gehörte nicht zu denen, die mit ihren Krankheiten hausieren gingen; Pille hätte das als erster zugegeben.

»Captain?« Es war Uhura. Sie sah ebenso frustriert aus, wie Kirk sich fühlte, und es tat ihr wohl leid, sein Sinnieren zu unterbrechen.

Fauch deine Leute nicht an, Jim. Es sind die besten, die du gekriegt hast, die besten der Welt. Laß es nicht an ihnen aus, selbst wenn du dich pausenlos ohrfeigen könntest. »Ja, Uhura?«

»Aus dem ganzen Schiff treffen weitere Meldungen ein, Sir.«

Seufz jetzt bloß nicht los. Sie dürfen nicht sehen, wie sehr es dir an die Nieren geht ... »Lesen Sie langsam vor, Commander.«

Fehlfunktionen aller Art traten auf, und zwar immer häufiger. Entweder verhielten sich die Türen wie Bäreneisen, die die Besatzungsmitglieder ernstlich verletzten, oder sie gingen erst gar nicht auf, was den Leuten keine andere Möglichkeit ließ, als Notluken zu benutzen, sofern es welche gab, oder um Hilfe zu rufen, die lange brauchte, um sie zu erreichen, weil die Ingenieure überall mit ähnlichen Problemen kämpften – einschließlich der Fährenhangarschleuse. Momentan saßen mehrere Angehörige der Besatzung in ihren Unterkünften, im botanischen Garten und in diversen Toilettenräumen fest. Und es ging immer weiter.

Die Nahrungsautomaten hatten mehrere Sektoren in einen klebrigen Morast verwandelt. Computer, die man gerade noch benutzt hatte, schwiegen plötzlich auf wiederholte Anfragen. Die Liste war so lang wie Kirks Arm, so mannigfaltig wie die Genealogie eines Mischlings – und sie wurde mit jedem Augenblick länger. Das einzige Plus bestand darin, daß im Lazarett keine Schwerkranken lagen und im Bau keine gefährlichen Individuen einsaßen. Doch als Kirk darüber nachdachte, wäre er glücklicher gewesen, einem bis an die Zähne bewaffneten Mörder mit irrem Blick gegenüberzustehen, der auf der *Enterprise* Amok lief. Die tückischen Systeme des Schiffes waren eine haarige Angelegenheit. Scott konnte zwar alles doppelt und dreifach prüfen, aber Kirk war überzeugt, daß das Problem außerhalb des Schiffes lag, und er war bereit, jede Wette einzugehen, daß er wußte, *wo*.

Als Uhura die Hälfte der Liste vorgelesen hatte, brachte Kirk sie mit einer Geste zum Schweigen. »Es reicht, Commander. Fahren Sie fort mit der Aussetzung der Notfunkboje. Versuchen Sie, das Starfleet-Hauptquartier und die Sondierungsgruppe zu erreichen. Und kriegen Sie raus, was, verdammt noch mal, mit der Fähre los ist!«

»Aye, Sir!« Uhura, ins Dunkelrot ihrer Jacke gehüllt, wandte sich wieder der Konsole zu.

»Captain!« rief Estano von seinem Platz an der Sicherheitsstation. »Die Hangarschleuse wurde erfolgreich geöffnet. Die Fähre *Valgard* ist unterwegs.«

Kirk ballte eine Siegesfaust. *Endlich!* »Stellen Sie mich zur Fähre durch, Uhura.«

»Ich versuche es, Sir.«

Kirk beobachtete sie, wartete auf ihr Nicken. »Captain Kirk an *Valgard.*«

Irgendwelche Gespräche auf anderen Kanälen überlagerten die Verbindung. »Uhura ...«

»Ich arbeite daran, Sir. Versuchen Sie's noch mal.«

Kirk setzte erneut an. Diesmal war die Verbindung deutlicher, die Antwort verständlich, aber noch immer kratzig. »Hier ist die *Valgard,* Captain. Jaffe spricht. Corey und ich sind unterwegs.«

»Gut gemacht. Wie arbeiten die Systeme?«

Jaffes Stimme wurde von Störgeräuschen überlagert, dann sagte sie: »Leicht sprunghaft, Sir, aber damit werden wir schon fertig. Es dürfte kein Problem sein, Zugang zur Raumstation zu bekommen.«

Jaffes Optimismus versetzte Kirk beinahe in Angst. Es war genau die Art von Zuversicht, der das Schicksal gern einen Schlag versetzte. »Weitermachen. Und viel Glück. Versuchen Sie, uns über Ihre Fortschritte auf dem Laufenden zu halten.«

»Machen wir, Sir. *Valgard,* Ende.«

Kirk beobachtete konzentriert den Bildschirm und wartete darauf, daß die Fähre in Sicht kam. Er hatte freilich nicht damit gerechnet, daß Uhuras aufgeregte Stimme ihn unterbrach. »Captain! Ich habe Mr. Spock!«

Adrenalin schoß durch Kirks Nervenbahnen. »Durchstellen!« Er hörte ein Kratzen aus dem Lautsprecher. »Spock!«

Bösartige Störgeräusche überlagerten die Antwort, falls es welche gab, dann sagte Uhura: »Sprechen Sie weiter!«

»Spock!« rief Kirk erneut. »Können Sie mich verstehen?«

»... Interferenzen ... nicht in der Lage ... verstehen ... einen Augenblick ...« Plötzlich kam das Signal etwas stärker. Es war natürlich nicht mit der üblichen Übertragungsqualität zu vergleichen, aber Kirk konnte wenigstens die Worte verstehen. »Hier ist Spock, Captain.«

Kirk lächelte. »Es ist gut, Ihre Stimme zu hören, Mr. Spock. Sind alle gesund?«

»Fähnrich Markson ist bei einem Unfall ums Leben gekommen. Ansonsten geht es uns gut. Dr. McCoy und die anderen erforschen im Moment die Ebene, auf der wir uns befinden.«

Sorge rührte Kirks Herz. Er hatte Markson zwar nicht persönlich gekannt, aber er wußte, daß er erst kürzlich auf die *Enterprise* versetzt worden war. Ob er ihn nun gekannt hatte oder nicht – er empfand Verzweiflung über den Verlust eines seiner Männer. »Was ist mit ihm passiert?«

»Er ist in einen Turboschacht gestürzt. Die Details sind allerdings im Moment nicht wesentlich, Captain. Da wir nicht wissen, wie lange diese Verbindung bestehen bleibt, müssen wir wichtige Informationen austauschen, so lange es möglich ist.«

»Korrekt wie immer, Spock. Berichten Sie.«

»Captain ...« Wieder Störgeräusche. Kirk fürchtete, er könnte den dürftigen, allzu kurzen Kontakt erneut verlieren. Dann wurde das Signal wieder deutlich, und er konnte Spocks Stimme hören. »Wir haben die Frage, was die Station hier zu suchen hat, noch nicht klären können. Wir haben allerdings auf einer der unteren Ebenen mehrere Dutzend tote Romulaner entdeckt. Dr. McCoys Erkenntnisse deuten an, daß sie an Unterkühlung gestorben sind.«

»Unterkühlung?« Kirk empfand eine Kälte, die nichts mit seiner Verletzung zu tun hatte. »Sind Sie in Gefahr?«

»Unbestimmt, Captain. Wahrscheinlich aber nicht, da die gegenwärtige Temperatur zu hoch ist, um Unterkühlung zu einem Risiko zu machen.«

»Und wie ...«

»Momentan unbekannt«, unterbrach ihn Spock. »Wir

haben die Zentrale gefunden, und es ist mir erfolgreich gelungen, den Generator anzuschließen, um Zugriff zum Kommunikations- und Computersystem zu erhalten, deswegen können wir uns auch verständigen. Ich weiß nicht, wie lange diese Verbindung stabil bleibt, aber in der zur Verfügung stehenden Zeit will ich versuchen, so viele Informationen wie möglich darüber zu gewinnen, weshalb die Station hier ist und wieso sie ihre Energie verloren hat…«

Kirk unterbrach ihn. »Da Sie gerade von Energie reden, Spock, die *Enterprise* leidet an Energiefluktuationen, die abwechselnd in unterschiedlichen Teilen des Schiffes auftreten. Im ganzen Schiff stehen die Systeme auf Rot. Wir können uns nicht auf den Transporter verlassen, um Sie jetzt zurückzubeamen.«

»Faszinierend.« Kirk bildete sich ein, Spocks Braue nach oben wandern zu sehen. »Captain, wir erleben gegenwärtig ähnliche Schwierigkeiten, wenn auch in viel geringerem Ausmaß. Die Fluktuationen sind ungewöhnlich, weil sie sogar unsere Handwaffen und Lampen betreffen.«

»Dann ist das Phänomen nicht auf die *Enterprise* beschränkt!« Kirk fühlte sich von Erleichterung durchflutet, da seine Mutmaßungen richtig gewesen waren. Er warf Scott einen Blick zu, der anstelle einer Antwort grinste. Sie waren zwar noch nicht aus der Misere heraus, aber es tat beiden Männern gut zu wissen, daß das Problem nichts mit ihrem Schiff zu tun hatte.

»Eindeutig. Ich habe jeden Grund zu der Annahme, daß die Raumstation… trägt…«

Störgeräusche. Kirks Herz raste. »Uhura, holen Sie ihn zurück!«

»Ich versuche es, Sir!«

Spocks Stimme kehrte zurück. »…kann den Kanal nicht mehr offen halten. Ich werde mich bemühen, mehr über meine Hypothese zu erfahren, bevor ich mir den Maschinenraum vornehme. Ich…«

»Spock! Wir schicken eine Fähre zur Station. Sie wird an einer Schleuse andocken und Sie abholen.«

»Momentan nicht ratsam, Captain. Die Energie ist zu...« Der Satz endete in einem pfeifenden Störgeräusch, das so laut war, daß Uhura die Lautstärke verringern mußte.

»*Verdammt noch mal!*« Kirk drosch auf die Lehne seines Sessels ein und bedauerte dies auf der Stelle, denn der Schmerz schoß an seiner Seite hoch bis in den Arm und blockierte für einen Moment seine Atmung. Er kniff die Augen fest zusammen und zwang die Schwärze zurück. Und dann war die Hölle los.

»Captain!« rief Sulu vom Ruder her. »Die *Valgard* hat sich zwar vom Schiff entfernt, aber sie krängt! Sie weicht vom Kurs ab!«

Kirk riß die Augen auf, starrte auf den Bildschirm und bemühte sich, die Interferenzen zu durchdringen. Die Vorwärtsbewegung der Fähre war zum Stillstand gekommen. Das kleine Schiff lag ein Stück auf der Seite, seine Scheinwerfer waren bereits erloschen. Allem Anschein nach war auch sie von dem rätselhaften Energieverlust betroffen. Was hatte Spock ihm sagen wollen? Die Raumstation... trägt... Trägt was? Vielleicht trägt sie zu etwas bei? Es war nur logisch, wenn Spock vorhatte, den Maschinenraum zu überprüfen... Aber welche Hypothese wollte er überprüfen? *Verdammt,* hätte er doch nur mit ihm reden können!

»Captain!« rief Scott drängend. Kirk konnte sich nur mühsam davon abhalten, ihn anzuschreien. Gott, tat seine Seite *weh!* »Als die Verbindung zu Mr. Spock zusammenbrach, hatte ich diagnostische Sensoren auf die Station gerichtet. Ich weiß zwar nicht, inwiefern ich den Messungen trauen kann, Sir... aber es gibt eindeutig einen Energieabfall, und er kommt von dem häßlichen Schrotthaufen da drüben.«

Obwohl dies kaum eine hochoffizielle Beschreibung war, fand Kirk sie äußerst passend. Er hatte also recht gehabt. Spocks rätselhafte Worte hatten es bestätigt, und Scotts Messungen waren der letzte Beweis. Wenn die Raumstation die Ursache des Energieverlustes war, war sie der *Feind.* Und diesen Feind mußte *er* schlagen, um wieder Gewalt über sein Schiff und seine Mannschaft zu bekommen.

Aber wie?

11

McCoy blieb im Türrahmen stehen, bevor er die Brücke der Raumstation verließ und einen Blick auf Spock zurückwarf. Der Vulkanier saß an einer Konsole, der Generator stand neben ihm, und er war im Begriff, die unabhängige Energiequelle mit dem Stationscomputer zu verbinden, um einen Versuch zu machen, die *Enterprise* zu erreichen. »Sie kommen doch allein zurecht?«

Der Erste Offizier schaute nicht einmal auf. Sein Blick war konzentriert auf seine Arbeit gerichtet. »Ich vermag nicht einzusehen, was mir bei dieser Tätigkeit passieren könnte, Doktor. Beim Einklinken in die Computerbanken kann eigentlich kaum etwas schiefgehen.«

Wenn es klappt, dachte McCoy und fühlte sich in seiner Rolle als Miesmacher vom Dienst plötzlich sehr unwohl. Er brummte. »Hier kann man so was nie genau wissen«, sagte er laut. Er zweifelte zwar nicht daran, daß der Vulkanier mit Computern und dergleichen sehr gut zurechtkam, aber er wäre lieber ohne Schwimmweste ins Meer gesprungen, als dies in Spocks Gegenwart zuzugeben. Ebenso wie er sich nicht eingestehen wollte, wie sehr er sich darum sorgte, ob sie die *Enterprise* je wiedersehen würden.

Ob die anderen zu dem gleichen Schluß gekommen waren? Die *Enterprise* war für ihre Kommunikatoren nicht erreichbar. Wer Jim Kirk so gut kannte wie er, konnte mit Sicherheit davon ausgehen, daß Uhura längst alles unternommen hatte, um sie zu erreichen, denn ihre Meldung war nun seit langem überfällig. Da die Sondierungsgruppe nicht reagierte... Warum hatte Jim Scotty nicht angewiesen, sie auf der Stelle zurückzubeamen, wie es der üblichen Prozedur entsprach? Die Antwort war natürlich die: Man konnte die Gruppe – auch wenn Scotty an den Kontrollen stand – entweder nicht lokalisieren, oder ihnen fehlte die dazu nötige Energie. Was wiederum bedeutete, daß man unter den gleichen Schwierigkeiten litt wie die Raumstation. Und beide Vorstellungen reichten aus, um McCoy Angst einzujagen.

Er warf einen Blick über die Schulter auf die breiten Fenster, die die Brücke der Station umgaben. Sie waren alle mit schweren Platten abgedeckt und verliehen dem Raum das Aussehen eines gewaltigen eisernen Versandbehälters. McCoy hätte lieber hinausgeblickt; er wollte die *Enterprise* sehen, auch wenn sie weit weg und unerreichbar war. Er wollte die Bestätigung haben, daß Kirk noch da draußen war. Daß da draußen noch Hoffnung war.

Dann wurde ihm schlagartig bewußt, daß Spock ihn ansah. Seine Hände lagen untätig in seinem Schoß. Wie lange hatte er so gedankenverloren dagestanden?

»Ist noch etwas, Dr. McCoy?« fragte der Vulkanier besorgt.

»Nein!« fauchte McCoy. Es war ihm peinlich, beim Nichtstun erwischt zu werden. Er wollte hinausgehen, doch dann blieb er erneut stehen. »Ach... Viel Glück, Spock.«

Der Erste Offizier maß den Schiffsarzt mit einem Blick, den McCoy in diesem Augenblick bestens verstand.

»Wünsche ich Ihnen auch.« Der Vulkanier beugte sich wieder über seine Arbeit, McCoy ging hinaus und gesellte sich im Korridor zu den anderen.

Chekov wirkte amtlich, fast ernst und irgendwie in sich zurückgezogen. Leno war schwerer zu durchschauen, was daran lag, daß McCoy sie nicht gut kannte. Sie war aber wohl in Ordnung. Er kannte zwar auch

Hallie nicht sehr gut, aber sie machte aus ihren Gefühlen kein Geheimnis. Die Haut rings um ihre Augen war faltig vor Schmerz, aber sie gab ihr Bestes, um bis zum Ende des Unternehmens durchzuhalten. Sie wollte professionell sein, und wenn es das Letzte war, was sie tun konnte. McCoy war plötzlich stolz auf sie.

»Wie kann er nur da drin bleiben?« fragte Leno und deutete mit dem Kopf auf die Tür. »Mr. Spock, meine ich. Wie kann er nur bei den beiden toten Romulanern sitzen?«

»Sie können ihm nichts mehr tun, Fähnrich«, erwiderte Chekov, möglicherweise etwas schroffer als beabsichtigt. »Außerdem ist Mr. Spock Offizier genug, um das zu tun, was getan werden muß, ob die Umstände nun erfreulich sind oder nicht.«

McCoy rieb seine kalten Hände aneinander und fröstelte. »Okay, Lieutenant Chekov, Sie sind der Chef. Was also haben Sie vor?«

Chekovs dunkle Augen musterten die anderen gelassen. »Fähnrich Hallie und Dr. McCoy, Sie nehmen den rechten Gang. Leno und ich erforschen den linken. Vergessen Sie nicht, daß wir uns nicht auf unsere Ausrüstung verlassen können. Sie sind besser dran, wenn Sie auf Ihr eigenes und das Geschick Ihres Begleiters setzen. Falls das Licht ausgeht, verhalten Sie sich ruhig. Bewegen Sie sich erst, wenn Sie genau wissen, wo Sie in Relation Ihrer Umgebung stehen.« Sein Ausdruck wurde noch ernster. »Wir können uns keine weiteren Unfälle leisten.« Sein Blick fiel kurz auf Hallie. »Wir wissen nicht genau, ob wir die Kommunikatoren wieder nutzen können, also entfernt sich jeder nur bis auf Rufweite zu seiner Begleitung. Unter keinen Umständen betritt jemand einen Turboschacht. Noch Fragen?«

Soweit es McCoy betraf, mußte sich Chekov darüber keine Gedanken machen. Er war unter keinen Umständen bereit zuzulassen, daß Hallie irgendwo mit ihm in einen Turboschacht stieg, und ohne ihn erst recht nicht.

Außerdem hatte er nicht die Absicht, näher als drei Meter an einen Turboschacht heranzugehen, wenn er einen sah.

»Na schön«, schloß Chekov, als er sah, daß niemand eine Frage stellen wollte. »In einer Stunde treffen wir uns wieder hier. So müßte Mr. Spock genug Zeit haben, um das zu tun, was er kann, und es ist mehr, als wir brauchen, um die Etage nur oberflächlich zu untersuchen. Auf geht's.« Mit einem knappen Nicken wandte er sich um und nahm den Gang zur Linken. Leno folgte ihm auf dem Fuße, wie ein eifriger Jagdhund auf einer heißen Spur.

»Ich wäre auch gern so«, sagte Hallie leise. Sie schaute ihnen nach, als sie um die Ecke verschwanden.

McCoy folgte ihrem Blick. »Wie meinen Sie das?«

»Die beiden sind so gelassen, so ruhig. Wenn man sie so sieht, würde man nie vermuten, daß Dan...« Sie seufzte, und ihr Mund zog sich verbittert zusammen.

»Ich will Ihnen mal was sagen, Fähnrich.« McCoy betrat den rechten Korridor. »Ich kann zwar nicht für Fähnrich Leno sprechen, aber Lieutenant Chekov kenne ich schon ziemlich lange. Lassen Sie sich von seinem äußeren Verhalten nicht täuschen. Er empfindet die Dinge ebenso intensiv wie Sie. Aber er hat im Lauf der Jahre gelernt – wie auch Sie es noch lernen werden –, daß Trauer ihre Zeit und ihren Ort benötigt. Und daß sie mitten in solch einem Unternehmen fehl am Platze ist.« Er lächelte freundlich. »Vertrauen Sie mir. Auch die anderen empfinden den Schmerz; Chekov vielleicht sogar ganz besonders. Er nimmt es sehr persönlich, wenn er jemanden verliert. Und jetzt kommen Sie. Wir müssen uns bewegen.« Seine Schritte wurden länger, und es überraschte ihn eigentlich nicht, daß auch Hallie schneller wurde und ihn mit wenigen Schritten überholte. Trotz ihrer Trauer – er hatte es mit einer jungen Frau zu tun, die ihre Position sehr ernst nahm. In dieser Hinsicht würde sie von ihm auch keine Beschwerden hören. Er war dankbar für ihr Hiersein. Wäre er sich selbst überlassen gewesen – er war sich nicht mal sicher, ob er die dubiose Sicherheit der Brücke trotz Spocks Befehl überhaupt verlassen hätte.

Der Gang, den sie nahmen, war so matt beleuchtet wie der Rest der Station – und leer. Die erste Tür, die sie sahen, führte in einen kleinen Salon oder eine Art Konferenzraum. Als McCoys Blick auf zwei hohe, schmale Fenster fiel, die der Tür genau gegenüber lagen, bemerkte er das Mobiliar kaum. Die Luken waren nicht, wie die Fenster auf der Brücke, von Platten abgedeckt. Er durchquerte den Raum und erfreute sich an dem herzerwärmenden Anblick der *Enterprise*, die vor dem Hintergrund der Sterne so hell erstrahlte wie König Arthurs Gral.

»Von innen ist sie hübscher. Ich bin stolz darauf, ein Teil von ihr zu sein; stolzer, als auf alles andere.« Hallie sprach leise, sie stand hinter ihm auf Zehenspitzen, damit sie ihm über die Schulter blicken konnte. Ihre Stimme war besänftigend und ehrerbietig. »Aber auch von außen sieht sie *toll* aus.«

»Wohl wahr, Fähnrich. Sie ist das stolzeste Schiff der Flotte.« McCoy wurde es eng ums Herz; er wünschte sich sehr, wieder an Bord zu sein.

Hallies kleine, kräftige Hand legte sich auf seine Schulter und drückte kurz zu. »Wir kommen schon zurück zu ihr, Sir. Wir alle.« Ihrem Tonfall nach war sie fest davon überzeugt. »Dessen können Sie gewiß sein.«

Ihre Überzeugung freute ihn. »Ich *bin* mir dessen sicher, Fähnrich«, erwiderte er tapfer, obwohl er sich nicht im geringsten sicher war.

Hallie ließ die Hand sinken. »Wenn wir unseren Abschnitt erforschen wollen, bevor die Zeit um ist, sollten wir lieber weitergehen, Dr. McCoy. Außerdem möchte ich nicht, daß der Chef zufällig vorbeikommt und uns bei einer sentimentalen Andacht erwischt.«

Ihre Bemerkung erinnerte McCoy an Kirk, der stolz

und anmaßend im Transporterraum gestanden hatte – voller Zuversicht in seine und die Fähigkeiten seiner Mannschaft. Jim hätte sich von allem, was sie erlebt hatten, nicht so unterkriegen lassen, und falls doch, dann nicht lange. Er hätte sich beschäftigt, er hätte seinen Verstand auf die anstehenden Probleme gerichtet, bis er eine Lösung gefunden hätte. Er hätte das Problem so lange mit Versuchen traktiert, bis es sich auf den Rücken gelegt, alle viere von sich gestreckt und sich ergeben hätte. Er mußte dem exzellenten Beispiel des Captains folgen.

»Sie haben recht, Fähnrich Hallie, gehen wir weiter.« Er wandte sich nach einem letzten, kurzen Blick auf sein Zuhause vom Fenster ab und wagte nicht, sich noch einmal umzudrehen – aus Furcht, er könne den Blick nie wieder abwenden.

Einfache und elegante schwarze Möbel, deren Polsterung ihn an die Farbe getrockneten Blutes erinnerte, waren um die Mitte des Raumes gruppiert. Es gab keinen Schmuck, der darauf hindeutete, daß der Raum von den Stationsbewohnern in letzter Zeit benutzt worden war. McCoy vermutete eher das Gegenteil. An den Wänden waren keinerlei Verzierungen, und als er eine tastende Hand ausstreckte und die Finger über eine Wandplatte gleiten ließ, spürte er Kälte und Feuchtigkeit – wie an den Wänden des Turboschachts. Er roch an seinen Fingerspitzen, entdeckte aber kein Aroma. Seine Haut fühlte sich irgendwie leicht glitschig an, als er die Finger aneinander rieb – es erinnerte ihn an die Kletterei im Turboschacht. Er verzog das Gesicht und wischte die Hand an einem Hosenbein ab.

»Ist irgendwas, Dr. McCoy?« Hallie stand abmarschbereit im Türrahmen und warf ihm einen Blick zu. Als er den Kopf schüttelte und sich beeilte, sie einzuholen, um die weitere Erforschung des Korridors in Angriff zu nehmen, nickte sie. »Unheimlich, nicht? Man kommt sich vor wie in einem Geisterhaus.«

McCoy lachte leise. »Jetzt, wo Sie's erwähnen ... Es erinnert einen wirklich daran. Ein riesiges, leeres Haus mit Echos werfenden Gängen.« *Und Leichen.* Aber daran wollte er lieber nicht denken. »Der einzige Unterschied zwischen einem Spukhaus und dieser Raumstation besteht darin, daß die hiesigen Gespenster einem auf den Gängen nicht mit dem Kopf unter dem Arm entgegenkommen.«

»Aber das macht es irgendwie noch schlimmer, finden Sie nicht auch?« fragte sie. Das rötliche Licht, das die Notbeleuchtung auf ihr Gesicht warf, erzeugte auf den feinen Strukturen merkwürdige Schatten. Sie sah aus, als sei sie sieben Jahre alt und weitaus verletzlicher als in Wirklichkeit. »Wir wissen nicht mal, was uns bevorsteht. Wenn man etwas sieht, kann man es auch leichter bewerten – und festlegen, wie man sich ihm gegenüber verhält.«

»Ungefähr so, wie wenn man den wahren Namen von etwas kennt.« Als Hallie ihn verwirrt anblinzelte, erklärte McCoy es ihr. »Manche Kulturen glauben, alles auf der Welt habe zwei Namen. Den Namen, unter dem es allgemein bekannt ist – so, wie Sie mich als Leonard McCoy kennen –, und den *wahren* Namen. Der Alltagsname ist ohne Bedeutung, hat keine Macht. Aber der *wahre* Name ...« Er hielt schwerfällig inne, hob den Zeigefinger und lächelte. » ...ist etwas ganz anderes. Kennt man den wahren Namen eines Lebewesens oder Dinges, hat man Macht darüber. Dann kann man ihn oder es beherrschen.« Er zuckte die Achseln. »Jedenfalls wird es so behauptet.«

»Ich glaube, ich verstehe, was Sie meinen.« Hallies Nicken war eine jähe, vogelähnliche Geste. Ihr Blick blieb nie auf irgend etwas haften, er war ständig in Bewegung, achtete auf alle Gefahren. »Wenn man nicht die Gewißheit hat, ein Ding bei seinem wahren Namen zu kennen – oder nicht genau weiß, ob es wirklich existiert und im Dunkeln auf einen lauert –, hat man auch keine

Macht über es oder die Situation. Dann wird man von der eigenen Phantasie gesteuert und macht die Dinge nur schlimmer, als sie wirklich sind.«

»Sie können *verdammt* sicher sein, daß man die Dinge schlimmer macht, als sie wirklich sind«, fügte McCoy hinzu. »Es liegt in der Natur des Menschen. Ist man unvorsichtig, kann die Phantasie wirklich mit einem durchgehen. Es ist ein interessanter Charakterzug. Viele verschiedene Spezies haben ihn, sogar manche der sogenannten ›niederen‹ Lebensformen. Er ist eigentlich kein echter Sinn, kann aber alle Sinne befallen und einen viele Dinge erleben lassen. Das einzig Wichtige daran ist, ob man glaubt oder nicht, und wie man an diesem Glauben festhält.«

Hallie blieb abrupt stehen und wandte sich zu ihm um. Ihr Gesichtsausdruck war ernst. »Glauben Sie, daß Dan dies passiert ist? War seine Einbildung so groß, daß sie zu real geworden ist? Ist er deswegen gestorben?«

McCoy nahm an, daß das ganze Gespräch wahrscheinlich ohnehin darauf hinausgelaufen wäre. Keine medizinische oder psychologische Ausbildung bereitete einen darauf vor, solche Fragen zu beantworten, und Leonard McCoy hatte beides jahrelang studiert. Leider hatte er selbst noch keine befriedigende Antwort auf die Frage gefunden, wieviel an Marksons Tod reiner Zufall und wieviel das Ergebnis seiner Ängste gewesen war. Aber Hallie wollte irgendeine Antwort, und zwar eine ehrliche. Sie würde sofort merken, wenn er nicht aufrichtig zu ihr war.

McCoy ging weiter, seine Blicke schweiften seitwärts, wo sie neben ihm herschritt. Ihr Ausdruck war ernst, ihre dunklen Augen musterten ihn fest. »Ich weiß auch nichts Genaues, Suzanna. Das ist wohl nicht die Antwort, die Sie erwarten – und ich entschuldige mich dafür –, aber nur Dan wußte, was in seinem Kopf vorging. Nur er kannte die Tiefe seiner Empfindungen, ob sie nun Angst oder sonst etwas waren. Ich glaube, Ihre Vermutung ist ein so intelligenter Schluß wie jeder andere, besonders deswegen, weil Sie ihn als Menschen und Freund gekannt haben. Ich würde gern das gleiche von mir sagen, aber ich kann einfach nicht jeden kennen, der auf der *Enterprise* Dienst tut. Ich kannte Dan Markson nur als Namen in einer Akte.« Dieses Eingeständnis betrübte McCoy, auch wenn er die Sinnlosigkeit dieser Betrübtheit erkannte. »Ich kann nur annehmen, daß die Geräusche, die er im Turboschacht gehört hat, für ihn die Geräusche waren, die die Toten im Enra erzeugen, und daß die Ängste seiner Kindheit ihn blind gemacht haben. Ich glaube, Suzanna, unsere Situation und seine Vergangenheit sind für ihn auf fatale Weise kollidiert. Deswegen hatte er diesen grauenhaften, tragischen Unfall.« McCoy wußte, daß Hallie irgendwann selbst eine Erklärung für Marksons Tod finden würde. Er konnte nichts anderes tun, als ihr Erklärungen anzubieten.

Hallie kratzte sich am Kinn und dachte schweigend über seine Worte nach. »Dann glauben Sie nicht an Geister?«

»Nein, ich glaube nicht an Commander Scotts Schiffe verbrennende, blutbefleckte Geister.«

»Das beantwortet meine Frage aber nicht genau, Dr. McCoy«, sagte sie schelmisch.

McCoy lächelte. »Nein, Fähnrich, wahrscheinlich nicht.« Er blieb stehen, um einen Blick durch eine offene Tür zu werfen. Noch ein kleines Büro. Nichts von Bedeutung. »Ich habe viele Menschen sterben sehen, Hallie, und manche waren mir recht nahe gestanden.« Sein Blick reichte plötzlich in die Ferne, und er dachte an seinen Vater. »Manche hatten einen tragischen Tod, andere einen furchtsamen, und manche starben mit der größten Würde, die man sich vorstellen kann.«

»Aber haben Sie je einen *Geist* gesehen?« Sie ließ in diesem Punkt offenbar nicht locker. Was glaubte sie?

Daß Daniel Markson ihr als Protoplasma erscheinen würde?

»Sie wollen meine diesbezügliche *persönliche* Meinung?«

»Bitte.« Sie nickte eifrig.

»Okay«, sagte McCoy ernsthaft. »Trotz Commander Scotts Reichtum an Geschichten über Phantome aller Formen, Größen und Neigungen, schwöre ich Ihnen bei meiner Ehre als Doktor der Medizin, daß ich in all den Jahren als praktizierender Arzt noch nie etwas gesehen habe, das mich auch nur ansatzweise dazu gebracht hat, an Geister und Spukgestalten oder sonst etwas zu glauben, für die es keine rationale Erklärung gibt. Ich habe Säuglinge zur Welt und Freunde und Fremde gleichermaßen unter die Erde gebracht und ich war bestimmt in Situationen, in dem ich Erscheinungen hätte sehen können. – Aber ich habe ums Verrecken noch nie eine gesehen!«

»Der Glaube ist das Bizarrste«, sagte Hallie ärgerlich. »Es ist schwer zu verstehen, daß zwei Menschengruppen an dermaßen radikal unterschiedliche Dinge glauben können.«

»Er macht uns zu dem, was wir sind, Fähnrich. Unterhalten Sie sich, wenn Ihr Hirn wirklich etwas zu tun haben will, bei Gelegenheit mal mit Mr. Spock über UMUK.« McCoy kicherte. »Der Glaube ist wirklich bizarr. Er ist außerdem eine sehr persönliche Sache. Ebenso wie das Vorstellungsvermögen. Womit wir den Kreis geschlossen haben.«

Hallie lächelte. »Nehme ich auch an. Danke, Dr. McCoy.«

»Danke auch. Aber das war doch nichts Besonderes.«

Ein paar Meter weiter gabelte sich der Gang. McCoy blieb stehen und schaute in beide Richtungen. »Was meinen Sie, Fähnrich?«

Sie schaute ebenfalls erst in die eine, dann in die andere Richtung. »Tja, der linke Gang führt bestimmt zu

Leno und Chekov zurück.« Sie leuchtete mit ihrer Lampe in die angegebene Richtung, um mehr zu sehen, aber es war nichts Besonderes zu erkennen. Sie hielt die Lampe in die andere Richtung. »Wir haben noch immer eine Menge Zeit, Dr. McCoy. Wir sollten sie ruhig nutzen, meinen Sie nicht auch?«

McCoy wußte nicht genau, ob er sagen sollte, was er wirklich dachte. »Wenn Sie wirklich das ganze Universum sehen möchten«, moserte er gutmütig, »krieg ich vielleicht Blasen an den Füßen.«

»Sie wollen doch wohl nicht, daß der Chef und Fähnrich Leno den ganzen Ruhm einheimsen, Dr. McCoy? Überlegen Sie mal, was wir alles finden könnten.«

»Gerade *daran* denke ich, Fähnrich.« Er seufzte und richtete sich auf. »Vermutlich wird es mir noch leid tun, daß ich Ihnen nicht erzählt habe, daß es wirklich Geister gibt.«

Ihr helles Gelächter zog ihn hinter ihr her durch den Gang, und ihre Schritte klangen wie eine dünne Kadenz auf dem eisernen Bodenbelag. In diesem Gangabschnitt gab es mehr Türen, aber die meisten waren fest verschlossen oder verklemmt. Die offen stehenden führten in spärlich möblierte Unterkünfte. Weiter entfernt fanden sie einen kleinen botanischen Garten voller verwelkter, toter Pflanzen, und noch weiter weg ein Kasino.

»Jetzt wissen wir wenigstens, wo das Essen ist, falls wir etwas brauchen«, sagte McCoy, als er im Türrahmen stand. Mehrere Nahrungspakete lagen auf dem Boden verstreut, als hätte sie jemand in Eile fallen gelassen. Es war irgendwie traurig. Hatten die armen Hunde im Amphitheater versucht, unter allen Umständen am Leben zu bleiben, und auf Rettung gehofft, um dann einer Gefahr zu erliegen, der sie doch nicht entgehen konnten? McCoy schüttelte den Kopf. »Ich hätte nie gedacht, daß ich einst den Tag erlebe, an dem ich versuche, eine romulanische Cafeteria zu plündern, aber seit ich bei der

Flotte bin, sind mir schon verrücktere Dinge passiert. Gehen wir.«

Sie wandten sich ab, schritten weiter durch den Gang und versuchten hier und da erfolglos Türen zu öffnen. McCoy warf einen Blick auf Hallie und sah, daß sie sich schüttelte. »Alles klar?«

Sie nickte und rieb die Hände aneinander. »Mir ist wohl nur etwas kalt. Haben Sie nicht auch den Eindruck, daß es hier kälter ist?« Sie stellte den Kragen ihrer Jacke hoch, so daß ihr Gesicht jetzt weiß umrahmt war.

Er dachte darüber nach. Nein, die Außentemperatur war nicht kälter geworden. Aber *er* fühlte sich kälter, tief im Innern, wie damals, als Kind, als er die Grippe gehabt hatte. Es war eine Kälte, die einem ungehindert bis ins Mark drang.

Irgend etwas Faustartiges packte McCoys Eingeweide und verknotete sie mit einer flinken Bewegung. Obwohl er wußte, daß es sinnlos und dumm war, mußte er es trotzdem tun, nur um Gewißheit zu haben. Er zückte seinen Medoscanner. »Stillhalten.«

»Warum? Was ist d ...«

»Einfach stillhalten!« befahl er, und zwar barscher als beabsichtigt. Er fuhr erst mit dem Scanner über Hallies schlanken Körper, dann über seinen eigenen. Das Ergebnis ließ ihn erschrecken.

Hallie sah es sofort. »Was ist denn los, Dr. McCoy?«

McCoy schüttelte verblüfft den Kopf. »Unsere Körpertemperatur ist gesunken.«

»Und was ist dafür verantwortlich?« Sie schlang die Arme um ihre Schultern.

»Ich weiß es nicht. So was dürfte gar nicht passieren. Es ist hier drin nicht kalt genug, um dies zu rechtfertigen.« Er fuhr mit dem Scanner über sie beide, um die Werte zu bestätigen. Hallie und er hatten etwa vier Grad verloren. Er konnte nur mutmaßen, daß dies auch bei Chekov und Leno der Fall war. Und wahrscheinlich auch bei Spock. »Lassen Sie uns jetzt Schluß machen und zur Brücke zurückkehren. Ich muß die anderen untersuchen, und ...«

Der plötzliche Stoß von Hallies Arm gegen seine Brust ließ McCoy so fest gegen die Wand knallen, daß er überrascht aufschrie. Er starrte sie an. »Fähnrich, was ist ...?«

»Pssst!« Ihr Kopf wandte sich von ihm ab, ihr Blick richtete sich auf den Korridor.

»Was ist denn?« flüsterte McCoy.

Hallie schüttelte in einer jähen, wütenden Geste den Kopf. Ihre Augen suchten den Korridor an der Stelle vor ihnen ab, wo der Gang den Knick machte. »Ich weiß nicht.« Ihre Stimme war so schwach, daß McCoy die Worte eher von ihren Lippen ablas. »Ich habe etwas gesehen. Ich *weiß*, daß ich etwas gesehen habe. Es hat sich bewegt. Und diesmal war es nicht das Licht auf einem Schott, denn unsere Lampen sind gar nicht an. Ich sehe es mir mal näher an. Bleiben Sie hier.«

»Aber ...« Sie griff noch fester zu, und er verstummte.

»Sicherheitsanweisung, Doktor. Ihrer eigenen Sicherheit wegen. Bleiben Sie hier und warten Sie auf mich. Ich bin sofort zurück.« Bevor er auch nur einen Versuch machen konnte, etwas zu sagen, glitt sie so gewandt und lautlos von ihm fort wie Öl auf dem Wasser. Den Phaser im Anschlag, drückte sie die Lampe mit der anderen Hand an ihre Brust und bereitete sie darauf vor, den Eindringling zu blenden, um sich so einen Vorteil zu verschaffen. An die Wand gepreßt, wie ein vom Lampenlicht geworfener Schatten, schlich sie auf lautlosen Sohlen durch den Korridor ihrem Ziel entgegen.

An der Ecke schaute sie kurz zurück. »Seien Sie bloß vorsichtig«, flüsterte McCoy unnötigerweise. Sie konnte ihn zwar nicht hören, aber sie nickte kurz, bevor sie sich wieder umdrehte. Das Anheben ihrer schmalen Schultern zeigte ihm, daß sie tief Luft holte, bevor sie um die

Ecke bog, den anderen Gang betrat und aus McCoys Blickfeld verschwand.

Ein Aufschrei, der Stimmbänder zerreißen konnte, hallte durch den Gang und trieb einen Stachel der Furcht in McCoys Herz. Er sprang auf und rannte los. »*HALLIE!*« Im gleichen Augenblick erlosch die Notbeleuchtung ohne warnendes Flackern. McCoy stand plötzlich in einer Finsternis, die absoluter war als der Boden eines Grubenschachts, und erstarrte auf der Stelle.

12

Chekov bewegte sich so geschmeidig und lautlos durch den Korridor, als glitte er über Eis. Leno war zwei Schritte hinter ihm, eine wachsame Aufseherin, und er fühlte sich aufgrund ihrer Anwesenheit äußerst sicher. Obwohl sie im Zweikampf etwas langsamer war, als ihm angenehm gewesen wäre, hatte sie einen ausgezeichneten Ruf als Phaserschütze. Falls jemand sie von hinten anfiel, würde sie ihn aufhalten, daran zweifelte Chekov nicht im geringsten.

Allmählich haßte er dieses Unternehmen. Die Ereignisse der letzten Stunden machten ihn unglücklicher, als er den anderen zeigen konnte. Kein Kommandant hatte es gern, wenn er Leute verlor, die ihm unterstellt waren, und Chekov neigte, ebenso wie Kirk, besonders dazu, Gefühle hilfloser Wut und Frustration zu entwickeln, wenn einer seiner Leute starb. Obwohl er darauf vertraute, daß den Mitarbeitern seiner Abteilung die Gefahren bekannt waren, auf die sie sich in ihrem Aufgabenbereich einließen, als sie beschlossen hatten, als Bordwachen auf der *Enterprise* Dienst zu tun, ließ ihn dies ihren Verlust nicht leichter ertragen. Zu den schlimmsten Aspekten seines Berufes gehörte es, ihre Familienangehörigen von ihrem Tod zu unterrichten.

Und er hatte Dan Markson gut leiden können, verdammt noch mal! Klar, der Junge war noch recht grün hinter den Ohren gewesen, aber schließlich hatte er auch gerade erst sein Examen gemacht. Markson und Hallie waren erst vor kurzem auf die *Enterprise* gekommen – frisch von den Examensfeierlichkeiten der Akademie, bestrebt, ihr Bestes zu geben, und stolz darauf, zu jenen zu gehören, die auf dem ersten Schiff der Föderation dienten. Die gesellige Suzanna hatte sich etwas schneller angepaßt als Dan, hatte sofort Freundschaften geschlossen und sich in der Brigade eine Nische geschaffen. Dan war etwas zurückhaltender gewesen, aber ebenso diensteifrig. Chekov hatte etwas in ihm gesehen, das ihn an sich selbst erinnerte: die alte, ihm aber noch gut erinnerliche Zeit, als er an Bord gekommen war. Und natürlich hatte auch er das Universum mit links erobern wollen.

Ihm fiel ein, wie aufgeregt und enthusiastisch er gewesen war... und wie *ängstlich.* Nervös und übertrieben eifrig, um einen guten Eindruck zu machen, besonders bei Captain Kirk. Freilich hatte er so mehr dazu beigetragen, die Leute auf die Palme zu bringen und sich als Nervensäge zu etablieren. Bis dann eines Tages – er hatte dienstfrei gehabt und im botanischen Garten gesessen, sich jämmerlich gefühlt und alles in Frage gestellt, was er bisher für die Wahrheit gehalten hatte – »zufällig« Captain Kirk eingetreten war und ihn zu einem Spaziergang eingeladen hatte.

Chekov hatte zwar längst vergessen, wie viele Runden sie an diesem Tag durch den Garten zurückgelegt hatten, aber er wußte noch jedes Wort von dem, was Kirk ihm erzählt hatte. Der Captain hatte sich die Zeit genommen, einem jungen Fähnrich von sich, seinem Zuhause, seinen Erwartungen und Träumen zu erzählen... und am Ende auch von seinen Ängsten. James Kirk hatte Chekov einen wichtigen Punkt der Weisheit nahegebracht: Niemand ist völlig ohne Angst. Niemand ist frei von persönlicher Furcht. Und das bedeutet, daß keiner von uns ganz allein ist. Statt uns auseinanderzutreiben, müßte diese Erkenntnis dazu dienen, uns einander in unserem Verständnis näherzubringen.

Verdammt! Er hatte sich gewünscht, all dies auch Markson erzählen zu können, das Wohlwollen und das Wissen wie einst Kirk weiterzugeben. Doch nun war es zu spät. Nun blieb ihm nur noch eins zu tun übrig: Marksons Leiche am Ende dieses verfluchten Unternehmens zu bergen und sie mit einem aufrichtigen und freundlichen Kondolenzbrief nach Hause zu schicken.

Manchmal konnte Chekov seinen Beruf nicht ausstehen.

Der Raum, dem sie sich von links näherten, war offen; die Tür gähnte wie ein zahnloses Maul in der dunklen Wand. Er hob die Phaserhand, um Leno ein Zeichen zu geben. Das Geräusch ihrer Schritte erstarb auf der Stelle, und sie huschte, die Waffe im Anschlag, lautlos hinter ihn. Chekov schaute flink zur Seite, sah ihr bereites Nicken und erwiderte es. Er holte lautlos Luft, hielt einen Moment inne und schwang sich in einer fließenden Bewegung mit ausgestreckter Waffe um den Türrahmen. Leno folgte ihm in einer perfekt choreographierten Bewegung, blieb dabei dicht am Boden. So deckten sie gemeinsam den ganzen Raum ab.

Dies war allerdings mehr oder weniger überflüssig. Der Raum war völlig leer. Doch um sicherzugehen, gab Chekov seiner Kollegin per Handzeichen zu verstehen, daß sie den Raum abschreiten sollten. Sie trafen sich auf der gegenüberliegenden Seite.

»War was?« fragte Chekov leise.

»Nicht das geringste, Chef.« Leno hatte die Lampe an ihr Gelenk gebunden und leuchtete den Raum noch einmal ab. »Hier rührt sich nichts, wie man so schön sagt.« Sie schüttelte erstaunt den Kopf. »Mann, schauen Sie sich mal hier um! Ich schätze, die Romulaner trauen nicht nur keinem anderen Volk, sie trauen nicht mal sich selbst.«

Da der Raum mindestens so groß war wie die Brücke, konnte er nur davon ausgehen, daß er das Hauptbüro einer Sicherheitseinrichtung war, die die Raumstation sicher erforderte. Eine riesige Schreibtischkonsole nahm seine Mitte ein. Sie war bis auf zwei Computerbildschirme und eine gewaltige, in die Tischplatte eingelassene Tastatur leer. Die dem Tisch gegenüber befindliche Wand bestand aus Zwölf-Zoll-Bildschirmen, von denen viele zerbrochen waren. Offenbar hatte man sie zur Beobachtung verschiedener Stationssektoren und ihrer Bewohner benutzt.

Chekov trat an sie heran und fuhr behutsam mit der Hand über den Rand eines Schirms, dann beugte er sich über den Tisch, musterte die Tasten und berührte eine Anzahl von ihnen. Wie erwartet geschah nichts. »All das könnte uns nun helfen, wenn es funktionieren würde. Wir könnten nicht nur die gesamte Station überprüfen, sondern auch in Erfahrung bringen, ob noch jemand an Bord ist.«

»Ja, und wenn Schweine Flügel hätten... Hat meine Mutter immer gesagt«, meinte Leno hinter ihm. Als sie erneut das Wort ergriff, klang ihre Stimme gedämpft. »Schauen Sie sich das mal an, Chef.«

Chekov drehte sich um; ihr Tonfall hatte ihn neugierig gemacht. Die Wand genau hinter dem Tisch bestand aus schmalen Türen. Leno hatte entdeckt, daß es Spinde waren. Sie hatte einen geöffnet, steckte bis zur Schulter in ihm drin und kramte herum wie ein Terrier. Als sie wieder zum Vorschein kam, stellte sie eine fröhliche Miene zur Schau. »Warten Sie, bis Sie's sehen! Das Zeug ist toll! Ich könnte den ganzen Tag hier verbringen!«

Chekov lugte über ihre Schulter, dann griff er an ihr vorbei, um die Dinge beiseite zu schieben und selbst nachzusehen. Der Spind war voller Gerätschaften; er enthielt nahezu alles: dünne Schutzanzüge, die zu irgendwelchen Körperpanzern gehörten, Waffen unterschiedlichster Art und jede Menge anderes Zeug. Die Neugier nagte an ihm, und er beantwortete Lenos großäugiges, erwartungsvolles Grinsen mit einem ebensolchen. »Ich auch, Leno. Aber leider...«

Er schloß die Tür, obwohl sie gereizt »Aber, *Chef!*« rief, und zuckte entschuldigend die Achseln. »Dafür haben wir jetzt keine Zeit, Leno. Vielleicht läßt der Captain uns später hier buddeln, falls die Flotte beschließt, daß wir die Station auseinandernehmen dürfen. Na, wie gefällt Ihnen das?«

»Es klingt toll, vorausgesetzt, es kommt auch dazu. Ich frage mich aber, wieviel Überredung Starfleet und Captain Kirk wohl brauchen?«

Chekov lachte leise und bedeutete ihr, ihm zu folgen. »Vor sehr langer Zeit, Fähnrich, habe ich etwas über Captain Kirk erfahren, und falls Sie das Glück haben, ihn wirklich kennenzulernen, wird es Ihnen irgendwann auch klar werden: Seine Neugier ist riesengroß und umfaßt *alles.* Wir werden ihm wahrscheinlich ein Bein stellen müssen, wenn wir als erste hier drin sein wollen.«

Leno trat mit großen Augen beiseite und täuschte Entsetzen vor. »*Sie* stellen ihm das Bein, Chef. *Ich* hoffe auf eine lange und erfolgreiche Laufbahn bei der Flotte.«

Leno hielt auf dem Gang so jäh an, daß Chekov mit einem Grunzen gegen ihren Rücken prallte. Sie war so starr und unbeweglich wie Stein und hatte, um Stille heischend, einen Arm halb gehoben. Chekovs Blick suchte den Gang ab, aber er erspähte nichts von Bedeutung.

»Was ist denn?« sagte er leise.

Leno schüttelte den Kopf. Chekov stand so dicht hinter ihr, daß ihre Haarsträhnen seine Nase kitzelten. »Ich weiß nicht, Chef«, gab sie ebenso leise zurück. »Für eine Sekunde dachte ich, ich hätte etwas gesehen. Irgendwie am Rand...« Sie schüttelte erneut den Kopf, heftiger diesmal. Es war eine jähe, wütende Bewegung. »Wahrscheinlich meine Nerven«, sagte sie empört. »Ich hätte mich für härter gehalten.«

»Ich arbeite jetzt seit Jahren mit Ihnen, und Sie waren immer härter als Stein, Leno«, versicherte er ihr. »Wir haben einen schweren Tag hinter uns. Das übersteht keiner, ohne das Flattern zu kriegen.«

Sie schaute ihn über die Schulter an. »Sie etwa auch, Chef?«

Einen Moment lang war sie wieder der Rekrutenfrischling, der seinen Beistand brauchte. Er nickte. »Sogar ich, Fähnrich. Abgesehen davon, daß es hier wie in einem Spukhaus aussieht, kann ich es nicht ausstehen, wenn meine Leute sterben.«

Ihr Blick flog wieder geradeaus. »Yeah.« Ihre Stimme war hart; sie verbarg ihre Emotionen. »So was kann ich auch nicht ausstehen.«

Chekov machte sich eine geistige Notiz. Nach der Rückkehr auf die *Enterprise* mußte er sie Marksons Tod vergessen lassen, und wenn es nicht anders ging, sogar in der Sporthalle. Er fragte sich, ob es damit endete, daß sie hinterher gemeinsam Dr. McCoys Sprechstunde aufsuchten – wie beim letzten Mal, als sie miteinander trainiert hatten. Er wollte nicht, daß seine Leute emotionalen Ballast dieser Art mit sich herumschleppten. Es machte einen unbeweglich.

Er stupste sie an. »Gehen wir raus.«

»Aye, Sir.«

Sie schritten weiter durch den Korridor. Verschlossene Türen allerorten. Wenn eine offenstand, hielten sie an, leuchteten hinein und gingen weiter. Es gab wenig zu sehen, was sie für wichtig genug hielten, um es Mr. Spock oder Dr. McCoy mitzuteilen. Und nichts von dem, was sie erblickten, gab einen Hinweis darauf, warum die Station hier war und wieso sie nur mit minimaler Energie betrieben wurde. Sollte sich das Starfleet-Hauptquartier mit den leeren Quartieren und den halbleeren Gläsern auf den Tischen abquälen.

Der Gang gabelte sich. Der rechte Arm führte dorthin, wo sich Dr. McCoy und Fähnrich Hallie aufhielten. Der linke endete nach mehreren Türen in einer Sackgasse und dem klaffenden Maul eines zweiten Turboschachts. Chekov nickte befriedigt und bemühte sich, den Abgrund zu ignorieren. »Das war's also. Kehren wir um und sehen wir nach, was Mr. Spock erreicht hat. Vielleicht können wir ihm helfen, bis die anderen zurückkommen.«

»Wenn sie so wenig Interessantes gefunden haben wie wir«, sagte Leno, »sind sie vielleicht schon bei ihm.«

Chekov unterdrückte ein Lächeln. »Sie wollen wohl unbedingt was erleben, Fähnrich?«

Leno zog kurz die Schultern hoch. »Ich bin zwar nicht darauf aus, daß etwas Schlimmes passiert, Chef, aber ein bißchen Aktivität könnte unserem ziellosen Umherschlendern noch etwas Würze verleihen.«

Chekov hob einen Finger. »Fordern Sie das Glück nicht heraus, Fähnrich. Sonst erleben Sie vielleicht...« Seine Stimme brach ab, und er starrte über ihre Schulter hinweg auf den offenen Turboschacht. »Oh, mein Gott...«

»Chef?« Leno runzelte wegen seiner Reaktion die Stirn und wandte sich langsam um.

Irgend etwas kam aus der tiefen Finsternis des Schachtes auf sie zu, doch es benutzte keine Leiter. Es war bleich und an manchen Stellen fast durchsichtig. Es glitt durch die Luft, tauchte einen Meter über dem Boden in der offenen Tür auf und erhob sich rasch ohne Hilfe durch Beine oder Arme...

Leno fuhr zurück, um mehr Distanz zwischen sich und das Etwas zu bringen, doch Chekov rührte sich nicht von der Stelle. Sein Blick war auf die Erscheinung gerichtet. Sie glitt, bleich und wie das Innere einer Seemuschel mit matten Farben gestreift, ein Stück in den Gang hinein und hielt plötzlich an – um sie aus etwas anzusehen, das offenbar Augen waren. Dann rückte es weiter vor, bewegte sich wogend dahin, und eine lange, altweibersommerfarbene Strähne fuhr aus dem Hauptkörper und tastete in ihre Richtung.

Leno hob den Phaser und zielte. »Bleib, wo du bist!« sagte sie warnend.

Was immer ihnen da entgegenkam, es hörte nicht auf

sie, selbst wenn es verstand, was sie gesagt hatte. Als es weiter auf sie zuwallte, drückte Leno ab. Der Phaser spuckte einen zischenden Energiestrahl aus und traf das Ding voll.

Es zuckte jäh zurück, und eine verblüffende Ansammlung von Farben pulsierte unter seiner Haut. Dann war es plötzlich weg und fegte, wie aus einem Spülbecken ablaufendes Wasser, rasch durch den Turboschacht. Leno jagte mit einem jähen Aufschrei hinterher.

»Christina! Warten Sie!« Chekov verfolgte sie, und die Lichter gingen aus. »Es ist noch zu früh zum Schießen.« Er hielt inne, und sein Herz schlug in seiner Kehle, als er sie stolpern und aufschreien hörte. Doch sie rappelte sich fluchend hoch und fügte ihren Obszönitäten ein völlig unzerknirschtes »Verzeihung, Chef« hinzu.

Irgendwo hinter ihnen erklang ein Schrei und erstickte Chekovs Antwort in seiner Kehle.

Mit vor Furcht großen Augen starrte McCoy in die unnachgiebige Dunkelheit. »Hallie!« rief er noch einmal, wobei es ihm egal war, ob ihn jemand hörte. Sein Daumen drückte immer wieder auf den Schalter der Lampe, doch ohne Erfolg. Sie war so tot wie alles andere. Etwa auch wie Hallie?

McCoy streckte die Hände aus, vergaß Chekovs strengen Befehl, ging blind durch den Korridor und tastete sich mit den Fingern einer Hand an der Wand entlang. Das Adrenalin pumpte Blut durch seine Adern, und sein Puls klopfte so laut in seinen Ohren, daß er nicht genau wußte, ob er es hören würde, wenn etwas auf ihn zukam und ihm auf die Schulter klopfte. Aber in einem empfand er Zuversicht: Wenn ihn in der Dunkelheit irgend etwas anfaßte, würde er in eine Milliarde Einzelteile explodieren – wie Glasscherben oder eine Nova –, und das Etwas würde mit ihm krepieren.

Als die Notbeleuchtung über ihm wieder anging, blieb er unsicher stehen. Ein schwaches, kaum wahrnehmbares Licht anderer Art erhellte die Korridorecke, malte einen Holzkohlestrich vor die rotgetönte Finsternis. Es kam näher und wurde heller. »Hallie?« hauchte McCoy heiser, obwohl er sehr wohl wußte, daß die sich nähernde Helligkeit nicht die Brillanz ihrer Handlampe aufwies.

Hinter der Ecke ertönte ein Antwortwinseln. Es waren keine Worte, nur Töne, aber sie reichten, um McCoy weiter voranzutreiben. Was auch immer sich ihm näherte, Hallie war da, und sie brauchte ihn.

Irgend etwas Unfaßbares trieb um die Ecke und erstickte alle Worte, die ihm auf der Zunge lagen. Er fühlte sich, als hätte jemand den Stop-Schalter in seinem Hirn betätigt. Seine geistigen Funktionen wurden eingestellt, denn sein Verstand fand keinen Namen, mit dem er das Ding bezeichnen konnte, und er starrte es in fasziniertem Erschrecken an.

Was es auch war, es leuchtete in einer bleichen bläulichweißen Phosphoreszenz und einem roten, grünen und lavendelfarbenen Wirbeln. Das Ding wies zwar irgendeine bestimmte Form auf, war aber eindeutig nichts, was McCoy leicht identifizieren konnte. Ein etwa zwanzig Zentimeter breiter Zentralkern wallte um die Korridorbiegung herum und trieb etwa zwei Meter über dem Boden. Das Ding wogte leicht, als sei der Gang statt mit schaler, unbeweglicher Luft mit Meeresdünung gefüllt. Haarähnliche Fasern unterschiedlicher Länge sprossen in unregelmäßigen Intervallen aus der Masse hervor und tänzelten, wie von eigenem Leben erfüllt, über dem zentralen Rumpf. Als es näher kam, konnte McCoy fast hindurchsehen. Unter der ›Haut‹ tanzten Farben, doch ob die ›Adern‹ mit seinen eigenen Blutgefäßen vergleichbar waren, konnte er nicht bestimmen. Es trieb ständig weiter auf den erstarrten Arzt zu und hob die Spitze eines Tentakels, wie ein Geschöpf, das im Wind nach einer Witterung suchte, oder eine Kobra, die sich zurücklehnte, um zuzuschlagen. Es glitt wogend auf McCoy zu und tanzte nur wenige Zentimeter vor seinem Dienstgradabzeichen in der Luft. McCoys Atem kam in raschen, flachen Stößen, und er hörte das Rasen des Blutes in seinen Ohren, als der Tentakel seine Wange streichelte.

Die schneidende Kälte der Berührung war wie ein Schlag ins Gesicht. McCoy keuchte vor Schmerz auf, schlug sich mit der Hand auf die Wange, erwachte aus seiner Starre und lief.

Er lief los, doch nicht den Weg zurück, den er gekommen war, sondern vorwärts, auf Hallie zu. Hinter und neben ihm bäumte sich das Ding auf, dann zog es sich von ihm zurück und glitt fort, fort aus seinem Blickfeld, wie eine Schlange, die sich in ein Loch zurückzieht.

McCoy rannte um die Ecke und blieb stehen; sein Schwung hätte ihn beinahe stürzen lassen. Hallie lag auf der Seite, ihr Rücken lehnte an der Gangwand, und sie hatte die Knie bis unters Kinn gezogen. Ihre Augen waren geschlossen. Sie sah selbst im rötlichen Licht der Deckennotbeleuchtung sehr blaß aus.

McCoy fiel neben ihr auf die Knie, und seine erfahrenen Hände tasteten sie ab. »Fähnrich Hallie? Suzanna?«

Ihre Lippen teilten sich, aber sie öffnete nicht die Augen. »Kalt …«, hauchte sie. »Ist … das … kalt …«

Sie war *wirklich* kalt. McCoy nahm ihr Gesicht in beide Hände und maß ihre Temperatur, während seine Fingerspitzen den Pulsschlag an ihrem Hals zählten. Er holte den Medoscanner aus dem Beutel und überprüfte sie. Keine Verletzungen, aber ihre Temperatur hatte nochmals um einige Grad abgenommen. Als fiele ihm etwas ein, richtete er das Gerät auf sich selbst. Auch seine Temperatur war gesunken, wenn auch nicht so stark. Er mußte ihr eine Spritze geben. Er hatte jedoch keine großen Mengen Stimulanzien mitgenommen, und er wurde das Gefühl nicht los, daß sie alles brauchen würden, bevor diese Mission zu Ende war.

McCoy öffnete seine Jacke. Ohne daran zu denken,

wie grob er vorging, zerrte er Hallie an den Schultern hoch, zog sie in seine Arme und hüllte sie ein. Er hielt sie mit einer Hand fest, mit der anderen füllte er den Injektor; das Medikament würde ihre Temperatur – zumindest für eine Weile – erhöhen.

Er drückte die Spritze durch den Ärmel ihrer Jacke und wartete. Nach einigen angespannten Sekunden öffnete sie die Augen und schaute zu ihm auf. Ihre Lippen waren nun nicht mehr ganz so blau. »Dr. McCoy?«

»Höchstpersönlich und lebendig«, sagte er leise. Als sie den Versuch machte, sich von ihm zu lösen, hielt er ihre Arme fest. »Sie rühren sich nicht von der Stelle, Fähnrich. Wärmen Sie sich. Sind Sie in Ordnung?«

Ihr Nicken fiel so starr aus, daß es wie das einer Marionette wirkte, die sich bemühte, einen Menschen zu imitieren. Sie blinzelte, als bemühe sie sich, ihre Gedanken zu konzentrieren. »Ich glaube, es geht mir gut«, erwiderte sie schließlich. Sie holte stoßweise Luft und klapperte mit den Zähnen. Dann packte sie seine Arme. Ihre Hände waren kräftig und wütend, als sie ihn rüttelte. »Haben Sie es auch gesehen? Haben Sie das Ding gesehen?!«

McCoy nickte. Er ließ sie los, und sie setzte sich von allein hin. »Ich hab's gesehen.«

Sie atmete so heftig aus, daß ihr gertenschlanker Leib erbebte. »Gott sei Dank! Wenigstens habe ich es mir nicht eingebildet!« Ihr Blick suchte sein Gesicht. »Aber ich weiß nicht, was schlimmer ist – wenn es meine Phantasie oder die Realität gewesen wäre. Was *war* das, Dr. McCoy?«

McCoy schüttelte den Kopf. »Ich weiß es nicht, Hallie. Ich dachte, ich hätte schon jede Seltsamkeit in der Galaxis gesehen oder davon gelesen, aber ich kann nicht einmal Vermutungen anstellen.«

»Aber es war doch *echt?* Sie sagen es doch nicht nur, damit ich mich besser fühle?«

Es gelang McCoy, in seinem Innern ein leises Lachen

zu aktivieren und an die Oberfläche dringen zu lassen. »Tja, es wäre mir fast lieber gewesen, wenn es nicht so gewesen wäre, Fähnrich, aber es war echt.«

Ihr Blick wirkte provokant. »Sie haben gesagt, es gibt keine Geister, Dr. McCoy, aber ich glaube, Sie haben sich geirrt. Ich glaube, wir beide haben gerade unseren ersten Geist gesehen. Und ich glaube, es war Dan Markson.«

Der bizarre Gedanke traf McCoy völlig unvorbereitet. »Finden Sie nicht auch, daß das ein wenig an den Haaren herbeigezogen ist, Fähnrich?«

»Wirklich?« sagte sie in einem festen Tonfall. »Sie haben doch selbst gesagt, Sie hätten noch nie etwas Vergleichbares gesehen. – Was also sollte es sonst sein?« fragte sie, und fügte ein »Sir« hinzu.

»Daß ich nicht weiß, was es war, macht es noch lange nicht zu einem Geist, Fähnrich. Es kann Vieles sein, und ich bin sicher, es gibt eine bessere Erklärung, als Marksons Geist, einen romulanischen Geist oder sonst einen Geist in ihm zu sehen. Es *gibt* keine Geister, Fähnrich Hallie.« Zunehmende Irritation verbrannte die Reste seiner Furcht. »Ich kann es Ihnen zwar nicht beweisen, aber ich akzeptiere es als empirische Tatsache. Wenn mein Wort Ihnen nicht genügt, können Sie das Thema gern mit Ihrem kommandierenden Offizier besprechen, wenn wir wieder auf der *Enterprise* sind.« Eine solche Zwangsvorstellung hatte möglicherweise schon zum Tod eines Besatzungsmitglieds geführt. Daß Hallie nun auch an Gespenster glaubte, die in der Nacht mit Ketten rasselten, fehlte ihnen gerade noch. »Für so was haben wir jetzt keine Zeit.«

Sie senkte den Blick. »Ja, Sir«, sagte sie leise. »Entschuldigen Sie meinen frechen Ton, Sir.«

»Entschuldigung angenommen. Und jetzt ...«

»Dr. McCoy! Fähnrich Hallie!« Hinter der Korridorecke wurden Chekovs Stimme und das Geräusch rascher Schritte hörbar.

McCoy stand auf und zog Hallie hoch. »Chekov! Wir

sind hier!« Er machte sich auf, um ihnen entgegenzugehen.

Der Sicherheitschef und seine Gefährtin kamen vom anderen Ende des Korridors her auf sie zugelaufen. McCoy hätte beinahe laut gelacht. Er sah ihre blassen Gesichter. Offenbar hatten auch sie eine Erscheinung gehabt.

Chekov blieb stehen. »Sind Sie beide in Ordnung? Wir haben jemanden schreien hören …«

Hallie ließ den Kopf hängen. »Ich war's, Chef. Tut mir leid.«

»Sie hatte jeden Grund zum Schreien«, sagte McCoy, um sie zu verteidigen. »Ich hätte beinahe auch geschrien.«

»Dann haben Sie es auch gesehen?« fragte Leno. »Ich dachte schon, der Chef und ich wären durchgedreht! Ich habe es mit dem Phaser getroffen, und da ist es abgehauen.«

»Haben Sie es verletzt?« fragte McCoy.

»Ich weiß nicht«, sagte Leno. »Was war das, Dr. McCoy?«

»Nun, ein *Geist* war es jedenfalls nicht«, sagte McCoy rasch, bevor jemand das vermaledeite Wort aussprechen konnte. »Aber was es nun wirklich war, weiß ich auch nicht. Ich habe so etwas noch nie gesehen. Wie geht's Ihnen? Irgendwelche Schwierigkeiten mit der Kälte?«

Leno und Chekov musterten ihn neugierig. Chekov zuckte die Achseln. »Es ist zwar kalt hier, aber ich …« Er hielt verlegen inne, als McCoy den Medoscanner bei ihm ansetzte und sich dann Leno zuwandte. »Was ist denn los, Doktor?«

McCoy las die Ergebnisse ab und preßte die Lippen zu einem dünnen, verärgerten Strich zusammen. »Wir sind in Schwierigkeiten.« Er warf einen Blick in beide Richtungen des Korridors, nur um sich zu versichern, daß das Ding nicht irgendwo in der Nähe lauerte. »Wir müssen sofort zu Spock zurück«, sagte er drängend. Und ohne irgendein weiteres Wort ging er den Weg zurück, den sie gekommen waren. Die Sorgen nagten an ihm.

»Aber, Dr. McCoy ...«

»Vielleicht hat Mr. Spock eine gute Nachricht für uns«, sagte Hallie hoffnungsvoll und folgte McCoy.

McCoy lächelte sie an, sagte aber nichts. *Vielleicht,* dachte er. *Aber angesichts dessen, was bisher passiert ist, würde ich nicht darauf wetten.*

13

»Sulu!« schrie Kirk aufgeregt. Seine Ohren suchten den Klang von Spocks Stimme, obwohl er wußte, daß sie nicht da war, und sein Blick war auf die merkwürdig schiefe Flugbahn der *Valgard* gerichtet. Die Fähre war noch nicht völlig außer Kontrolle geraten. Irgend jemand, Jaffe oder Corey, schaltete periodisch die schwachen Düsen ein, um den Kurs so gut wie möglich zu korrigieren. »Richten Sie einen Traktorstrahl auf die Fähre!«

»Aye, Captain! Ich werd's versuchen!«

»Nicht nur versuchen, Mr. Sulu – machen Sie's einfach!« befahl Kirk. »Holen Sie sie rein, bevor ihre Systeme völlig versagen und sie wirklich abtreibt!«

Der Steuermann drehte sich sofort um und nahm rasend schnell die Arbeit auf.

Kirk saß starr in seinem Sessel. Er hatte den Blick fest auf den Bildschirm gerichtet, und in seinem Kopf überschlugen sich die Gedanken. Er hatte schon bei der Sichtung der Raumstation ein ungutes Gefühl gehabt. Er war in seinem Leben immer nur dann in Schwierigkeiten geraten, wenn er nicht auf seine Intuition vertraut hatte. Warum hatte er nicht auf sie gehört und die *Enterprise* von hier fortgebracht, damit ein anderer dieses Ding untersuchte?

Er kannte natürlich die Antwort auf diese Frage. Deswegen fühlte er sich auch so schlecht. Sich selbst und die Mannschaft in Gefahr zu bringen, war eine Sache, aber es war eine ganz andere, ein anderes Schiff seinem Schicksal zu überlassen.

Er fühlte sich schlagartig an eine Bemerkung erinnert, die er irgendwann vor tausend Jahren auf dem Freizeitdeck geäußert hatte, bei Scottys harmloser Gespenstergeschichte: »Wie ihre Ziele auch ausgesehen haben mögen … Sie gingen davon aus, sie seien das Risiko wert. Es war das gleiche Risiko, das man eingeht, wenn man im Leben eine aktive Rolle übernimmt oder Starfleet-Offizier wird.« Alle Männer und Frauen, die auf der *Enterprise* Dienst taten, hatten beim Unterzeichnen ihres Vertrages gewußt, worauf sie sich einließen. Sie hatten die Risiken gekannt. Alle hatten gewußt, daß sie vielleicht nicht zurückkehren würden.

Aber er wollte nicht, daß so etwas passierte, weil *er* daran schuld war!

Ein Teil seiner inneren Unruhe und seiner Zweifel war durch seine Verletzung begründet. Der Schmerz hob seine Laune nicht gerade. Das Verschwinden der Forschungsgruppe hatte ihn in Harnisch gebracht, nun war er wie ein um sich beißender Wolf. Dazu kamen der Energieverlust und die abtreibende Fähre. Es war ein Wunder, daß er sich nicht das eigene Bein abbiß, um aus der Falle zu entkommen.

Die einzige gute Nachricht seit Beginn des Unternehmens war Spocks Meldung gewesen, die besagt hatte, daß es der Gruppe im großen und ganzen (von Markson natürlich abgesehen) gut ging – und Scottys Entdeckung, daß die internen Probleme von dem ›häßlichen Schrotthaufen‹ ausgingen. Zumindest fror er im Augenblick nicht. Der Frust ließ sein Blut so fest durch die Adern pulsieren, daß er sich fragte, ob ihm wohl je wieder kalt sein würde.

Kirk ertappte sich dabei, daß er mit den Fingern einen schnellen, monotonen Rhythmus auf die Sessellehne klopfte. Er bezwang sich, drückte die Finger fest an die Handfläche und bildete eine Faust mit weiß hervortretenden Knöcheln. Raumschiffkommandanten durften nicht an nervösen Zuckungen leiden – und wenn, durften sie dies nicht zeigen.

Immer noch besser, als in den Teppich zu beißen.

»Mr. Sulu?«

Der Steuermann drehte sich nicht um; er war ganz und gar auf seine Instrumente konzentriert. »Ich kann partielle Energie auf den Traktor legen, Captain – aber nicht genug, um die Fähe reinzuziehen. Ich kann ihren Abstand zum Schiff mit leichten Energiestößen für unbestimmte Zeit stabilisieren.« Er blickte nach hinten. »So können wir etwas Energie sparen, und sie bleibt in der Nähe.«

Kirk nickte. »Sehr gut, Mr. Sulu. Machen Sie das. Uhura, versuchen Sie eine Nachricht an Corey und Jaffe zu senden, damit sie wissen, was wir tun. Ich möchte nicht, daß sie denken, wir ließen sie dort draußen versauern.«

»Aye, Sir.« Uhura klang erschöpft von der Übermittlung zahlloser Anfragen, Lageberichte und sonstiger Meldungen, die über ihre Anlage fluteten, aber sie widmete sich dem Auftrag sofort, ohne daß ihre leise Stimme einen Hinweis auf all das gab, was sich an Bord tat. Sie erreichte die Fähre und das an Bord befindliche Sicherheitspersonal.

»Captain?«

Kirk wandte sich zu Scotty um, der nun neben ihm stand. »Ja, Mr. Scott? Was ist denn?«

Der Chefingenieur wirkte besorgt. Er warf keinen Blick auf den Datenblock in seiner Hand; er hielt ihn Kirk nur hin. »Die aktuelle Lage, Sir. Ich fürchte, es sieht nicht sehr gut aus.« Kirk hatte ihn noch nie so kleinlaut gesehen; er wirkte, als sei er selbst an allem schuld.

Wenn's nur so gewesen wäre. Aber Kirk wußte genau, wem er die Schuld geben mußte. Er warf einen Blick auf den Datenblock. Auf mehreren Decks hatte sich die Heizung trotz aller Versuche, sie wieder zum Laufen zu bringen, abgeschaltet. Auf anderen Decks schalteten sich die Systeme nach Belieben ein und aus. All dies hatte zur Evakuierung von Personal aus den großen Offiziers-

und Mannschaftssalons, dem Freizeitdeck, dem Kasino und der Sporthalle geführt. Überall an Bord versagten die Systeme, ohne daß man etwas dagegen tun konnte. Es war nur noch eine Frage der Zeit, bis die *Enterprise* tot war wie die romulanische Raumstation.

Die lange Liste versetzte Kirk einen Tiefschlag. »Ich hab's vermasselt, was, Scotty?« fragte er leise.

»Wie bitte, Sir?«

»Ich habe«, sagte Kirk, »die Chance verpaßt, von diesem Ding da zu verschwinden.« Er deutete auf den Bildschirm. »Meine Aufgabe besteht nicht darin, das Schiff oder die Mannschaft in Gefahr zu bringen, aber ich habe beides getan. In dem Augenblick, in dem ich wußte, daß hier etwas nicht stimmt, hätte ich das Schiff zurück ...«

»Und die Sondierungsgruppe zurücklassen?« Scott war entgeistert.

»Es wäre gewiß nicht meine erste Wahl, Mr. Scott. Aber ich muß das Wohlergehen der restlichen Besatzung berücksichtigen, das Leben von sechs Leuten gegen das Leben von vierhundertneunundvierzig abwägen.« Kirk kam sich bei diesen Worten wie ein Verräter vor, aber er sagte die Wahrheit. Spock, Pille und die anderen hatten das Risiko gekannt, als sie an Bord eines Föderationsschiffes gegangen waren. Es gab keine Garantie, daß man von einer Mission nach Hause zurückkehrte. Keiner an Bord der Raumstation würde wollen, daß die anderen ihr Leben für sie aufs Spiel setzten. »Vielleicht hätten wir sie aus größerer Entfernung zurückholen können, doch jetzt sitzen wir hier und lassen uns die Energiereserven absaugen. Wir hätten auch beim Starfleet-Hauptquartier um Hilfe nachsuchen können. Wenn jetzt noch ein Schiff hier wäre ...«

»Dann wäre es ebenso behindert wie die *Enterprise*«, prophezeite Scotty ernst. »Captain ...« Er trat näher an Kirk heran und wurde leiser, was seiner Stimme auf der überfüllten Brücke einen Hauch von Intimität verlieh.

»Captain, haben wir die Verbindung zum Außenteam zuerst verloren. Da gab es noch keinen Hinweis auf irgendwelche anderen Probleme, die einen Rückzug des Schiffes gerechtfertigt hätten.«

»Aber ...«

Scott redete einfach weiter, und das war etwas, was er in all den Jahren, in denen er schon unter James Kirk diente, noch nie getan hatte. »Die Abweichungen, die uns anfangs gemeldet wurden, waren so gering, daß sie in die Kategorie sämtlicher geringfügigen Routineabweichungen und Funktionsstörungen fallen, die man an Bord eines Schiffes ab und zu mal hat. Niemand konnte vorhersehen, daß sie dazu führen, daß die *Enterprise* Energie verliert, Captain ...« Er legte eine sanfte Hand auf Kirks Arm. »Machen Sie sich keine Vorwürfe. Sie haben das unmöglich vorausahnen können.«

»Ich hätte es aber *ahnen müssen*, Scotty!« sagte Kirk stur. »Die *Enterprise* ist mein Schiff, und ich ...«

Der knisternde Klang von Christine Chapels Stimme kam durch das Interkom. »Lazarett an Captain Kirk.«

Kirks Augen schlossen sich fast von allein. Ihm tat alles so weh. Und noch schlimmer: Auch das Schiff war verletzt, es starb rings um ihn her, Zentimeter für Zentimeter. Wenn dies schon wieder eine Krise war ... »Fahren Sie fort, Doktor.«

»Ich habe gerade an mehreren Besatzungsmitgliedern, die über ein Kältegefühl klagen, Temperaturmessungen vorgenommen, Captain. In jedem dieser Fälle ist die Körpertemperatur um mehrere Grad gesunken.«

»Ursache?«

»Unbekannt, Captain.«

Eine Kälte, schlimmer als jene, die er bis jetzt empfunden hatte, eine Kälte, die nicht auf die Minimalleistung der Heizung zurückführbar war, legte eine Eisschicht um Kirks Herz. Während des kurzen Gesprächs mit Spock hatte der Vulkanier darüber gesprochen, daß die Romulaner unter unbegreiflichen Umständen an Unterkühlung gestorben waren. Und nun geschah auf der *Enterprise* das gleiche.

Sein sechster Sinn schrie auf und bahnte sich mit Krallenfüßen einen Weg in seinen Schädel. Diesmal durfte er ihn nicht ignorieren. »Dr. Chapel, ich kann Ihnen zwar keine Einzelheiten geben, aber Sie müssen mir jetzt vertrauen. Ich habe jeden Grund zu der Annahme, daß die Leute an Unterkühlung leiden.«

»Unterkühlung? Aber Captain, die Schiffstemperatur steht bei …«

Kirk unterbrach sie. »Ich kenne die gegenwärtige Temperatur, Doktor. Vertrauen Sie mir einfach. Die Gefahr einer Unterkühlung besteht trotzdem. Laut Mr. Spock haben an Bord der Raumstation mehrere Romulaner das gleiche erlitten, obwohl die Bordtemperatur das nicht hätte zulassen dürfen. Leiten Sie alle zur Verfügung stehenden Sicherheitsvorkehrungen ein.«

»Jawohl, Captain«, erwiderte sie sofort. »Chapel, Ende.« Auch wenn sie nicht ganz verstand, was er vorhatte und warum, sie würde seine Anweisungen bis zum letzten Punkt ausführen, das wußte Kirk genau. Doch ihre Bemühungen würden nur wenig nützen, wenn sie nicht bald von hier wegkamen.

»Scotty.« Kirk zupfte am Ärmel des Chefingenieurs. »Wir brauchen einen Plan, und zwar *sofort*, sonst sind das Außenteam und alle hier an Bord bald tot. Gibt es überhaupt eine Möglichkeit, genug Energie zu gewinnen, um das Schiff von der verfluchten Station wegzubringen?«

Scott schüttelte den Kopf. »Ich habe alles versucht, was mir eingefallen ist, Captain, und ich glaube, Wunder kann ich nicht vollbringen. Außerdem, Sir, wenn wir die Sondierungsgruppe allein lassen …« Kirk schaute Scotty mitten im Satz in die Augen. Er hatte ihm schon verdeutlicht, worauf er, wenn es sein mußte, vorbereitet war, um die Sicherheit des größeren Teils der Mannschaft zu gewährleisten.

Kirks Verstand raste. Es mußte etwas geben, das sie tun konnten. Er hatte nie an Planspiele geglaubt, die nicht zu gewinnen waren. Er hatte auch nicht vor, jetzt damit anzufangen.

Ein umgekehrter Traktorstrahl, um das Schiff von der Station wegzuschieben, kam nicht in Frage. Es fiel ihnen schon schwer genug, Corey und Jaffe mit kleinen Stößen in Reichweite zu halten.

Kirk beugte sich vor. »Scotty, können wir einen schnellen Ablaß der Atmosphäre im Fährenhangar vornehmen, damit wir von der Station wegtreiben?«

Scott nickte. »Theoretisch ja, Captain, aber ich glaube, es ist nicht genug Luft da, um uns weit genug wegzuschieben. Die Mühe wird sich nicht lohnen.«

»Wir müssen *irgend etwas* versuchen, Mr. Scott.«

»Das können wir nicht machen, Sir.« Sulu drehte sich um und schaute sie traurig an. »Beim Start der *Valgard* ist das Schleusentor offengeblieben.«

Verdammt. Kirk schloß kurz die Augen. »Was ist, wenn wir alle vorhandene Energie in die Schutzschirme leiten? Können wir sie genügend stärken, um die Systeme zu schützen? Und können wir sie lange genug einschalten, damit wir von hier wegkommen?«

»Sie erfahren es in einer Minute, Sir.« Scott trat an seine Konsole.

Als er dann den Mund öffnete, wußte Kirk, daß ihm die Antwort nicht gefallen würde. Sein Gesicht sagte alles. »Bei den gegenwärtigen Ressourcen, Captain, würde der Schirm höchstens eine Kapazität von achtundvierzig Prozent erreichen. Das ist zwar genug, um uns die Energie zu geben, von hier zu verschwinden – aber nur, wenn wir gleichzeitig Rückenwind haben.«

Kirks Blick schweifte über das Brückenpersonal. »Hat irgend jemand einen Vorschlag?« Alle schwiegen und blickten ihn an. Sie warteten darauf, daß er die unausweichliche Entscheidung traf, die er nicht treffen wollte ...

… aber als Captain treffen mußte. »Scotty …« Er räusperte sich schnell. »Haben wir genügend Energie für eine Selbstvernichtung?«

Das Schweigen auf der Brücke war knisternd. Scott nickte. Er verzog keine Miene. »Aye, Sir, aber nicht mehr lange – höchstens noch für eine halbe Stunde.«

»Verstanden, Mr. Scott. Sulu, lassen Sie die *Valgard* frei. Auf meinen Befehl hin setzen sie den Strahl ein, um uns näher an die Raumstation heranzubringen. Wir müssen sichergehen, daß wir sie mitnehmen, wenn wir Abschied nehmen.«

»Aye, aye, Sir«, sagte der Steuermann wie benommen.

»Uhura, wenn es geht, informieren Sie Corey und Jaffe über das, was auf sie zukommt. Und versuchen Sie noch mal, die Sondierungsgruppe zu erreichen. Sie sollte ebenfalls davon erfahren, damit sie sich … darauf vorbereiten kann.«

Kirk richtete sich starr auf, er wollte nicht über das nachdenken, was er tun mußte, aber er war unfähig, an etwas anderes zu denken. Er drückte einen Knopf in der Lehne des Kommandosessels. »Logbuch, Zusatz. Wir haben wohl keine Alternative. Die romulanische Raumstation saugt uns weiterhin die Energie ab und setzt die gesamte Mannschaft und die Sondierungsgruppe einem langsamen Tod durch Unterkühlung aus. Jeder Versuch, den Prozeß umzukehren, hat sich als nutzlos erwiesen. Es ist nur noch eine Frage der Zeit, bevor das Schiff ebenso tot durchs All treibt wie die Raumstation. Sobald die Flotte erfährt, daß wir keine Verbindung mehr haben, wird sie Schiffe aussenden, um nach einer Erklärung zu suchen. Wir sind nicht mehr in der Lage, einen Subraum-Funkspruch abzusetzen, um die Föderation und andere Schiffe vor diesem Sektor zu warnen, und die *Kongo* und die *Lexington* werden in Kürze hier sein. Ich kann nicht zulassen, daß andere Schiffe das gleiche Schicksal erleiden wie die *Enterprise,* deswegen habe ich nur noch einen Ausweg.« Er warf Scotty, Sulu und Uhura einen kurzen Blick zu und empfand tiefe Rührung, als sie seine Worte mit einem Nicken bestätigten. Kirk holte tief Luft. »Wir werden die uns verbliebene Energie dazu verwenden, so nahe wie möglich an die Station heranzukommen, um sie zu vernichten, wenn das Schiff… explodiert.« Als das Wort aus ihm herausfuhr, fühlte er sich wie ein Schwerverletzter. »Chefingenieur Montgomery Scott wird auf meinen Befehl hin sämtliche Photonentorpedos der *Enterprise* scharfmachen, um dafür zu sorgen, daß ihre Detonation zur Zeit der Selbstvernichtung mithilft, die Raumstation zu sprengen. Ich empfehle posthume Auszeichnungen für die gesamte Mannschaft. Die gesamte Verantwortung für unser Vorgehen liegt bei mir. Kirk, Ende.« Seine Finger drückten fest den Knopf, und er starrte mit steinerner Miene auf den Bildschirm.

Möglicherweise sollte er doch allmählich anfangen zu glauben, daß es Planspiele gab, die man nicht gewinnen konnte. Vielleicht aber auch nicht.

Kirk warf einen Blick über die Brücke und die ernsten Gesichter seiner Leute. »Meine Damen und Herren, wir haben noch zwanzig Minuten. Dann sind wir nahe genug an der Station, um den Selbstvernichtungsmechanismus auszulösen. Das heißt, daß wir noch zwanzig Minuten haben, um uns eine andere Lösung einfallen zu lassen.« Seine Finger ballten sich zur Faust, und er schlug leise auf die Sessellehne. »Und genau das habe ich vor.«

14

Das erste, was McCoy auffiel, als sie sich der Brücke der Station näherten, war der Geruch frischerer Luft. Der Gestank der verwesenden Romulanerleichen war weniger intensiv, und der Geruch fauler Pfirsiche war so gut wie verschwunden. Er holte tief Luft und freute sich zum ersten Mal im Leben über den sterilen Geruch recycelter Luft an Bord einer Raumstation.

Das zweite, was ihm auffiel, war Spock.

»Spock! Mann, wir müssen Ihnen was erzäh…!« Als McCoy mit den anderen die Brücke betrat, blieben ihm seine aufgeregten Worte im Halse stecken. Der Vulkanier sah gräßlich aus.

Spock saß genau dort, wo sie ihn verlassen hatten: vor einer Computerkonsole, neben dem Generator. Jedem anderen außer McCoy wäre wahrscheinlich nur seine eigentümliche Ruhe aufgefallen, und er hätte sie der hohen Konzentration zugeschrieben, die Spock oft charakterisierte. Aber McCoy war nun mal McCoy, und das, was er sah, ließ ihn quer durch den Raum fegen, noch ehe die anderen registrierten, daß irgend etwas nicht stimmte. Der Vulkanier hatte jegliche Farbe verloren. Seine Haut war wächsern und sah aus wie die einer mit Balsamierungsflüssigkeit gefüllten Leiche.

»Spock!« McCoy packte die Schulter des Ersten Offiziers mit festem Griff, schwang ihn herum und schob eine Hand in den Medobeutel an seiner Hüfte. Eine schnelle Messung zeigte ihm, daß Spocks Körpertemperatur von seinen normalen 33 auf 29 Grad gesunken war. Für Laien sah dies vielleicht nicht nach viel aus, aber McCoy wußte, daß der Vulkanier bei 24 Grad die Besinnung verlor, und diese fünf Grad konnten verdammt schnell erreicht werden, wenn er nicht vorsichtig war. Und dann... Zum Teufel, als Mensch wäre Spock längst besinnungslos gewesen, dem Koma oder dem Tod nahe.

McCoy griff nach dem Stimulans, das er schon Hallie verabreicht hatte. Er änderte leicht die Dosierung, um dem Metabolismus des Vulkaniers Rechnung zu tragen, setzte den Injektor am Ärmel von Spocks Jacke an und wartete ab.

Merkwürdig, wie langsam die Zeit verging, wenn man zu Tode geängstigt war. Unter McCoys Händen war Spock beängstigend still, doch hin und wieder zuckte sein Körper, so daß er wußte, daß er noch lebte.

Schließlich blinzelte er schläfrig, befeuchtete seine dünnen, nun praktisch farblosen Lippen und hob langsam den Kopf. »Dr. McCoy...« Seine Stimme rasselte heiser; sie war eine Parodie seines normalen Tonfalls. »Ich war...« Er seufzte schwer und ermüdet.

»Nun mal sachte, Spock«, sagte McCoy drängend. »Es wird noch ein paar Minuten dauern. Lassen Sie die Medizin erst mal wirken.« Er warf einen Blick auf die anderen, die sich hinter ihm versammelt hatten. »Es ist die gleiche Art Unterkühlung, aber ich verstehe nicht, wieso Spock im Gegensatz zu uns so stark befallen ist. Ihm haben die Eiszeittemperaturen auf Sarpeidon beträchtlich weniger ausgemacht als mir, und da war es *wirklich* kalt. Es ist einfach unlogisch.« Sein Mund zuckte verzerrt. »Aber warum sollte es auch logisch sein? Hier paßt doch nichts zusammen. Wie geht's Ihnen denn?« Bevor jemand eine Antwort gab, ließ er den Medoscanner mit einer weiten Bewegung über die drei anderen gleiten.

»Ja, wie geht's uns *wirklich*, Doktor?« fragte Chekov.

McCoy fiel ein, daß er dem Lieutenant die Antwort auf seine schon zuvor gestellte Frage schuldig geblieben war. Er war sich freilich sicher, daß der Sicherheitschef ihm die Antwort leicht vom Gesicht ablesen konnte.

»Wir leiden alle an verringerter interner Temperatur. Es ist zwar nicht so gravierend wie bei Spock, aber trotzdem ein Grund zur Sorge – speziell dann, wenn wir keine Möglichkeit haben, sie zu regulieren und im Normalbereich zu halten. Ich weiß auch nicht. Klar, es ist kalt hier, aber doch nicht kälter als an einem frischen Tag im Herbst. Es ist eindeutig nicht kalt genug, um Unterkühlung hervorzurufen.«

»Sind wir in Gefahr?« fragte Leno.

»Es dürfte eigentlich kein Problem sein, Fähnrich. Wir müssen nur wieder warm werden, und zwar bald.«

Spocks Finger umfaßten McCoys Handgelenk und drückten es, so daß er sich ihm zuwandte. »Was ist denn, Spock?«

»Doktor ...« Die Stimme des Vulkaniers klang schon besser. Seine Augen waren nun offen, sein Blick heller und klarer. Der Anblick freute McCoy. »Ich habe viel zu berichten. Es ist mir erfolgreich gelungen, den Generator mit den Stationssystemen zu koppeln, wenn er natürlich auch nicht genügend Energie produziert, um alles in Betrieb zu nehmen.«

»Aber klar. Mir ist gleich aufgefallen, daß die Luft hier viel besser riecht.« McCoy nahm einen tiefen Atemzug durch die Nase. »Und der Pfirsichgeruch ist auch fast weg.«

Spock nickte. »Die Luft wird besser recycelt als zuvor. Außerdem arbeitet die Heizung jetzt etwas besser.«

»Tja, das ist eine gute Nachricht, aber es bringt uns nicht viel, solange wir nicht wissen, was den inneren Wärmeverlust hervorruft. Wir müssen eine Möglichkeit finden, unsere Körpertemperatur auf einem sicheren Niveau einzupendeln, damit sie nicht so tief sinkt, daß wir das Bewußtsein verlieren.«

»Ich kümmere mich drum, Dr. McCoy«, sagte Leno plötzlich und fegte aus dem Raum.

McCoy blickte hinter ihr her. »Wo geht sie hin?«

»Ich weiß auch nicht...« Chekov schnippte mit den Fingern. »Oh, doch! Aber sie wird wahrscheinlich Hilfe brauchen. Ich bin gleich wieder da.« Er lief hinter Leno her.

McCoy blinzelte Hallie zu. »Wissen Sie, was das zu bedeuten hat?«

Sie zuckte die Achseln. »Nicht die Bohne. Wie fühlen Sie sich, Mr. Spock?«

»Viel besser, Fähnrich. Danke der Nachfrage.« Der Vulkanier setzte sich aufrecht hin und atmete tief ein.

McCoy stellte mit völlig unvoreingenommener, höchst professioneller und freudiger Begeisterung fest, daß Spocks Farbe viel besser war als zuvor. Er untersuchte ihn noch einmal mit dem Scanner. »Tja, Ihre Temperatur ist wieder in einem sicheren Bereich, aber ich übernehme keine Garantie, daß sie auch dort bleibt, da ich eben nicht weiß, was sie überhaupt absinken läßt. Es ist wirklich verdammt eigentümlich.«

»Ich habe mit dem Captain gesprochen«, sagte Spock so beiläufig, als ginge es ums Wetter.

McCoy hätte ihm am liebsten eine reingehauen, aber als Arzt lehnte er Patientenmißhandlung ab, auch bei den Patienten, die sie verdienten. »Sie haben mit Jim gesprochen?! Ist alles in Ordnung?«

»Dem Anschein nach ist nichts in Ordnung, Doktor.« Spock lehnte sich auf dem Stuhl zurück; er sah nun viel gesünder aus. »Wir konnten leider nur kurz miteinander reden – es lag an den Energieschwankungen, die wir gegenwärtig erleben.«

»Warum überrascht mich das eigentlich nicht?«

»Aber unser Gespräch dauerte lange genug, um zu erfahren, daß auch die *Enterprise* an Energieverlust leidet. Deswegen konnte man uns nicht an Bord beamen, als die Verbindung zum Schiff zusammenbrach. Man hat offenbar eine Fähre in Marsch gesetzt, um uns zu retten, aber ich habe angesichts der momentanen Parameter unserer Situation nicht viel Vertrauen in einen solchen Versuch.«

Immerhin: Kirk bemühte sich. Und das war alles, was zählte. Leonard McCoy kannte Jim Kirk lange genug, um zu wissen, daß er jeden von der Dienstvorschrift gedeckten Trick ausspielen würde, um sie zurückzuholen. Und wenn ihm diese Tricks ausgingen, würde er ein paar andere ausprobieren. Und wenn auch diese nicht hinhauten ...

Darüber wollte er lieber nicht nachdenken.

»Kurz danach brach die Verbindung zusammen«, fuhr Spock fort. »Deswegen habe ich meine Aufmerksamkeit auf ...« Er blinzelte über McCoys Schulter. »Was haben Sie da, Lieutenant?«

McCoy wandte sich um. Chekov und Leno waren wieder zurück und schleppten Unmengen von glänzendem schwarzen Material herein. Leno grinste wider Willen. »Romulanische Schutzanzüge, Mr. Spock, aus einem Sicherheitsbüro.« Sie deutete mit dem Kopf nach hinten.

»Es besteht freilich die Möglichkeit, Fähnrich, daß diese Anzüge auch uns wenig helfen, wenn es den Romulanern schon nicht gelungen ist, wenigstens einen Teil ihrer Leute zu retten.«

»Nun machen Sie mal halblang, Spock!« knurrte McCoy. Er nahm einen Anzug von Leno entgegen und lächelte ihr beruhigend zu. »Können Sie der Frau für ihren Versuch nicht ein bißchen Anerkennung zollen? Vielleicht helfen uns die Dinger langfristig nicht, aber wenn sie nur irgendwie zum Wärmeerhalt beitragen – und sei es auch nur für eine Weile –, unterstützen sie uns, bis wir eine Möglichkeit ausgetüftelt haben, das Sinken der Temperatur aufzuhalten, oder eine Möglichkeit finden zurückzukehren. Sie sind, verdammt noch mal, besser als das, was wir momentan haben. – Achten

Sie nicht auf ihn, Fähnrich«, fügte er hinzu, um Leno aufzubauen. »Mit dem hat man doch immer Ärger.«

Er schüttelte den Schutzanzug und hielt ihn vor seine Brust. »Tja, er ist zwar nicht maßgeschneidert, aber ich bin ja auch kein Modegeck.« Er nahm einen anderen und warf ihn dem Vulkanier zu. »Hier, Spock. Steigen Sie rein. Ich verordne es Ihnen. Und achten Sie darauf, daß Sie auch die Kapuze aufsetzen. Den größten Wärmeverlust hat man am Kopf. Je länger man ihn bedeckt und isoliert, desto höher stehen die Chancen, die Wärme längere Zeit zu bewahren.«

Sie entledigten sich ihrer klobigen Kleidung und schlüpften in die dünnen Schutzanzüge. Das weiche, glatte Material legte sich wie eine zweite Haut oder eine dünne, isolierende Fettschicht an ihren Körper. Skiläufer und Tiefseetaucher des 20. Jahrhunderts hatten den praktischen Nutzen solcher Anzüge als erste erkannt, und die Menschheit hatte sie klugerweise ins All mitgenommen.

McCoy zog sich die Kapuze über den Kopf und fühlte sich auf der Stelle wärmer als in der Dienstjacke. »Alles klar?«

Er bekam positive Antworten und fühlte sich erstmals seit Stunden besser. Sogar Spock wirkte freudig überrascht, sobald er den Unterschied spürte. McCoy fiel auf, daß Hallies Anzug hier und da an ihr herabhing, weil er für ein viel größeres Lebewesen gemacht worden war. Da er nicht genau saß, würde sie weitere Wärmeverluste eher spüren als die anderen, falls die Anzüge ihrer Aufgabe doch nicht nachkamen.

Er glaubte keine Sekunde daran, daß die Anzüge ihnen langfristig helfen würden. Wenn es so gewesen wäre, hätten die Romulaner sie ebenfalls angezogen, um sich zu retten. Es war, wie Spock es gesagt hatte. Doch im Moment waren sie zumindest eine psychologische Hilfe und wenigstens ein Versuch, am Leben zu bleiben. Er hätte freilich auch eine Menge dafür gegeben zu wissen, wieso der Vulkanier viel stärker betroffen war als die anderen.

Beim Umziehen berichtete Spock Chekov und Leno, was er den anderen bereits über sein kurzes Gespräch mit Kirk erzählt hatte. Dann nahm er den Faden wieder auf. »Ich habe mich dann den Computerbanken zugewandt und in Erfahrung gebracht, was mir möglich war. Es sieht so aus, als seien die meisten Unterlagen gelöscht worden – wahrscheinlich aus Angst, sie könnten in falsche Hände geraten.«

»Ich wette, der Computer hat Ihnen nichts über das erzählt, was wir auf dem Gang gesehen haben«, sagte Leno finster. Sie errötete, als Spock sie ansah und mit einer hochgezogenen Braue schweigend ermunterte fortzufahren. Er hörte sich mit schiefgelegtem Kopf aufmerksam ihren Bericht an.

»Ihr habt es nur *gesehen*«, sagte Hallie fast vorwurfsvoll, als Leno und Chekov ihren Teil der Geschichte beendet hatten. Sie wirkte noch immer von ihrem Erlebnis erschüttert. »Was es auch war – *mich* hat es berührt.« Sie schüttelte sich und zog die Schultern hoch.

»Mich auch«, fügte McCoy hinzu und legte beruhigend eine Hand auf ihre Schulter; sie saß neben ihm an einer Konsole, und ihre Beine baumelten mehrere Zentimeter über dem Boden.

»Hatten Sie den Eindruck, daß es sich um ein intelligentes Wesen handelt?«

»Es hat sich nicht die Zeit genommen, mir seine Diplome zu zeigen, wenn Sie das meinen«, sagte McCoy schleppend und mit großen Augen. »Es hat sich nicht so benommen, als hätte es nur ›Na, ihr Typen?‹ sagen wollen. Aber woher soll ich es auch wissen?«

Spock wirkte verärgert. Er zeigte es zwar nicht, aber McCoy erkannte es. »Welches Gefühl hatten Sie bei der Berührung?« fragte der Vulkanier.

McCoy hielt inne und dachte darüber nach. Er erinnerte sich an das Gefühl des Tentakels an seinem Gesicht. Er hatte im ersten Moment *Ekel* sagen wollen, aber so war es nicht gewesen. Nichts hatte ihn geekelt, die Berührung war weder schleimig noch glatt oder sonstwas in dieser Art gewesen. Eigentlich war sie überraschend trocken und weich gewesen, fast wie die Berührung durch eine Schlange. Er sprach es aus. »Und kalt. Es war wirklich kalt.« Er rieb sich die Wange an der Stelle, an der das Ding ihn kurz gestreichelt hatte.

Hallie nickte nachdrücklich. »*Sehr* kalt. Es hat sich irgendwie an mich gelehnt, und es fühlte sich so an, als sei meine ganze Körperwärme ...« Sie brach ab, riß die Augen auf und schaute McCoy an.

McCoy schüttelte verdattert den Kopf. »Spock ... Könnte es ein ... ein *Lebewesen* geben, das ... einem zum Zweck der Energiegewinnung ... die Körperwärme entzieht ...?« Er schüttelte erneut den Kopf. Es kam ihm alles so unglaublich vor. Ungefähr so unglaublich wie die Vulkanier, bevor die Menschen ihnen begegnet waren. »Oder klammere ich mich nur an einen Strohhalm?«

»Ganz im Gegenteil, Doktor. Angesichts meiner übrigen Erkenntnisse ist es eine höchst interessante Theorie.«

»Und?« fragte McCoy, da die erwartete Erklärung nicht sofort kam.

Spock hielt tief in Gedanken inne. »Als die Verbindung mit der *Enterprise* zusammenbrach, machte ich einen Versuch, das Stationslogbuch und andere Unterlagen anzuzapfen, um den Grund für die Existenz der Station oder irgendwelche Informationen zu finden, die sich mit Energieverlusten oder anderen Fehlfunktionen beschäftigen. Es war nur sehr wenig da. Ich habe entdeckt, daß die Station die erste einer ganzen Reihe ähnlicher Außenposten im romulanischen Territorium sein sollte ...«

»Ungeheuerlich«, murmelte McCoy.

» ... und daß man die Hoffnung hegte, sie werde sich zu einer Art Sammelstelle entwickeln.«

»Klingt ganz schön schändlich«, sagte Leno.

Chekov, der neben ihr saß, nickte grimmig. »Haben die Romulaner je etwas ausgebrütet, das nicht schändlich war?«

»Was ist mit der Stationsenergie, Mr. Spock?« ermutigte Hallie ihn zum Weiterreden.

»Ich hatte keinen Zugriff zum Kommandologbuch, Fähnrich. Entweder ist es mit einem strengen Verschlußkode gesichert oder existiert überhaupt nicht mehr. Ich hatte gehofft, Aufzeichnungen oder Meldungen zu finden, die sich mit Fehlfunktionen der Hauptenergiequelle beschäftigen, aber, wie schon gesagt, es gibt nichts dieser Art. Ob es uns nun gefällt oder nicht, die Lage ist nun einmal so.«

»Und?« fragte McCoy. Was wollte Spock damit sagen?

Spock machte eine Faust und spreizte für jeden Punkt, den er zur Sprache brachte, einen Finger ab. »Erstens: Die Raumstation leidet an Energieverlust. Wenn unsere momentane Erfahrung stimmt, zeigte sich dieser Verlust in einer Reihe von Schwankungen, bevor die Energie dann auf den minimalen Standard absank.« Sein Mittelfinger gesellte sich zum Zeigefinger. »Zweitens: Seit dem Gespräch mit Captain Kirk weiß ich, daß die *Enterprise* an den gleichen Symptomen leidet, und daraus kann ich nur schließen, daß ihre Systeme irgendwann ebenfalls auf das Minimum schalten und sie, wie die Station, anfängt steuerlos zu treiben.« Spock übersah die Blicke und unausgesprochenen Fragen auf den Gesichtern seiner Gefährten. »Da die *Enterprise* erst an Energieverlust leidet, seit sie in die Nähe der Raumstation gekommen ist, kann man ziemlich sicher annehmen, daß der Schwund von der Station verursacht wird. Entweder von etwas, das sich an Bord oder in der nächsten Umgebung befindet.«

Er hob einen dritten Finger. »Drittens: Ihre Meldung bezüglich der Entität, die Ihnen in den Gängen begegnet ist, wirft einige interessante Theorien über Energieschwund und die Frage auf, wieso die Romulaner an Unterkühlung starben, obwohl die Bordtemperatur dies nicht rechtfertigt. Ich brauche Sie wohl nicht daran zu erinnern, daß Körperwärme ebenso eine Energieform ist wie elektrische Impulse oder die Kraft, die ein Raumschiff antreibt.« Er schaute alle an und hob den letzten Finger. »Viertens und letztens: Als der Kontakt mit der *Enterprise* abbrach, nahm ich eine Tricordermessung vor. Wenn ich ihr trauen kann, wenn sie nur ungefähr gestimmt hat, habe ich Hinweise auf einen Energieschwund gesehen, der direkt aus der Station kam.«

»Verzeihung, Sir«, sagte Chekov. »Sie haben doch auch schon früher, als wir an Bord kamen, den Tricorder eingesetzt. Und da hat er keinen Energieabfall gemessen. Wieso jetzt?«

»Ich vermute, Lieutenant, es liegt daran, daß das Geschöpf stärker wird und mehr Energie von der *Enterprise* abzapft. Vorausgesetzt, der Tricorder hat tatsächlich das Geschöpf registriert. Falls ich die Anzeige richtig interpretiere und das Geschöpf das tut, was ich meine, ist es nur logisch anzunehmen, daß das Zentrum unseres Problems im Maschinenraum liegt.«

»Und kein Scotty weit und breit«, klagte McCoy.

Spock nickte kurz. »Ich stimme Ihnen zu. Es würde die Dinge erleichtern, wenn Mr. Scott hier wäre und sich die Energiequelle der Station tatsächlich als das Problem erweisen sollte. Ich vermute aber, daß dies nicht der Fall ist.«

»Wieso gefällt mir Ihre Vermutung bloß nicht?« McCoy schaute zu, als Spock aufstand und die Hände ausstreckte, um den Generator von der Leitung zu trennen. »Warum tun Sie das?«

»Wir brauchen ihn vielleicht im Maschinenraum«, erwiderte Spock einfach.

»Ach.« McCoy schwang herum und musterte die anderen. »Und was ist …« – mit einer Kopfbewegung deutete er zur offenen Tür – »mit dem *Ding* da draußen?«

Spock rollte die Kabel schnell zusammen und schob den Generator in seine Hülle zurück. »Wenn wir den Maschinenraum finden, Doktor, finden wir, glaube ich, auch das *Ding.*«

»Großartig.« McCoy rutschte von der Tischplatte herunter und nahm seine Instrumente an sich, die auf seiner abgelegten Dienstjacke lagen. »Einfach großartig.«

15

Die sechs Angehörigen des Außenteams pausierten im Vestibül der Stationsbrücke und schauten in beide Richtungen des Korridors. Die meisten ignorierten zwar die halboffene Tür des sich genau vor ihnen befindenden Turbolifts, aber McCoy bemerkte sehr wohl, daß Hallie die breite Leere des finsteren Schachtes mit zutiefst besorgter Miene musterte. Es war nicht einfach, einen Freund zu verlieren, und es war noch schlimmer, wenn dies unter tragischen Umständen geschah. Es half wahrscheinlich auch wenig, daß sie einfach nicht verstand, worauf Marksons Ängste basiert hatten.

»Fähnrich Leno«, sagte Spock und unterbrach McCoys schweigsame Beobachtung. »Sie haben gesagt, es gäbe in diesem Gang einen weiteren Turbolift?« Seine Hand zeigte nach links. McCoy mußte den Takt seines Freundes anerkennen. Spock wußte, daß keiner von ihnen, besonders Hallie nicht, durch den Schacht klettern wollte, durch den sie gekommen waren. Sie gingen lieber das Risiko ein, dem Geschöpf, oder was es auch war, in die Fänge zu laufen, statt sich Dan Marksons am Schachtboden liegenden Überresten zu nähern.

Leno nickte. »Stimmt, Sir. Von da kam das Ding auf mich und Lieutenant Chekov zu – wie eine Schlange aus einem Abflußrohr.« Sie deutete hinüber. »Der Gang endet in einer Gabelung. Ein Gang führt nach rechts zurück und verbindet sich mit dem Korridor rechts von uns. Der Turboschacht liegt am Ende des anderen, in einer Sackgasse.«

McCoy gefiel dieser Ausdruck nicht besonders. »Ich nehme an, wir müssen wieder durch einen Schacht klettern?« fragte er unglücklich, obwohl er die Antwort schon kannte.

Spock rückte den Riemen über seiner Schulter zurecht, an dem der Generator hing. In dem eng anliegenden, dunklen Schutzanzug fehlten ihm nur noch eine Augenmaske und eine Brille, dann hätte er wie ein Salamander ausgesehen. »Wenn wir die unteren Ebenen erreichen und in den Maschinenraum hinabsteigen wollen, Dr. McCoy, bleibt uns leider nichts anderes übrig.« Er musterte alle mit einem raschen Blick. »Wir brauchen aber nicht den ganzen Weg nach unten im Schacht zurückzulegen. Ich schlage vor, wir begeben uns zur ersten Ebene hinab, wo es Treppen gibt. Von dort an benützen wir das Treppenhaus.«

»Tja, ich glaube, wir sind alle nicht sehr versessen darauf, wieder in einen Turboschacht zu steigen, Spock«, sagte McCoy. »Aber ich sehe ein, daß wir keine andere Wahl haben.« Die anderen nickten zustimmend, wenn Hallie auch durch einen Stoß in die Rippen, den Leno ihr verabreichte, dazu ermuntert werden mußte.

»Dann gehen wir also.« Spock führte sie durch den Gang ihrem Ziel entgegen. Sie nahmen fast routinemäßig die gewohnte Reihenfolge ein. Chekov ging Spock voran, und Leno machte den Abschluß.

Das Gehen in einem Schutzanzug fühlte sich für McCoy ziemlich fremd an. Der Stoff floß mit den Bewegungen seines Körpers, behinderte und beengte ihn aber nie. Von den üblichen Stiefeln unbehindert, glitten seine Füße beinahe lautlos über den Belag, und die leicht gemaserten Sohlen des Anzugfußes fuhren angenehm über den Boden.

»Sind Sie in Ordnung, Fähnrich?« fragte McCoy Hallie leise während des Gehens.

Sie zuckte leicht zusammen, als hätte die Frage sie erschreckt oder als hätte er sie aus irgendwelchen

Träumen gerissen. Sie nickte kurz. »Mir geht's gut, Sir.«

Sie sah aber nicht so aus. Ihr Gesicht wirkte im dunklen Kreis der eng sitzenden Kapuze noch blasser, und ihre großen Augen waren kalt. »Bestimmt, Hallie?«

»*Ja*«, sagte sie geistesabwesend. Dann schüttelte sie ihre Gedanken ab und wandte sich McCoy zu. »Mir geht's gut, Sir«, wiederholte sie in einem neutralen Tonfall. »Danke der Nachfrage.«

»Schon gut«, erwiderte er. Ihre kalte Reaktion schreckte ihn. Den Rest der kurzen Strecke legten sie schweigend zurück.

Die Tür des anderen Turboschachts war noch offen und führte in die Finsternis. Leno beugte sich über den Abgrund, um frech einen Blick in die Tiefe zu werfen. »Nichts zu sehen«, meldete sie und richtete sich wieder auf. Sie tätschelte den Türrahmen, ihr Blick war nachdenklich. »Ich hätte im Dunkeln beinahe einen Kopfsprung in den Schacht gemacht«, sagte sie. »Das Vieh ist mir was schuldig.«

»Mir auch«, sagte Chekov. Als sie ihn verblüfft anschaute, fügte er hinzu: »Weil mir dabei fast das Herz stehengeblieben wäre.«

»Nicht nur euch«, fügte Hallie mit steinerner Miene hinzu, aber niemand fragte, was sie damit meinte.

McCoy trat von der offenen Tür zurück. Er war nicht wild darauf, sich ihr zu nähern, bevor es unbedingt sein mußte. Die Vorstellung, dort hinabzusteigen, ließ auf seiner Stirn, seinen Handflächen und seinem Rücken Schweiß ausbrechen. Bei der letzten Begegnung mit dem geisterhaften Wesen hatten alle Glück gehabt. Angenommen, sie hatten diesmal Pech, und das Geschöpf erwies sich als bösartiger als beim ersten Mal?

»Wir gehen so runter, wie wir raufgegangen sind«, sagte Chekov und lenkte McCoys Aufmerksamkeit von seinen sinnlosen Gedanken ab. »Ich gehe als erster. Mr. Spock kommt hinter mir. Dann kommen Fähnrich Hallie, Dr. McCoy und Fähnrich Leno. Binden Sie die Lampen so an die Handgelenke, daß sie nach *unten* leuchten. So blenden Sie niemanden, der nach Ihnen kommt, und Sie erhellen Ihren eigenen und den Weg der anderen. – Mr. Spock, mit wie vielen Ebenen rechnen Sie, bis wir die Treppe erreichen?«

»Wenn der Schacht ebenso aufgebaut ist wie der andere, Lieutenant, müssen wir zwölf Ebenen hinabsteigen, bevor wir eine Stelle erreichen, an der wir in ein Treppenhaus wechseln können.«

»Okay«, sagte Chekov zur Gruppe. »Es war ein langer Aufstieg, und wenn wir runtergehen, wird es uns nicht kürzer erscheinen. Wer müde wird, meldet sich, dann legen wir eine Verschnaufpause ein. Ich möchte nicht, daß jemand erschöpft ist. Wir können keine Unfälle mehr gebrauchen. Irgendwelche Fragen?« Niemand meldete sich. Er nickte. »Also los.«

Sich in den Schacht zu schwingen, gehörte möglicherweise zu den schwierigsten Dingen, die Leonard McCoy in seinem Leben je bewerkstelligt hatte. Angenommen, das Geschöpf wartete auf sie? Angenommen, es wartete darauf, ihnen jedes Joule Wärme auszusaugen, das sie enthielten? Er nahm an, daß es dazu fähig war. Angenommen, die Kabine raste wieder an ihnen vorbei und riß sie alle in den Tod? Angenommen …

Hör auf, Leonard! ermahnte er sich. *Du machst den gleichen Fehler wie Markson! Und du weißt, wozu das bei ihm geführt hat.*

Der Aufstieg war vergleichsweise einfach gewesen. Nun ja, seine Arme und Beine waren müde geworden, aber er hatte zumindest nach *oben* schauen und die schreckliche Tiefe unter sich vergessen können. Nun aber war sie da, erstreckte sich unter ihm und seinen Gefährten, so weit das Auge *nicht* schauen konnte, und das machte die ganze Sache nur noch schlimmer. Licht schwappte von seiner Lampe über Hallies bedeckten Kopf und ihre Schulter, überlagerte sich mit dem ihrer

Lampe und überströmte Spock und Chekov. Das Licht des Russen spaltete die Finsternis nur so weit, bis es verschluckt wurde. McCoy konzentrierte sich auf Hallies schlanke, in schwarzen Handschuhe steckende Finger auf den Sprossen zu seinen Füßen, und er bemühte sich, sie in seiner Eile, den Abstieg zu beenden und wieder festen Boden unter die Füße zu bekommen, nicht zu treten.

Sie stiegen hinab, wie sie hinaufgeklettert waren, schweigend, und die Stille wurde nur von ihrem Atem durchbrochen. Diesmal hörte McCoy die Geräusche ihrer Füße auf den Sprossen nicht, weil alle die Schutzanzüge mit Füßlingen trugen. In dieser düsteren Monotonie verlor er jedes Zeitgefühl. Deswegen war er überrascht, als Chekov plötzlich ›Stop‹ rief.

»Was ist denn?« fragte McCoy.

Chekov stieß einen russischen Fluch aus. »Der Weg ist blockiert«, sagte er dann.

»Wovon?« Wollte er es wirklich wissen?

»Von einer Liftkabine.«

Na, wunderbar! »Was sollen wir jetzt tun? Wieder raufklettern und den anderen Schacht nehmen?«

»Wir könnten...« McCoy gefiel der Klang von Chekovs Stimme nicht. Er bedeutete, daß er überlegte.

»Was schlagen Sie vor, Lieutenant?« fragte Spock. Der Strahl seiner Lampe leuchtete in Chekovs Richtung.

Chekov schaute mit zusammengekniffenen Augen in die ihn blendende Lampe. »Nun, Mr. Spock, wir könnten tun, was Dr. McCoy vorgeschlagen hat, aber es würde uns Zeit kosten, die wir möglicherweise nicht haben, falls wir vermeiden wollen, daß wir erfrieren.«

Falls? fragte sich McCoy.

Der Lichtstrahl von Chekovs Lampe beschrieb unter ihnen einen Kreis. McCoy lehnte sich zur Seite und sah das Dach der Turboliftkabine unter sich. Chekovs Licht beleuchtete einen bestimmten Abschnitt. Plötzlich wurde ihm klar, was Chekov vorschlagen würde. Er wußte auf der Stelle, daß er diesen Vorschlag nicht ausstehen konnte.

»Auf dem Kabinendach befindet sich eine Luke, Sir«, sagte Chekov zu Spock. »Ich habe mitgezählt, wie viele Ebenen wir hinabgestiegen sind – an der Schachtinnenseite befinden sich Markierungen, wahrscheinlich als Hinweise für die Wartungsmannschaft. Laut dieser Zählung nähern wir uns der ersten Ebene, auf der wir Zugang zur Treppe haben, und ich bin mir ziemlich sicher, daß wir auch Zugang zu einem Deck bekommen werden. Wenn die Kabine auch nur in etwa mit dem Ausstieg auf einer Höhe und die Tür offen ist, müßten wir in der Lage sein, durch die Kabine zu klettern und in den Korridor zu gelangen.«

»Das meinen Sie doch wohl nicht ernst!« wandte McCoy ein.

»Wir sollten die Idee des Lieutenants ausprobieren, Doktor«, sagte Spock, schaute auf und blickte mit zusammengekniffenen Augen in das über ihm befindliche Licht. »Sonst verlieren wir Zeit, was wir uns nicht leisten können. Ich kann zwar nicht für alle sprechen, aber ich spüre schon wieder eine zunehmende Kälte und Erschöpfung.«

»Sind Sie in Ordnung, Spock?« erkundigte McCoy sich besorgt. »Ist Ihnen schwindelig? Brauchen Sie noch eine Injektion?«

»Ich rechne im Moment nicht mit einem Schwindelanfall, Doktor, aber die Anstrengung, jetzt über Fähnrich Hallie hinwegzuklettern, damit Sie mir noch eine Dosis verabreichen können, würde uns nur noch mehr Zeit verlieren lassen. Ich empfehle, wir versuchen das, was Lieutenant Chekov vorgeschlagen hat.«

»Ich bin auch dafür.« Lenos Stimme erreichte McCoy von oben. »Ich muß von der Leiter runter. Meine Hände werden taub.«

Verlust des Tastgefühls... Und sogar im Innern des Schutzanzugs. McCoy sah vor seinem geistigen Auge das medizinische Handbuch und die Seite, die sich mit Unterkühlung beschäftigte. Er schüttelte den Kopf. Nach oben zu klettern und den »sicheren« Weg zu nehmen (der so sicher war wie alles andere an Bord der Raumstation) oder durch die Kabine zu kriechen, die sich vielleicht urplötzlich entschloß, sich in Bewegung zu setzen, um am Schachtende ihre Leiber zu zerschmettern – welch eine Wahl.

»Wir müssen *irgend etwas* tun«, sagte Hallie.

»Aber angenommen, die Kabine setzt sich in Bewegung?« McCoy hatte das Gefühl, es aussprechen und seine Ängste in Worte kleiden zu müssen.

Hallies Schultern zuckten lässig im Licht seiner Lampe. »Man kann nicht ewig leben, Dr. McCoy«, erwiderte sie knapp.

Er stieß einen Seufzer aus und nickte. »Okay, Chekov. Versuchen wir's mal.«

»In Ordnung. Richten Sie alle Lampen auf die Decke der Kabine. Aber niemand kommt runter, bevor ich das Kommando gegeben habe.« Chekovs wilder Blick spießte sie von unten auf; er mußte wegen des von oben kommenden Lichtscheins die Augen zusammenkneifen. »Das ist ein Befehl, der auch für Stabsoffiziere gilt.« Er kletterte mehrere Sprossen nach unten, bis er sich genau über der Kabinendecke befand. Er hielt sich mit einer Hand fest, reckte sich von der Leiter aus hinüber und stellte einen Fuß auf die Kabine. Dann ließ er sein gesamtes Gewicht hinab.

McCoy schluckte heftig, denn ihm wurde plötzlich klar, daß er vergessen hatte, Luft zu holen. Sein besorgter Blick folgte den vorsichtigen, genauen Bewegungen Chekovs.

Chekov hielt inne. Man konnte nicht wissen, was ihm in den wenigen Sekunden, bevor er die Leiter losließ und ohne Halt auf der Kabine stand, durch den Kopf ging. Mit ausgestreckten Armen blieb er einen Moment stehen. Da die Kabine sich nicht bewegte, kniete er sich schnell hin, öffnete die Dachluke und beugte sich vor, um mit der Lampe in die Kabine hineinzuleuchten. Dann warf er ihnen einen erwartungsvollen Blick zu. »Endlich geht mal was so, wie man es sich wünscht! Die Kabine steht fest auf gleicher Höhe mit einer Tür, und die Korridortür ist *offen*. Wenn wir uns in die Kabine hinablassen, können wir uns auf der anderen Seite durch die Öffnung quetschen. Kommen Sie erst runter, wenn ich das O. k. gebe, aber auch dann nur jeweils einer. Bewegen Sie sich schnell. Zögern Sie nicht. Ich erwarte Sie auf der anderen Seite.«

Ohne auf eine Antwort der anderen zu warten, verschwand er in der dunklen Öffnung. McCoy rechnete halbwegs damit, daß die Kabine sich genau diesen Augenblick aussuchte, um dem Schachtboden entgegenzurasen, aber nichts geschah. Er hörte, daß Chekov sich in der Kabine bewegte – wie eine Maus, die in einer Blechdose gefangen war – dann vernahm er einen dumpfen russischen Fluch. »Ich bin durch!« rief Chekov dann. »Mr. Spock, Sie sind der nächste.«

Der Vulkanier bewegte sich, ohne zu zögern. Er trat auf das Kabinendach, ließ den Generator hinab und kletterte dann hinein. Kurz darauf sagte er: »Fähnrich Hallie.«

Hallie bewegte sich mit zielgerichteten Bewegungen, und McCoy fragte sich erneut, was jetzt wohl durch den Kopf der jungen Frau ging. Sie tauchte mit der Leichtigkeit einer Katze in die Öffnung ein. »Dr. McCoy, Sie sind an der Reihe.«

Verdammt. Er wollte nicht da rein, er wollte seine Sicherheit nicht den Launen einer Raumstation anvertrauen, die über ein eigenes Bewußtsein verfügte. Aber andererseits hatte er keine Wahl, wenn sie in den Maschinenraum gelangen und eine Antwort auf ihre Fragen finden wollten. McCoy schluckte ängstlich, spürte die Übelkeit in seiner Kehle, kletterte einige Sprossen nach unten, betete inbrünstig zu allen Gottheiten, die ihm zuhören wollten, und trat auf das Dach des Turbolifts.

Es rührte sich nichts. McCoy ließ die Sprosse los, an die er sich klammerte, blieb einen Moment stehen und spürte die Schwäche in seinen Knien.

»Dr. McCoy? Kommen Sie?«

Spocks Stimme. »Bin unterwegs«, erwiderte McCoy. »Drängeln Sie nicht so.« Er ließ sich in die Kabine hinab, hielt sich zwei Sekunden mit den Händen fest und ließ los. Seine Füße berührten Boden. Nichts geschah. Drei Handlampen erhellten das Kabineninnere, und er hob die Hand, um die Augen abzuschirmen.

Chekov, Spock und Hallie knieten am Rand des Korridorabsatzes auf halber Höhe in der offenen Lifttür. Die Männer streckten ihm die Arme entgegen. »Kommen Sie, Sir«, sagte Chekov. »Halten Sie sich fest, wir ziehen Sie raus.«

Das ließ er sich nicht zweimal sagen. McCoys Hände ergriffen die ihren sofort. Er *ging* fast die Seitenwand hinauf und legte den Rest der Strecke auf dem Bauch zurück. Auf dem Absatz, halb im Freien, halb in der Kabine, legte er wie ein auf einer Sandbank gestrandeter Fisch eine Pause ein, und ein grauenhafter Gedanke setzte seinem Hirn abrupt zu. Angenommen, das verfluchte Ding setzte sich *jetzt* in Bewegung?

Seine Hände umklammerten die der anderen noch fester, und seine Beine scharrten panisch nach Halt. »Holt mich hier raus!« Zwei Sekunden später war er im Korridor und auf den Beinen.

Noch nie zuvor hatte sich die Festigkeit eines kalten Bodens unter seinen Händen und Knien so herrlich angefühlt. »Kommen Sie, Leno!« rief McCoy und lauschte dem Klopfen seines Herzens. »Sie sind die Letzte!«

»Wurde auch Zeit.« Man vernahm das Scharren ihrer Füße auf den Eisensprossen, ihren Sprung auf das Dach und das Gleiten durch die Luke. Lampen erhellten ihren

Weg; schon tauchte sie auf und hob die Hände. »Da bin …«

Plötzlich bewegte sich die Kabine nach unten. Leno schrie auf, die anderen rissen ihre Hände zurück. Der Lift sackte zwar nicht weit ab – nur etwa einen Meter, so daß McCoy erleichtert aufatmete –, aber jetzt war Leno der Fluchtweg abgeschnitten. Der Spalt war zu eng geworden, als daß sie sich hätte hindurchquetschen können.

Sie fluchte mit der Leichtigkeit eines Seemannes, und Chekov nahm es ihr nicht übel. Zweifellos verspürte auch er den Drang, ein paar Obszönitäten auszustoßen, ebenso wie McCoy. Die Lage kam dem, was er befürchtet hatte, ziemlich nahe. »Und was machen wir jetzt?« fragte Hallie.

»Sie müssen ohne mich weitermachen«, fauchte Leno und überraschte alle mit ihrer Heftigkeit. »Wenn wir eine Überlebens*chance* haben wollen, müssen Sie in den Maschinenraum gehen und überprüfen, ob Mr. Spocks Theorien stimmen. Sie dürfen keine Zeit verschwenden, um mich jetzt rauszuholen. – Mr. Spock, hatte der Chef recht? Können Sie von dieser Ebene aus die Treppe erreichen?«

»Ich glaube, ja, Fähnrich.«

»Dann los.«

»Spock …«

»Fähnrich Leno hat völlig recht, Doktor.« Spocks Blick richtete sich auf das wenige, das er durch die schmale Öffnung von Leno erkennen konnte. »Wenn das Geschöpf wirklich unsere Körperwärme absaugt und die Energiequelle der Station und der *Enterprise* beeinflußt, wie ich vermute, haben wir nur wenig Zeit, um irgend etwas zu unternehmen. Fähnrich …«

»Sparen Sie es sich für später auf, Sir«, sagte Leno schroff. »Ich bin noch nicht abgesoffen. Auf welcher Ebene liegt der Maschinenraum? Ich werde Sie dort treffen.«

Die Tapferkeit der Frau erwärmte McCoys Knochen. Selbst Spock wirkte beeindruckt. »Der Maschinenraum liegt auf der untersten Ebene der Raumstation.« Er nickte ernst. »Dann treffen wir uns also dort, Fähnrich.«

»Verlassen Sie sich darauf. Und jetzt verschwinden Sie, und lassen Sie mich arbeiten.«

Sie warfen einen letzten Blick in ihre trotzigen Augen, dann setzten sie sich mit Spock an der Spitze in Bewegung.

»Wie will sie da rauskommen, Chef?« fragte Hallie, die neben McCoy herging.

Chekov schüttelte den Kopf. »Ich glaube nicht, daß sie es schafft, Hallie.« Er murmelte etwas in russischer Sprache, und seine Stimme klang ehrfürchtig. »Wir gehen zu ihr zurück, wenn wir alles hinter uns haben.«

Sie rannten hinter Spock her. Der Vulkanier preßte den Generator an seine Brust, damit er nicht gegen ihn prallte, und führte sie zur Treppe.

Obwohl McCoy verblüffendes Vertrauen zu ihm hatte (was er ihm natürlich nie erzählen würde), war er dennoch überrascht, als Spock vor einer Tür stehenblieb und sie öffnete: Eine Treppe führte nach unten. »Spock…«, sagte er keuchend, wobei sich sein Brustkorb hob und senkte. »Haben Sie etwa noch den ganzen Plan im Kopf, den Sie oben gesehen haben?«

»Ja, Doktor.«

McCoy schüttelte den Kopf. Die Fähigkeiten des vulkanischen Gehirns erstaunten ihn über alle Maßen. »Wenn Sie sterben, möchte ich das da« – er deutete auf Spocks Kopf – »in einem Einmachglas auf meinem Schreibtisch stehen haben. So was hab ich ja noch *nie* gesehen!« Er rang nach Luft und wunderte sich über den seltsamen Blick, mit dem Spock ihn ansah. »Es ist ein Kompliment, Spock.«

»Ich werde mich bemühen, es nicht zu vergessen, Doktor.« Spock erreichte den nächsten Absatz.

McCoy schluckte schwer, als er den anderen in das

Treppenhaus folgte und die Tür hinter ihnen zufiel. Spock eilte bereits die Wendeltreppe hinab. »Kommen Sie. Ich empfehle, daß wir dicht beieinander bleiben.«

»Dagegen habe ich nicht das geringste einzuwenden«, sagte McCoy.

Spock machte keine Pause. Ihre Füße huschten über die Eisenstiegen, und sie kamen rasch voran. »Welch erfreuliche Abwechslung.«

»War das ein vulkanischer Witz?« rief McCoy, ohne mit einer Antwort zu rechnen. Seine Erwartungen wurden nicht enttäuscht. Er eilte hinter dem Vulkanier her, der Strahl seiner Handlampe richtete sich auf Spocks Rücken.

Sie drangen immer tiefer vor, drehten sich ständig im Kreis, bis McCoy jede Vorstellung verlor, wo in der riesigen Station sie wohl waren. Wäre er allein gewesen, hätte er sich längst verlaufen. »Spock«, sagte er schließlich, als sie einen neuen Absatz und eine neue Tür erreichten. »Wissen Sie auch wirklich, wo wir hingehen?«

»Es ist nicht mehr weit«, versicherte der Vulkanier, ohne auch nur einen Blick nach hinten zu werfen.

»Das beantwortet *nicht* meine Frage.«

Mehrere Treppen später holte Chekov sie ein und stieß einen milden Fluch aus. »Bilde ich es mir nur ein, oder ist es hier tatsächlich wärmer?«

Spock blieb auf der Treppe stehen und wandte sich um. »Die Phantasie spielt Ihnen keinen Streich, Lieutenant. Es ist hier tatsächlich bedeutend wärmer als auf den oberen Ebenen.«

»Aber warum? Ich dachte, es gäbe nicht genügend Energie auf der Station, um soviel Wärme zu erzeugen.«

»Aber wenn es hier so warm ist«, fügte Hallie hinzu, »wie kommt es dann, daß ich mich nicht wärmer *fühle?«* Sie rieb heftig ihre Arme und kuschelte sich in ihren zu weiten Schutzanzug. Im Licht ihrer Handlampe sahen ihre Lippen blau aus. McCoys Herz machte einen Satz.

Spock gab keine Antwort. Er eilte weiter die restlichen Stufen zur nächsten Ebene hinunter und öffnete die Tür.

Eine Flutwelle aus feuchtheißer Luft schlug ihnen entgegen. McCoy spürte sie zwar im Gesicht, aber sie schien nicht durch den Schutzanzug zu dringen. Sie beeilten sich, Spock zu folgen, um die Tür zu passieren, bevor sie sich hinter dem Rücken des Vulkaniers schloß.

Hier riecht es wie in einem Treibhaus, war McCoys erster Gedanke.

Sie befanden sich auf einem Gitternetz von Laufstegen, die hoch über der Hauptenergiequelle der Station schwebten. Von den Wänden rieselte Feuchtigkeit, malte Linien auf die glatte Oberfläche und tropfte in Pfützen auf den fernen Boden. Der Geruch, den McCoy mit faulenden Pfirsichen in Zusammenhang gebracht hatte, schwängerte die Luft. Es gab noch andere Gerüche, aber er konnte sie nicht benennen.

Spock stand dicht am Rand des Laufstegs und blickte in den unter ihnen liegenden Raum. »Ich glaube, das werden Sie alle sehen wollen.« Er winkte sie zu sich heran und drehte sich schon um, um eine lange Treppe hinunterzugehen, die zum Boden führte.

McCoy, der ihm sofort folgte, blieb urplötzlich stehen. Neben ihm stieß Chekov einen dumpfen Laut aus. Hallie, die irgendwo hinter ihnen war, blieb stumm. Er blickte über das Treppengeländer in den dahinter liegenden Raum. Mit großen Augen und einem Verstand, der sich mühte zu begreifen, was er sah, versuchte er alles auf einmal zu erfassen und spürte, daß sein Geist überlastet war. Er sortierte Bilder und Gerüche Stück für Stück und suchte nach einer verständlichen Erklärung, obwohl ihm dazu im Grunde die Worte fehlten.

Die Gerüche sortierten sich als erste. Es roch immer noch nach Pfirsichen, doch auch nach etwas Salzigem, das ans Meer erinnerte. Moder… Holz… verfaultes Laub… eine rauchige Masse undefinierbarer Gerüche, für die McCoy kein passender Name einfiel. Es gab noch andere Aromen, aber seine Augen waren damit beschäftigt, sich alles anzusehen.

Die runde, unter ihnen liegende Kammer war riesig, ihre Decke wie eine Gruft gewölbt. Sie war um ein Mehrfaches größer als der weite Maschinenraum der *Enterprise.* Der Boden war ein verwirrendes Durcheinander von Arbeitsstationen, Computerterminals, Schutzrohren und weiteren Dingen, die McCoys Laienverstand nicht benennen konnte. In der Mitte des Raumes ragte ein sich auftürmendes Etwas vom Boden bis zur Decke, von dem McCoy annahm, daß es der Hauptkern der gesamten Energieversorgung war. Nur war es nun kein Hauptkern mehr.

Ein Lebewesen, wie McCoy es noch nie gesehen hatte – und auch nicht angenommen hatte, daß er es je sehen würde – umhüllte den Kern vom Boden bis zur halben Höhe und breitete sich teilweise in dem Raum hinein aus. Seine gewaltige Masse füllte die halbe Zentralkammer, erweckte jedoch keinesfalls den Eindruck, besonders schwer zu sein. Es war durchsichtig und schillerte in Farben und Farbtönen wie das Innere einer von der Sonne bestrahlten Muschel. Winzige Lichter spielten auf der sich sanft ausdehnenden und zusammenziehenden Oberfläche (oder im Innern, es war schwer zu sagen). Farbtaue, die möglicherweise Adern und Arterien waren, durchzogen den Körper wie bunte Luftschlange einen Maibaum, schillerten und krümmten sich und stießen Lichtfunken aus. Ein leiser Ton erfüllte den Raum, aber als McCoy ihn sich genauer anhören wollte, schien er sich in seinem Gehör aufzulösen.

Es war eindeutig das Schönste, was er in seinem ganzen Leben gesehen hatte, und er wurde plötzlich von Emotionen übermannt.

»Allem Anschein nach«, sagte Spock leidenschaftslos, »wird der Energieschwund nicht von einer Fehlfunktion hervorgerufen.«

»Ich …« Chekov fehlten die Worte. »Was *ist* das, Mr. Spock?«

»Ich weiß es nicht, Lieutenant. Ich werde mich allerdings bemühen, es in Erfahrung zu bringen.«

Als er sich umdrehte, packte McCoy seinen Arm. »Es ist *riesig*, Spock. Wie ist es hier reingekommen?«

»Ich vermute, daß das Geschöpf kleiner war, als es hier eintraf und sich im Innern der Raumstation niedergelassen hat. Vielleicht ist es durch ein Abgasrohr eingedrungen. Ich nehme an, wir können davon ausgehen, daß es zuvor viel kleiner war und dadurch gewachsen ist, daß es die Energie der Station angezapft hat.«

»Fast wie ein Einsiedlerkrebs, der sich ein neues Gehäuse zulegt«, sagte McCoy leise.

»Ziemlich ähnlich, Doktor, ja«, sagte Spock zustimmend.

»Einsiedlerkrebse übernehmen allerdings nur leere Gehäuse«, merkte Chekov an. »Sie dringen nicht ein und töten den gegenwärtigen Bewohner.«

»Vielleicht hat das Geschöpf die Romulaner nicht für Bewohner gehalten, Lieutenant«, erläuterte Spock. »Vielleicht hat es nicht einmal lebendige Entitäten in ihnen gesehen, sondern nur eine Energiequelle.«

»Dann hat *das* sie also getötet?« fragte McCoy und deutete mit der Hand auf die sanft wogende Masse des Lebewesens. »Sie sind in der warmen Umgebung der Station an Unterkühlung gestorben, weil das Ding sie ausgesaugt hat?«

»Es ist zwar keine akkurate Beschreibung, Doktor, aber sie muß im Moment reichen.« Der Erste Offizier wandte sich ab und ging die Treppe hinunter.

»Wo wollen Sie überhaupt hin?« fragte McCoy und eilte hinterher.

»Auf die Hauptebene, Doktor«, sagte Spock, ohne ihn anzuschauen. »Fähnrich Leno hat gemeldet, daß sich das Geschöpf nach schwachem Phaserbeschuß von ihr und Lieutenant Chekov zurückzog. Ich möchte eine Hypothese überprüfen.«

»Und welche?« McCoy hörte, daß die anderen ihnen folgten.

»Ob die vereinten Bemühungen unserer Phaser es möglicherweise bewußtlos machen, so daß es den Energiekonsum zumindest so lange einstellt, bis wir entkommen können. Unsere Phaser müßten wenigstens in der Lage sein, es durcheinanderzubringen oder zu verwirren.«

»Wenn wir es nur verärgern, wollen wir hoffen, daß es keine Rachegefühle kennt«, fügte McCoy finster hinzu.

16

Die vier übriggebliebenen Angehörigen der Forschungsgruppe gingen vom Laufsteg aus so schnell wie möglich die Treppe hinunter und ließen das Geschöpf dabei nicht aus den Augen.

Wenn McCoy es von oben als beeindruckend empfunden hatte, so wirkte es, wenn man neben ihm stand, noch riesiger. Er hätte es am liebsten als Qualle oder Krill bezeichnet, aber diese Worte erfaßten bei weitem nicht alles, was dieses Lebewesen war. Es wurmte ihn, daß ihm trotz seiner Bildung kein Adjektiv einfallen wollte, um das verdammte Ding zu beschreiben.

Sie stellten sich einige Meter vor der schillernden Masse in einer Reihe auf. »Energieanzeige«, sagte Spock und nahm seinen Phaser in die Hand.

Chekov musterte seine eigene Waffe, dann warf er einen prüfenden Blick auf McCoys und Hallies Phaser. »Tja, Energie ist da, Sir, aber ich mache keine Versprechungen.«

»Ich erinnere mich auch nicht, derartige verlangt zu haben, Lieutenant«, erwiderte der Vulkanier ruhig. »Da wir damit rechnen müssen, daß die Strahlen schwach ausfallen, müssen wir eventuell näher herantreten, um eine Reaktion bei dem Geschöpf auszulösen. Bitte, warten Sie noch.« Er hob seine Waffe und legte an. »Jetzt.«

Als sie ihre Waffen anlegten und ihre Finger den Abzug betätigten, kam sich McCoy absurderweise wie Wyatt Earp bei der legendären Schießerei am O.K.-Corral vor. Ein schwacher Energiestrahl, der wie saure

Milch wirkte, schwappte aus seinem Phaser und klatschte wie eine eigensinnige Meereswoge gegen das Lebewesen. Farben sprühten an seiner Seite entlang. Es schien zurückzuzucken.

»Näher heran«, befahl Spock. Sie gingen mehrere Meter weiter. Die zweite Salve schickte einen weiteren Sprühregen aus Farbe in die Seite des Geschöpfs, aber es machte keinen Versuch, sich zu rächen oder den Angriff abzuwehren.

McCoy warf einen Blick seitlich auf die Maschinerie. »Hat es irgendeine Wirkung? Nimmt sein Einfluß ab?«

»Das weiß ich noch nicht, Doktor«, erwiderte Spock. »Ich schlage vor, wir gehen etwas näher heran.«

»Wie nahe sollen wir noch rangehen, Spock? Ich bin eigentlich nicht wild darauf, sein Busenfreund zu werden.«

»Es wird reichen«, sagte der Vulkanier und blieb einen knappen Meter vor der pulsierenden Gestalt stehen.

»Wahrscheinlich überlegt es gerade, ob unsere Phaser ihm vielleicht schmecken«, brummte McCoy zu Chekov hinüber.

»Schwache Strahlen haben wohl keine Wirkung«, sagte Hallie. »Können wir die Energie nicht erhöhen, Sir?«

»Es wäre mir lieber, wenn wir das Wesen nicht verletzen«, erwiderte Spock. McCoy sah an ihrem Blick, daß sie keine Skrupel hatte, eben dies zu tun oder es gar zu töten. »Versuchen wir es noch einmal.«

Chekov warf einen Blick auf seinen Phaser. »Es ist ungefähr alles, was wir noch haben, Sir. Danach ist die Energie unserer Waffen erschöpft.«

»Verstanden, Lieutenant. Sind alle bereit? Dann Feuer.«

Ein unbeschreiblicher Farbregenbogen ließ die Oberfläche des Geschöpfs sich kräuseln. Plötzlich griff es nach ihnen. Nein, nicht nach *ihnen*... Nach Hallie. Es zuckte am Energiestrahl ihres Phasers entlang und glitt über die Waffe und ihre Hand hinweg, als bestünde es aus Gelee. Es zog Hallie in sich hinein, bevor die Männer sich auch nur rühren konnten. Ihr Körper zuckte fest im Innern der bunten Masse; sie mühte sich ab, sich umzudrehen, und starrte die Männer aus großen, panikerfüllten, flehenden Augen an. McCoy sah das Weiße um ihre dunkle Iris. Ihre Hände griffen flehentlich hinaus, baten um Hilfe. Ihre schlanke Gestalt bebte, dann zuckte sie ruckartig nach hinten, und ihr Rücken bog sich wie ein losgelassener Bogen. Eine Hand faßte an ihre Brust, während die andere, die Finger in die Handfläche gekrallt, nach ihnen griff.

»NEIN!« Ohne einen Gedanken an das zu verschwenden, was er tat, sprang McCoy hinter ihr her. Hinter ihm brüllte Spock seinen Namen. Irgendwelche Hände packten McCoys Arm. Er wehrte sich gegen den festen Griff, kam einige Zentimeter voran und stieß den anderen Arm bis zur Schulter in das Geschöpf hinein.

Er hatte seinen Arm schon in den Schnee, in eine Tiefkühltruhe und unter das Eisbergwasser des Planeten Nordstral gehalten. Doch diese Kälte war ein jäher, heller Schmerz, gegen den der Schutzanzug nichts ausrichten konnte. Aber als Hallies steife Finger gegen seine Hand stießen, stürzte McCoy sich auf sie, packte sie, warf sich zurück und ließ sie und sich von der Kraft desjenigen, der ihn festhielt, in Sicherheit ziehen.

Er sank auf die Knie, und Hallie klatschte vor ihm zu Boden, wie ein gerade dem Mutterleib entschlüpfter Säugling. Ihr Gesicht war so blau wie der Tod. Ihre Lippen, ihre Nasenflügel, ihre Nase und die Winkel ihrer geschlossenen Augen waren violett. Sie lag da, atmete nicht, rührte sich nicht.

McCoy beugte sich über sie, zerrte am Brustteil ihres Anzugs, riß ihn auf, entblößte das darunter liegende blasse Fleisch. Sein rechter Arm und seine Hand waren aufgrund seines Eindringens ins Innere des Geschöpfs kalt und unempfindlich. Er mußte mit der linken Hand in den an seiner Seite hängenden Medobeutel greifen und zwischen den Instrumenten kramen, um zu finden, was er brauchte. Er ließ die Phiole mit einer glatten Bewegung in den Injektor gleiten, pumpte das Medikament in ihren Brustkorb, warf die Phiole weg und gab ihr noch eine Injektion.

»Was ist?« fragte Chekov, der schwer atmend hinter ihm stand. Erst jetzt erfuhr McCoy, wer ihn und Hallie ins Freie gezogen hatte.

»Herzstillstand!« fauchte er. Er legte beide Hände auf ihren Leib, drückte mehrmals Hallies Brustkorb, kippte ihren Kopf zurück, hielt ihr die Nase zu und beatmete sie künstlich. Er lauschte kurz, dann wiederholte er die Prozedur. Und noch einmal. Und noch einmal. Und noch einmal.

»Na los, Hallie«, knirschte McCoy mit zusammengebissenen Zähnen. »Wir haben's bis hierhin geschafft. Lassen Sie mich jetzt bloß nicht hängen.« Warum, verdammt noch mal, hatte das Medikament noch nichts bewirkt? Er überlegte, was er sonst noch im Beutel hatte, das Wirkung zeigen könnte, aber es war nichts dabei. Im Lazarett hätte er etwas tun können. Dort hätte er Wunder wirken können, die eines Montgomery Scott würdig waren. Aber hier …

Als er einen Augenblick mit dem Pumpen innehielt, faßte Spocks Hand nach ihm. McCoy schüttelte sie mit einem groben Schulterzucken ab und hockte sich auf die Fersen. Er faltete die Hände, ließ sie nutzlos zwischen den Knien herabhängen und senkte niedergeschlagen den Kopf.

Chekov äußerte einen wortlosen Laut des Bedauerns. Er kniete sich neben McCoy hin, schloß sanft Hallies Anzug und legte die Hände über ihrem Bauch zusammen. Er seufzte. »Die Anzüge bieten uns zwar einigen Schutz«, sagte er leise, »aber nicht gegen alles.«

McCoy rührte sich, vergaß seine Erinnerungen und

rieb seinen rechten Arm. Allmählich kehrte wieder etwas Leben in ihn zurück. Seine Haut kitzelte noch immer, und er spannte langsam die Finger an. *Verlust des Tastsinns ...* »Aber warum mußte gerade sie es sein?«

Chekov zog die Schultern hoch. Sein Blick ruhte auf seiner Kollegin. Plötzlich runzelte er die Stirn und berührte ihre Hand. Ihre Finger krallten sich noch immer um den Knauf ihrer Waffe. »Vielleicht hat es etwas damit zu tun.« Er drehte den Phaser so, daß die anderen ihn sehen konnten. Hallie hatte ihn auf volle Leistung gestellt. »Ich schätze, sie war doch nicht mit Ihnen einer Meinung, Sir«, sagte er zu Spock. »Damit ist die Frage wohl geklärt, ob das Ding Rachegelüste empfinden kann.«

»Entweder das, oder es hat sich gegen den stärksten Strahl gewehrt – gegen den, der möglicherweise die größte Gefahr darstellte«, sagte Spock. »Oder die beste Nahrungsquelle.«

»Was macht das denn für einen Unterschied?« fauchte McCoy. »So oder so, Hallie ist tot!« Er schüttelte hilflos den Kopf. »Wir müssen hier raus!«

»Und wo sollen wir Ihrer Meinung nach hingehen, Doktor?«

McCoys Kopf fuhr herum, er musterte den Vulkanier mit einem finsteren Blick. »An jeden Ort auf dieser Station, der so weit wie möglich von diesem Ding entfernt ist! Sie haben doch gesehen, was es Hallie angetan hat! Es hat ihr sämtliche Energie und Wärme entzogen, die ihr Körper noch hatte. Glauben Sie etwa, es wird uns verschonen, selbst dann, wenn wir es nicht anrühren? Je weiter wir von ihm weg sind, desto länger leben wir.«

»Entfernung hat die Romulaner auf der Brücke auch nicht gerettet«, sagte Spock.

»Aber vielleicht haben sie es so hinausgezögert!« fauchte McCoy. »Wir müssen es einfach ausprobieren!«

»Wenn wir den Maschinenraum verlassen, wird es unseren Zielen nicht nützen, Dr. McCoy. Wir haben die Ursache des Energieverlustes ergründet, der die Station und die *Enterprise* befallen hat. Nur durch Beobachtung des Geschöpfs können wir zu erfahren hoffen, wie man gegen es ...«

»Und wie lange sind wir Ihrer Ansicht nach noch fähig, das Ding zu beobachten, bevor wir bewußtlos werden und ins Koma fallen?« McCoy zückte seinen Medoscanner und richtete ihn auf Spock. Das Instrument gab ein paar Töne von sich, nahm aber keinerlei Messungen vor. »*Verdammt!*« McCoy stand kurz davor, es durch den Raum zu werfen, doch dann steckte er es wieder in den Beutel zurück.

»Mr. Spock hat recht, Doktor«, sagte Chekov leise. »Wir müssen es versuchen. Wenn wir ans andere Ende der Station fliehen, nützen wir niemandem. Auch wenn wir selbst nicht überleben ... Es könnte doch sein, daß wir jemandem helfen können, der später hierher kommt.«

»Ja, ja, richtig. Okay, wir bleiben.« McCoy war zwar nicht nach Streit zumute, aber seine blauen Augen musterten den Russen herausfordernd. »Es macht mich zwar nicht glücklich«, fühlte er sich verpflichtet hinzuzufügen, »aber wir bleiben. Lassen Sie uns einen Platz suchen, der nicht so nah an diesem ... *Ding* ist.«

»Einverstanden«, sagte Spock. Er half McCoy auf die Beine, indem er ihn am Ellbogen hochzog. Die drei Männer warfen einen kurzen Blick auf Hallies Leiche, aber es hatte absolut keinen Sinn, sie wegzutragen.

Als sie sich umwandten, blieb McCoy plötzlich stehen. »Jetzt hab ich aber allmählich die Nase voll«, sagte er vor sich hin.

Vor einer Konsole saß eine Leiche. Sie war vorher niemandem aufgefallen. Ein Romulaner. Er saß mit ausgestreckten Beinen da, die Hände lagen in seinem Schoß. Eine starre Hand umklammerte ein Schreibinstrument. Unter der anderen lag ein aufgeschlagenes Buch.

»Was hat er wohl ganz allein hier unten gemacht?« fragte Chekov. Er kniete sich hin und musterte den Toten eingehend. Im Gegensatz zu den anderen Leichen, die sie gefunden hatten, war der Geruch dieser hier nicht so schlimm. Vielleicht überlagerte der überwältigende Pfirsichduft, den das Geschöpf absonderte, alles andere. »Warum ist er nicht bei den anderen geblieben?«

»Seinen Rangabzeichen zufolge war er Arzt«, bemerkte Spock, dessen dunkle Augen den friedlichen Leichnam musterten.

McCoy sah ihn nun in einem anderen Licht: Er war eine verwandte Seele gewesen, auch wenn ihre Völker gegeneinander Krieg geführt hatten. Ob er den Romulaner eventuell sogar gemocht hätte? Hätten sie sich vielleicht unterhalten, medizinische Informationen austauschen und voneinander lernen können? Der Gedanke gefiel ihm. Aber was hatte er vorgehabt, hier unten ganz allein, während seine Kameraden oben erfroren, seine Finger immer tauber und unbeweglich wurden, bevor die Bewußtlosigkeit ihn ergriffen und der Tod ihn fortgetragen hatte?

Spock zog das Buch aus der Hand des Toten und blätterte es durch. »Es ist äußerst seltsam. Es ist wohl ein Tagebuch oder etwas Ähnliches.«

Chekov stand auf und lugte über Spocks Arm. Als er die romulanische Schrift sah, schüttelte er den Kopf. »Heutzutage kommt es nicht mehr oft vor, daß jemand ein Tagebuch mit der Hand schreibt.«

»Das stimmt, Lieutenant«, sagte McCoy. Er war, wenn es um die Aktenführung ging, so von Computern abhängig wie jeder andere, und manchmal bedauerte auch er den Verlust des mit der Hand geschriebenen Wortes; er glaubte, daß die Menschheit einen Verlust erlitten hatte. »Steht was Interessantes drin, Spock?«

Zuerst antwortete der Vulkanier nicht. Er blätterte konzentriert die Seiten um. Dann hob er die Brauen derart an, daß McCoy der festen Ansicht war, auf seinem düsteren Gesicht noch nie ein solches Erstaunen gesehen zu haben.

»*Also?*« sagte McCoy drängend.

Spock wandte sich um und schaute seine Gefährten an. »Hier steht sehr viel Interessantes, Doktor, speziell für den Captain. Wir müssen unbedingt Verbindung mit der *Enterprise* aufnehmen.«

»Ich bin ganz und gar dafür, Spock, aber glauben Sie nicht auch, daß es schwierig wird? Ich hatte den Eindruck, es sei Ihnen schon schwer genug gefallen, auf der Brücke eine Verbindung herzustellen. Und jetzt wollen Sie es hier unten versuchen, wo dieses Ding alles wegsaugt, das ...«

»Ganz im Gegenteil, Doktor. Im Licht der Informationen des Tagebuches wird mir klar, daß mein Kontakt zur *Enterprise* gar nicht außergewöhnlich war.«

McCoys Braue rutschte hoch, aber im Moment war ihm egal, daß er wie Spock wirkte. »Wie ... ähm ... bitte?«

»Laut Tagebuch, und wie wir aus eigener Erfahrung wissen, ›speist‹ dieses Geschöpf nur sporadisch.«

»Sie meinen, nur dann und wann.«

»Genau. Es könnte etwas mit seinem Metabolismus zu tun haben. Der romulanische Arzt hat die Theorie aufgestellt, daß das Geschöpf jedesmal, wenn es auf eine neue Energiequelle stößt, sein inneres System neu abstimmen muß.«

Chekov schnaubte. »Im Fall der *Enterprise* nimmt das Ding wahrscheinlich an, es sei auf einem Festbankett.«

»Sozusagen, Lieutenant. Abgesehen davon dürfte es zumindest anfangs einen Teil des Banketts ungenießbar finden – deswegen seine ›Hast‹, jede Quelle zu kosten, um sie zu analysieren und sich darauf einzurichten, wie es sie auf die zweckmäßigste Art und Weise konsumieren kann.«

»Und *deswegen* sind Sie zum Schiff durchgedrungen?«

Spock nickte. »Ich glaube, ja, Doktor. Der Generator hat ein eigenes Fusionsimpulssystem und war für das Geschöpf nie lange genug an ein System angeschlossen, um ihn – wenn Sie so wollen – ›abzuschmecken‹. Als ich ihn auf der Brücke einsetzte, gab es einige Interferenzen, aber ich glaube, das Problem lag an der *Enterprise,* nicht an der Transmission.«

»Das Geschöpf muß wohl gleichzeitig Energie vom Schiff abgesaugt haben«, sagte Chekov mit großen Augen.

»Wahrscheinlich. Da es mit dem Generator nicht vertraut war, konnte ich das Schiff erreichen. Das Wesen saugt Energie aus einer Vielzahl von Quellen ab, die ihr alle neu sind – sicher ein mühsames Unterfangen. Und dies, sowie die Tatsache, daß der Generator eine unbekannte Größe für das Geschöpf darstellt, müßte uns genügend Energie geben, um das Schiff zu kontaktieren.«

»Vorausgesetzt, die Systeme der *Enterprise* sind nicht schon so erschöpft, daß man uns nicht mehr hören kann.« McCoy hätte sich für seine Worte am liebsten selbst geohrfeigt.

»Das Risiko müssen wir eingehen«, sagte Spock ruhig. »Das Geschöpf«, fuhr er dann fort, »ist offenbar nicht bewandert darin, wie man menschliche Wesen ...«

»Wie können Sie das sagen?« fragte Chekov und deutete auf Hallies Leichnam. »Es hat im Nu alles aus Hallie herausgeholt!«

»Weil sie mit dem Geschöpf verschmolz, Lieutenant. Ich mutmaße, daß es Fähnrich Hallies Körper die Wärme entsprechend den Gesetzen der Thermodynamik entzogen hat – aufgrund des Temperaturgefälles zwischen den beiden Wesen also. Außerdem ... Hätte es schon zuvor Erfahrungen mit Menschen gesammelt, hätten wir die Auswirkungen des Aussaugens alle viel früher und ernstlicher gespürt.«

»Was erklärt, warum Sie sich auf der Brücke so schlecht gefühlt haben«, fügte McCoy hinzu. »Vulkanier und Romulaner haben die gleiche Physiologie.«

»Genau, Doktor. Wir können die Unerfahrenheit des Wesens mit der von Erdenmenschen produzierten Energie zu unserem Vorteil nutzen. Wenn es auf eine neue Energiequelle stößt, an die es nicht gewöhnt ist, die es verwirrt oder desorientiert, könnten Sie und Lieutenant Chekov für den Generator auch als Abwehrpuffer dienen.«

McCoy zuckte die Achseln. »Damit habe ich keine Probleme, Spock. Außer einem ... Es hat Hallie ausgesaugt und ihr Herz zum Stillstand gebracht. Vielleicht hat dies schon gereicht, um alles über uns zu erfahren. Auch wenn Sie die besten Absichten haben – wir bewirken vielleicht nichts.«

»Es gibt keine Garantien, Dr. McCoy. Es ist die einzige Option, die wir noch haben. Das Geschöpf muß das, was es gelernt hat, verdauen, um eine Neueinstellung seines Systems vorzunehmen.«

»Hoffen wir, daß es ein langsamer Esser ist«, sagte McCoy.

Scotty brauchte länger, als Kirk erwartet hatte, um die Photonentorpedos an Bord der *Enterprise* von Hand scharfzumachen, aber der Schotte hatte es sich nicht nehmen lassen, dies persönlich zu tun. Als Chefingenieur war es seine Aufgabe, sein Vorrecht.

Kirks inneres Auge war ihm gefolgt und beobachtete ihn, als er den langen Weg von der Brücke zum Maschinenraum auf Deck 7 ging, wo er die nötigen Werkzeuge an sich nahm. Er brauchte etwas länger, um von dort in die Fundamentebenen des Verbindungsstutzens zu Deck 12 und 13 zu gelangen, wo sich die Torpedoabschußbasis befand. Kirk beneidete ihn um die Gelegenheit, noch einmal durch das ganze Schiff zu laufen. Und warum sollte er sich die Zeit nicht nehmen? Sie waren alle in Gefahr. Sie würden alle sterben. Da machten ein paar Minuten mehr oder weniger auch nichts mehr aus.

Scott hatte seine Befehle, und Kirk wußte, daß er sie bis zum letzten Komma ausführen würde, auch wenn das Bedauern an seinem Herzen nagte. Scott war während all der Jahre auf der *Enterprise* geblieben. Er hatte sich in den harten Zeiten um das Schiff gekümmert, in denen Kirk seine Admiralslaufbahn verfolgt hatte. Scott hatte die *Enterprise* durch zahllose Umbauten und alle nachfolgenden Probleme begleitet. Sogar wenn die anderen Landurlaub genommen hatten, war er stets bei den Maschinen geblieben – nur er und seine ›Freundin‹.

Sie beide – der Captain und sein Chefingenieur – waren in all den Jahren richtig mit ihr verfahren, und genau das würden sie auch jetzt tun. Wenn sie unbedingt untergehen mußte, dies wußte Kirk, würde Scotty sie in einem Ruhmesfeuerwerk versenken, bei Gott.

Tja, wer konnte es Scotty verübeln, daß er sich die Zeit nahm, von einem Torpedo zum anderen zu gehen, die Zünder zu überprüfen, sie scharfzumachen und mit den magnetischen Ladeplatten zu verbinden, bis der Torpedoschacht aussah, als wimmele er von den Luftschlangen einer New Yorker Neujahrsparty? Dann würde er sich wieder auf den langen, sehr langen, Aufstieg zur Brücke machen. Um seiner alten Geliebten Lebewohl zu sagen.

Kirk schaute auf, als Scott aus der Bodenluke kletterte, und las die wahren Gefühle auf dem zerfurchten Gesicht des Chefingenieurs. Er glaubte nicht, daß er selbst viel besser aussah. Er kam sich hagerer und sorgenzerfurchter vor als je zuvor. Es war gewiß, daß er die Ereignisse nicht leichter nahm als Scott. Sie liebten die *Enterprise* beide, wenn auch aus unterschiedlichen Gründen. Aber sie liebten sie wirklich.

»Alles klar, Mr. Scott?« Kirks Stimme klang bedrückt.

»Aye, Captain.« Der Chefingenieur nickte. »Es ist alles vorbereitet. Wenn sie hochgeht, erzeugt sie einen Feuerball, den man noch bei Antares sieht.«

Der Schmerz schnitt in Kirks Herz. »Danke, Scotty. Ich bin sicher, sie hat es sich verdient. Uhura, sind Sie zur *Valgard* durchgekommen und haben Corey und Jaffe erzählt, was passieren wird?«

Sie schüttelte den Kopf. »Ich kann nicht sagen, ob ich sie erreicht habe, Sir – aber abgesandt habe ich die Botschaft.«

»Na gut.« Es war zwar keine Überraschung, die er einem Menschen wünschte, aber er nahm nicht an, daß die beiden Leute in der Fähre Zeit hatten, sich länger als die anderen zu wundern. »Und das Außenteam?«

»Noch nichts, Sir. Ich versuche es weiter.«

Dies tat ihm weher als alles andere. Er wollte Spocks und Pilles Stimme wenigstens noch einmal hören, um sich von ihnen zu verabschieden, um ihnen zu sagen…

Sie wissen es schon, Jim. Nun, er nahm es zwar an, aber er hätte ihnen die Nachricht doch lieber persönlich überbracht. Kirk räusperte sich. »Uhura, können Sie eine Komverbindung für das ganze Schiff schalten?«

»Ich kann es versuchen, Sir. Ich weiß aber nicht, ob man Sie in allen Sektionen hört.«

Es war einen Versuch wert. Kirk drückte den Knopf in der Sessellehne. »Hier spricht Captain Kirk. Ich bin im Begriff, die Selbstvernichtungssequenz zu aktivieren. Ich bedaure in höchstem Maße, daß es so weit gekommen ist. Ich…« Die Emotionen würgten in seiner Kehle, und er schluckte schwer. »Es war mir eine Ehre und ein Privileg, mit jedem Einzelnen von Ihnen zusammenzuarbeiten. – Kirk, Ende.« Er lehnte sich in den Sessel zurück. Er wurde das Gefühl nicht los, daß es nicht genug gewesen war, aber er wußte, daß es nichts mehr zu sagen gab. Sein Blick schweifte kurz über die Brücke. Alle saßen da und schauten ihn an – Uhura, Sulu, Scotty, Estano, die anderen. Sahen ihn an. Vertrauten auf ihn.

Kirk räusperte sich. »Lieutenant Commander Sulu, übernehmen Sie bitte Mr. Spocks Position als wissenschaftlicher Offizier.«

»Aye, Sir.« Der Steuermann stand auf und trat neben dem Captain und dem Chefingenieur vor einen freien Computerschirm.

Kirk atmete tief ein und sagte mit ruhiger Stimme: »Computer, hier spricht Captain James T. Kirk. Erbitte Sicherheitszugriff.« Der Bildschirm wurde schwarz. Ein Piepsen ertönte, dann erschienen die Worte SICHERHEITSZUGRIFF – IDENTITÄT BESTÄTIGT. Kirk befeuchtete seine Lippen; er wagte nicht, die beiden anderen Offiziere anzusehen, und auch nicht die Brückenmannschaft. Er wagte auch nicht, an Spock und McCoy zu denken. »Computer, Vernichtungssequenz eins, Kode eins-eins-A.« Der Computer wiederholte seine Worte. Sie waren so dauerhaft wie ein Nachruf: VERNICHTUNGSSEQUENZ EINS. KODE: 11A.

Scott beugte sich vor; in seinem Blick spiegelten sich Leid und Entschlossenheit. Seine Stimme schwankte nicht, als er das Kommando gab. »Computer, hier spricht Commander Montgomery Scott, Erster Ingenieuroffizier. Vernichtungssequenz zwei, Kode eins-A-zwei-B.« Auch diesmal wiederholte der Computer die Worte auf dem Bildschirm.

Sulu schnappte nach Luft. »Computer, hier spricht Lieutenant Commander Hikaru Sulu, wissenschaftlicher Offizier vom Dienst. Vernichtungssequenz drei, Kode eins-B-zwei-B ...«

»Captain!« schrie Uhura plötzlich mit lauter Stimme, und ihr Gesicht erhellte sich wie das eines Kindes am ersten Weihnachtstag. »Ich habe Mr. Spock!«

»Computer, Selbstvernichtungssequenz unterbrechen!« fauchte Kirk und spürte das Rieseln von Eiswasser in seinem Körper. »Spock?«

Die Verbindung war schauerlich, aber es war zweifellos Spock, daran gab es keinen Zweifel. »Ja, Captain, ich bin hier – mit Dr. McCoy und Lieutenant Chekov.«

Oh, nein ... »Was ist mit Hallie und Leno passiert?«

»Fähnrich Leno steckt in einem Turbolift fest. Hallie ist tot.«

Verdammt, verdammt, verdammt. Doch dafür hatten sie jetzt keine Zeit. Sie hatten überhaupt keine Zeit mehr für irgend etwas. »Spock, wir haben versucht, Sie zu erreichen. Wir haben fast keine Energie mehr, und keine Möglichkeit, Sie und die anderen oder unser Schiff zu retten. Mehrere Besatzungsmitglieder sind aufgrund gesunkener Körpertemperatur bewußtlos. Wir sind gerade im Begriff, die Selbstvernichtungssequenz zu aktivieren ...«

»Nein, Jim!«

»Pille, ich ...«

»Captain.« Spocks ruhiger Tonfall übertönte sie beide. »Wir haben die Ursache hinter den Energieverlusten und die Schiffsfehlfunktionen gefunden.«

Die Erleichterung ließ Kirks Beine beinahe zu Gummi werden. Er setzte sich schwer in den Sessel und nahm den Schmerz in seiner Seite kaum wahr. »Hat es etwas mit der Energiequelle der Raumstation zu tun?«

»In gewisser Weise. An Bord der Station lebt ein Geschöpf ...«

»Habe ich richtig verstanden, Spock? Ein Geschöpf? Was ist es für ein Geschöpf?«

»Ein Geschöpf, das alle Energie aufsaugt, Captain.« Und Spock berichtete Kirk so schnell wie möglich das Wenige, das sie über das Lebewesen in Erfahrung gebracht hatten – einschließlich Hallies Tod und der Entdeckung des Tagebuches.

»Das reicht mir«, sagte Kirk schließlich, und er faßte

neuen Mut. »Um das Schiff und Sie zu retten, müssen wir eine Methode finden, das Lebewesen zu töten – und zwar bevor wir alle Fähigkeiten zu handeln verlieren.«

»Ich würde nicht dazu raten, das Geschöpf zu vernichten, Captain.«

Kirk runzelte die Stirn. »Und warum nicht, Spock? Es bringt nicht nur Ihr Leben in Gefahr, sondern ernährt sich von jedem Anwesenden hier an Bord. Wenn wir es nicht vernichten, verurteilen wir über vierhundert Menschen zum Tode.«

»Dr. Rinagh hat ziemlich umfangreiche Unterlagen hinterlassen, Captain. Er beschreibt die anfänglichen Fehlfunktionen an Bord der Station, die Entdeckung des Lebewesens und das Unvermögen der Besatzung, es entweder zu töten oder dazu zu bringen, die Station zu verlassen. Bis dahin hatte es sein inneres System natürlich an ihren Energieausstoß angepaßt und das Energieniveau der Station auf ein Minimum reduziert.«

»Warum das, Spock? Warum hat es sie nicht gänzlich ausgesaugt?«

»Ich kann in dieser Hinsicht zwar nur Mutmaßungen äußern, aber ich gehe davon aus, daß das Geschöpf zum Überleben gewisse Energiereserven benötigt. Wenn die Energiemenge zu niedrig wird, erhält es seinen Status quo, indem es in eine Art Winterschlaf fällt.«

»Verstehe. Reden Sie weiter.«

»Als es offensichtlich wurde, daß die Romulaner zum Tode verurteilt waren, beschloß Dr. Rinagh, seine Gefährten zu verlassen und sich in den Maschinenraum zu begeben, weil er vor seinem Tod mehr über das Wesen in Erfahrung bringen wollte, um andere zu warnen. Er hatte das Gefühl, daß das Wesen intelligent und vernunftbegabt ist, vielleicht sogar elementar empfindungsfähig.«

Kirks Mut sank. Das wollte er nicht hören. Er wollte

hören, daß das Geschöpf seine Mannschaft bedrohte und ein stumpfsinniges, blödes, brutales Vieh war.

Doch Spock sprach schon weiter. »Dr. Rinagh berichtet, daß es auf Emotionen mit Farbveränderungen reagiert, die mir ebenfalls aufgefallen sind, als Fähnrich Hallie starb.«

»Hat das Ding Hallie ermordet?« fragte Kirk.

»*Umgebracht*«, sagte McCoy schleppend. »Nicht ermordet. Es ... hat ihr sämtliche Körperwärme entzogen, hat Unterkühlung, Herzstillstand und den Tod hervorgerufen.«

»Dann hat es sie also *doch* getötet.«

»Man könnte ebenso gut sagen, vom Standpunkt des Geschöpfs aus sei es Notwehr gewesen. Wir hatten nämlich den Versuch gemacht, es zu lähmen, doch Hallie hatte ihren Phaser auf Töten geschaltet.«

»Haben Sie irgendwelche Anzeichen von Feindseligkeit registriert?«

»Keine, Captain«, sagte Spock. »Wir waren fast in Reichweite des Geschöpfs, aber es hat unsere Anwesenheit wohl nicht wahrgenommen. Was Fähnrich Hallie angeht, so glaube ich nicht, daß es sie zielgerichtet angegriffen hat.«

»Captain«, meldete sich nun Chekov, dessen Stimme recht angestrengt klang. »Hallie gehörte zwar zu meinem Team, aber ich muß Mr. Spocks und Dr. McCoys Worte bestätigen. Wir müssen unbedingt in Erfahrung bringen, ob das Lebewesen ein Bewußtsein hat oder nicht. Wir können es nicht vernichten. Wir müssen mehr über es erfahren.«

Aber es bringt meine Mannschaft in Gefahr. »Können wir irgend etwas unternehmen, um es aus der Station zu vertreiben?«

»Ungewiß, Captain. Ich gehe davon aus, daß es auf einer ähnlichen Ebene operiert wie ein irdischer Einsiedlerkrebs. Angesichts seiner Größe kann ich mir nicht vorstellen, daß es die Raumstation verläßt.«

Kirks Interesse nahm zu. »Wie groß ist das Ding denn?«

»Man muß es sehen, um es zu glauben, Jim«, erwiderte McCoy lakonisch.

»Ich würde alles dafür geben, Pille.« Und es stimmte. So sehr er sich auch um seine Leute sorgte und so wenig er auch wußte, wie er vorgehen sollte, Jim Kirk war in erster Linie Forscher. Und er wollte sich das Ding sehr gern mit eigenen Augen ansehen. »Es wird also nicht gehen?«

»Es würde möglicherweise gehen, wenn man sein Zuhause vernichtet. Ansonsten könnte ich mir vorstellen, daß es erst geht, wenn es größer als sein gegenwärtiges Heim geworden ist, was aber in allernächster Zukunft unwahrscheinlich ist. Oder wenn eine andere Energiequelle des Weges kommt.«

»Wie die *Enterprise.* Warum ist es eigentlich nicht an Bord gekommen?«

»Wie gesagt, Jim«, meldete sich McCoy wieder. »Es ist zu groß dafür. Und warum sollte es umziehen, wenn es alles, was es braucht, auch dort bekommen kann, wo es ist?«

»Verstehe, Pille.« Kirk nagte an seiner Unterlippe; er war tief in Gedanken. »Gibt es irgendeine andere Möglichkeit, seine Fähigkeit zur Nahrungsaufnahme zu beschneiden?«

Die Stille am anderen Ende der Leitung dauerte so lange, daß Kirk glaubte, die Verbindung sei schon wieder unterbrochen. Dann meldete sich Spock. Sein Tonfall war nachdenklich. »Das Geschöpf benötigt allem Anschein nach Zeit, um sich an neue Nahrungsquellen anzupassen. Wieviel Energie hat die *Enterprise* gegenwärtig noch, Captain?«

Scotty übernahm die Antwort. »Wir sind zwar noch nicht beim Minimum angelangt, mein Junge, aber nicht mehr weit davon entfernt. Wir haben genug Energie, um den Traktorstrahl dafür einzusetzen, uns durch kurze Stöße an die Station heranzubringen. Wir wollten die Selbstvernichtung einleiten und mit allen Photonentorpedos verstärken, die wir haben.«

»Darf ich eine Alternative vorschlagen, Mr. Scott?«

Scotty tauschte einen Blick mit Kirk. »Ich bitte *dringend* darum.«

»Ich schlage vor, Sie leiten sämtliche Energie in die Triebwerke um. Wir haben die Erfahrung gemacht, daß das Geschöpf noch nicht völlig an die Form des Energieausstoßes von menschlichen Wesen angepaßt ist. Deswegen konnten wir auch mit Ihnen Verbindung aufnehmen. Sie können die Besatzung also theoretisch als menschliche Puffer zum Schutz der Generatoren und zur Erzeugung von Triebwerksenergie einsetzen. Wenn Sie diese Energie verwenden können, um eine Frequenz zu erzeugen, die der ähnlich ist, welche Menschen abgeben, und sie dann alle paar Minuten leicht verändern ...«

»... dann kann das Geschöpf keine Nahrung mehr aufnehmen, und der Energieverlust hört auf!« beendete Scott verblüfft. »Captain, ich kann den Triebwerken vielleicht Impulskraft entlocken, und das müßte reichen, um uns aus der Reichweite des Geschöpfs zu bringen.«

»Genau, Mr. Scott«, sagte Spock. »Wenn das Schiff außer Gefahr ist, könnten Sie versuchen, uns mit einem Ferntransport an Bord zu holen. Sollte sich dies als unmöglich erweisen, Captain, schlage ich vor, Sie lassen uns zurück und benachrichtigen Starfleet. Das Hauptquartier weiß vielleicht, wie man in diesem Fall vorgeht. Ich empfehle jedoch dringend, das Geschöpf nur dann zu vernichten, wenn es keinen anderen Ausweg gibt. Etwas seiner Art ist uns noch nie begegnet, Captain. Es könnte das Letzte seiner Art sein. Diese Gelegenheit zu verspielen, wäre eine große Tragödie und ein noch größerer Verlust.«

So, als wenn ich euch verlieren würde, dachte Kirk, aber

er sprach es nicht aus. Spock hatte recht. Als sie zur Flotte gegangen waren, hatten sie ihre Existenz einem höheren Ziel verschrieben. Wissen war das Wichtigste, so teuer es sie vielleicht auch zu stehen kam.

»In Ordnung, Mr. Spock. Wir versuchen es auf Ihre Art. Aber wenn es nicht klappt und wir abtreiben, gedenke ich nicht, meine Mannschaft erfrieren zu lassen.«

»Verstanden, Captain. Danke.«

»Schon gut.« Kirk wandte sich zur Seite. »Mr. Scott? Es ist Zeit, daß Sie sich auf den Weg in den Maschinenraum machen.«

17

Kirk saß in mit übereinandergeschlagenen Beinen und vor der Brust verschränkten Armen im Kommandosessel. Ihm war klar, daß er gelassener wirkte, als er sich fühlte.

Scott war nun schon mehrere Stunden im Maschinenraum und setzte Spocks Plan in die Tat um. Er versammelte Leute aus dem ganzen Schiff vor den Warptriebwerken und im abgeschirmten Dilithium-Reaktorraum. Jeder, der vom Dienst befreit werden konnte, mußte sich bei ihm melden. Nun standen alle so dichtgedrängt zusammen, daß sie, wenn alles vorbei war, sehr gute Freunde sein würden.

Kirk ging jede Wette ein, daß der größte Teil der Mannschaft das Unternehmen für blödsinnig hielt. Er konnte den Leuten diese Empfindung zwar kaum verübeln, aber trotzdem mußte er bei dem Gedanken daran ein Lächeln unterdrücken. Alle, die schon länger als ein paar Monate an Bord waren, hatten ihn bereits eigenartigere Dinge tun sehen. Das erste, was man als Captain eines Raumschiffes lernen mußte, war, wie man am besten improvisierte. Der Gedanke, daß ihm dies im Lauf der Zeit ganz gut gelungen war, gefiel ihm.

Außerdem gab es noch die Selbstvernichtung, falls sie sie brauchten. Er betete, daß Spock recht hatte und sie nicht zu diesem Mittel greifen mußten. Bisher verliefen die Dinge so, wie Spock vorausgesagt hatte. Die Energie war zwar noch immer gering, aber offenbar gewannen sie an Boden – jedenfalls soviel, daß man Kontakt mit der Sondierungsgruppe hatte. Das war ein Vorteil, den Kirk willentlich nicht aufgeben wollte.

»Captain?« Sulus leise und vorsichtige Stimme holte Kirk aus seinen Gedanken. »Ich glaube, wir haben ein Problem, Sir ...«

»Was für eins, Mr. Sulu?«

»Ich weiß nicht genau, Captain.« Der Steuermann runzelte die Stirn. »Die Systeme sind so sprunghaft, daß ich mir nicht ganz sicher bin, aber ich glaube, uns nähert sich ein unidentifiziertes Schiff.«

Kirk zuckte sofort hoch. »Eins von uns?«

»Nicht feststellbar, Sir.«

»Auf den Schirm damit.« Ob es ihnen helfen konnte? Kirk beugte sich vor und bemühte sich, durch den Störschleier zu blicken. Da war *tatsächlich* ein Schiff, aber er konnte es nicht deutlich erkennen.

Sie durften nicht zulassen, daß das Geschöpf Zugriff zu einem weiteren Föderationsschiff bekam – nicht, während sie versuchten, die *Enterprise* wieder flottzumachen. »Uhura, wenn Sie können, schicken Sie eine Warnung los. Sagen Sie ihnen, daß wir hier eine verdammt brenzlige Situation haben.«

»Aye, Sir.«

»Captain«, rief Sulu plötzlich, »ich kann es noch immer nicht erkennen, aber es nähert sich schnell, und ich glaube, seine Abwehrschirme sind eingeschaltet!«

»Alarmstufe Gelb!« fauchte Kirk. Sein Mut sank, als die Sirene seinen Befehl diesmal nicht mit einem Aufheulen beantwortete. Er wandte sich von Sulus entschuldigendem Blick ab und drückte einen Knopf. »Scotty! Ich brauche einen Abwehrschirm!«

Kirk konnte sich nicht erinnern, daß Montgomery Scott je so erschöpft geklungen hatte. »Tut mir leid, Captain, aber das ist unter keinen Umständen möglich. Ich habe gerade erst angefangen, Mr. Spocks Idee in die Tat umzusetzen. Wir haben verbesserte Verständigungsmöglichkeiten, aber das ist alles. Wenn Sie Abwehrschirme und Waffen wollen, kann ich zwar in Kürze dafür sorgen, aber es bedeutet, daß wir gleich darauf alle tot sind.«

»Mr. Scott, das reicht mir nicht.«

»Jawohl, Sir«, erwiderte Scott. »Ich bitte um Vergebung, Captain. Ich wünsche mir auch, daß es anders wäre. Auch ich würde gern etwas tun, aber mein Zauberhut ist leider leer. Die Mannschaft und ich arbeiten so hart, wie wir können, aber das Mädel ist einfach noch nicht zu allem bereit.«

Kirk unterdrückte den Gefühlssturm, der durch seine Neuronen raste. »Scotty, uns nähert sich ein unidentifiziertes Schiff mit aktiviertem Schirm. Wenn wir nicht ein bißchen Schutz kriegen, spielt alles andere vermutlich keine Rolle mehr.« Er unterbrach die Verbindung, bevor der Chefingenieur antworten konnte. »Uhura, Funkspruch an das sich nähernde Schiff.«

»Ich versuche es, Sir«, sagte sie zweifelnd. »Die Verbindungen sind zwar jetzt besser, aber noch nicht das, was ich mir wünsche.« Ihre deutliche Stimme erfüllte den Raum, und ihre Hände glitten über die Konsole. »Hier ist das Föderationsschiff *Enterprise.* An das unidentifizierte Schiff. Wir haben gegenwärtig eine bedrohliche Situation. Zum Besten Ihres Schiffes und Ihrer Mannschaft, bleiben Sie auf Abstand. Bitte, identifizieren Sie sich.«

Störungen ließen den Bildschirm knistern und wurden zu einem tobenden Schneesturm. Irgendwo in dem statischen Grießeln ließ der Wind einen Augenblick nach, das Bild klärte sich und zeigte ihnen, wer dort auf sie zukam.

»Captain!« Sulus schrille Stimme hallte über die Brücke. »Romulanische Kriegsschwalbe steuerbord vor dem Bug!«

Oh, Scheiße. »Alarmstufe Rot! Scotty, da draußen ist eine Kriegsschwalbe! Ich brauche alles, was Sie zusammenkratzen können!« *Wie kommen wir da jetzt wieder raus?*

»Captain!« rief Uhura jäh. »Der romulanische Captain meldet sich!«

Kirks Geist schlug Purzelbäume. Was jetzt? Er hatte keine Wahl. »Auf den Schirm, Commander.«

»Ich versuche es, Sir«, erwiderte Uhura.

Trotz des unzuverlässigen Empfangs tat sie ihr Bestes. Kirk entschied, daß mehr nicht drin war. Außerdem war der romulanische Kommandant mit der widerlichen Narbe, die quer durch sein Gesicht verlief, und der Nase, die so aussah, als sei sie mehrmals gebrochen worden, ohnehin keine Schönheit.

Er saß aufrecht und königlich in seinem Sessel, trug ein schwarzes Gewand und goldschimmernde Rangabzeichen, die sich vom Schwarz seiner Ärmel abhoben. Er wirkte wie ein humanoider Hai. »Ich bin Telris vom romulanischen Imperium, Kommandant der *Kriegsschwalbe Elizsen.*«

Kirks Verstand arbeitete auf Hochtouren. Was sollte er tun? Er mußte die Sicherheit des Schiffes und der Mannschaft in Betracht ziehen. Konnte er den Romulaner um Hilfe bitten? Konnte er es wagen, einem Gegner der Föderation gegenüber Schwächen zu zeigen? Die Verhandlungen über einen permanenten Waffenstillstand mit diesem kriegerischen Volk waren seit langem festgefahren. Und Kirk persönlich ging davon aus, daß sich dies auch nie ändern würde – was aber auch nicht bedeutete, daß er die Situation erschweren wollte. Wie weit konnte er ihnen vertrauen, falls überhaupt?

Bevor Telris Luft holen konnte, antwortete Kirk. »Ich grüße Sie, Captain Telris. Ich bin Captain James T. Kirk vom Föderationsraumer *Enterprise.* Ich …«

»Wir wissen, wer Sie sind, Kirk«, grollte der Romulaner. »Ihr Ruf ist Ihnen vorausgeeilt.«

Jeder Gedanke, Vertrauen aufzubauen, verflüchtigte sich auf der Stelle. Kirk wußte zwar nicht genau, was er von der Bemerkung halten sollte, aber es war wohl nicht falsch, wenn er annahm, daß sie beleidigend gemeint war. »Sie verletzen gerade die Grenzen des Föderationsterritoriums. Wenn Sie sofort in den romulanischen Machtbereich zurückkehren, werden keine offiziellen Schritte gegen Sie unternommen.« *Bin ich nicht mutig?* dachte Kirk.

Telris lachte fassungslos. Er lachte lange, bellend und herzlich, und die Leute, die hinter ihm saßen, fielen in sein Lachen ein. Als er aufhörte, wirkte sein Gesicht aber nicht unbedingt erheitert. »Ihre Ironie amüsiert mich, Kirk. Danke. Ich habe schon lange nicht mehr so gelacht.« Seine Finger streichelten die Lehne seines Sessels. »Ich halte es für höchst unwahrscheinlich, daß Sie Vorwürfe irgendwelcher Art erheben oder irgend etwas gegen das romulanische Reich unternehmen werden.«

»Ach, wirklich?« sagte Kirk gelassen. »Und was macht Sie so sicher?« Sein Blick fuhr demütig bittend über Sulus breites rundes Gesicht, aber der Steuermann schüttelte langsam und kaum merklich den Kopf. *Na los, Scotty,* betete Kirk. *Wo bleibt der Schirm?*

Telris beugte sich vor; sein Gesicht füllte den Bildschirm aus wie eine Figur in einem schlechten Film. »Weil unsere Sensoren anzeigen, daß Ihr Schiff seinen Schirm nicht aktiviert hat. Ich halte es für höchst unwahrscheinlich, daß Sie mir so sehr vertrauen, Kirk, und das bedeutet, daß Ihre *Enterprise …*« – er sprach den Namen bewußt in einem öligen Tonfall aus – »…nicht über die Energie verfügt, ihn zu aktivieren … oder um irgend etwas anderes zu unternehmen, falls unsere Sensormessungen stimmen.« Er lehnte sich zurück, ein Bild der Zufriedenheit. »Und was den Rest angeht: Diebe und Saboteure sollten nicht glauben, sie seien in der Position, anklagend mit dem Finger auf jemanden zu zeigen.«

Kirk blinzelte überrascht. »Wie bitte?«

»Sie spielen den Idioten wirklich gut, Kirk«, sagte Telris lobend. »Aber diesmal retten Sie Ihr Leben und das Ihrer Mannschaft nicht. Ihre ›bedrohliche Situation‹« –

seine Stimme troff vor Ironie – »ist eine *romulanische* Raumstation, die ich aufgespürt habe und nun innerhalb der Grenzen der Föderation finde – begleitet nicht nur von einem Föderationsschiff, sondern sogar vom Juwel ihrer popeligen Armada.« Er deutete heftig mit dem Zeigefinger auf Kirk. »James Kirk, ich klage Sie an, in den romulanischen Machtbereich eingedrungen zu sein und eine romulanische Raumstation gestohlen und sabotiert zu haben...«

Kirk lachte brüllend, auch wenn ihm mulmig zumute war. »Diebstahl? Was glauben Sie denn, wie die Station hierhergekommen ist? Daß wir sie *abgeschleppt* haben? Die *Enterprise* verfügt nicht über diese Kraft! Tun Sie doch nicht so! Die Station wurde innerhalb unserer Grenzen verlassen und treibend aufgefunden.«

»Das würde jeder sagen, der eine ganze Mannschaft ermordet hat.«

»Ermordet?!« Kirk war von diesem Vorwurf so aus der Fassung gebracht, daß er die anderen völlig ignorierte.

»Unsere Sensoren melden Leben an Bord der Raumstation, aber nur vier Personen. *Vier,* Kirk. Zuvor war die Mannschaft über einhundert Mann stark. Ich nehme an, es sind Ihre Leute.«

»Das beweist doch nichts!« rief Kirk wütend, sprang auf, spürte eine Schmerzenswelle, trat auf den Bildschirm zu und ballte die Hände zu Fäusten. »Ich weise Ihre haltlosen Vorwürfe zurück! Wir haben die Station treibend und unbemannt innerhalb der Föderationsgrenzen entdeckt! Ich gebe gern zu, daß einige meiner Leute an Bord sind! Sie wurden ausgeschickt, um in Erfahrung zu bringen, wie die Station hierhergekommen ist – wo sie nicht hingehört.« Seine Stichelei schien Telris nicht im geringsten zu beeindrucken. »Meine Leute haben gemeldet, daß die Stationsmannschaft lange vor ihrer Ankunft tot war. Sie ist an Unterkühlung gestorben, die die Anwesenheit eines Lebewesens verursacht hat, das sich an Bord...«

»Ein Lebewesen – ach ja!« Telris lachte teuflisch. »Ersparen Sie mir Ihre Märchen, Kirk; machen Sie doch keinen Versuch, Ihre eigene Schuld mit Erfindungen zu tarnen. Ihre Schlagfertigkeit wirkt vielleicht bei den Schafen in der Föderation, aber nicht bei mir! Die Anklage steht, und Sie werden die Höchststrafe zahlen!«

Kirk hätte am liebsten auf irgend etwas eingeschlagen. Das war das Problem mit den Romulanern … Sie verdammten einen auch dann, wenn man unschuldig war. »Es ist die Wahrheit! Meine Leute haben es gesehen. Und mindestens einer von ihnen ist von diesem Wesen umgebracht worden. Wenn Sie nicht den Verstand haben, mir zu glauben, kann ich auch nichts dagegen machen. Machen Sie also weiter mit Ihren Behauptungen, Telris. Bringen Sie sämtliche Anklagen gegen mich bei der Föderation vor. Sie passen bestens zu meiner Gegenklage bezüglich Infiltration und Spionage. Jeder weiß, daß das romulanische Reich versucht, Spione in die Föderation einzuschleusen, aber ich hätte nie geglaubt, daß Sie über die schurkische Frechheit verfügen, den Versuch zu machen, einen Außenposten innerhalb unserer Grenzen aufzubauen!«

Telris applaudierte langsam und verächtlich. »Bravo, Captain Kirk. Eine gediegene Abschiedsvorstellung. Doch in einer Kleinigkeit haben Sie mich mißverstanden.«

Kirk kniff die Augen zusammen. Das Brückenpersonal hinter ihm, er spürte es, war angespannt und atemlos. »Ach ja?«

Der romulanische Captain nickte. »Ja. Ich habe nämlich nicht die Absicht, Sie bei der Föderation anzuklagen.« Er riß spöttisch die Augen auf. »Überrascht Sie das? Ja, so ist es wohl.« Er stand langsam auf. Unter anderen Umständen wäre Kirk wahrscheinlich von der schieren Präsenz des Mannes beeindruckt gewesen. »Ich kümmere mich lieber selbst um Probleme, wenn sie auftauchen. Ich sehe keinen Nutzen darin, die Behörden mit den Einzelheiten Ihrer Vernichtung zu belasten.« Er lächelte – ungefähr so, wie der Wolf, bevor er Rotkäppchens Großmutter verschlungen hatte. »Ich schätze mich glücklich, die *Enterprise* ohne Energie angetroffen zu haben. – Sicher«, fügte er in spöttischer Trauer hinzu, »es nimmt einem die Freude an der Jagd, aber es macht dem ganzen Spuk ein schnelles Ende.« Er lachte leise. »Doch zuerst werde ich mich um Ihr Außenteam kümmern.« Er winkte jemandem zu, den Kirk nicht sehen konnte. »Beamen Sie mit Ihren Leuten an Bord, Sacul.«

»Nein!« schrie Kirk. »Meine Leute sind unschuldig!«

»Innerhalb der Föderationsgrenzen lebt nichts Unschuldiges, Kirk!« fauchte Telris. Einen Augenblick später stieß jemand, der außerhalb der Aufnahmekamera saß, einen Schrei aus, und er fuhr herum. »Was?!« Seine Stimme wurde zu einem wütenden Heulen. »Dann holt sie zurück!«

Kirk hatte einen plötzlichen Verdacht, und seine Hoffnung stieg abrupt. Laut Spock benötigte das Geschöpf Zeit, um sich an *neue*, ihm unbekannte Nahrungsquellen anzupassen. Es war nicht unmöglich, daß es sich heißhungrig auf etwas stürzte, an das es sich nicht anzupassen brauchte. Die *Elizsen* und die *Reltah* waren beide von Romulanern gebaut worden...

»Ist irgend etwas, Captain Telris?« fragte er fröhlich und widerstand dem Drang, in einem hoffnungsvollen Wunsch die Finger hinter dem Rücken zu kreuzen.

Telris drehte sich um. Sein Gesicht war ein gefleckter Wirbel aus Zorn. »Was haben Sie gemacht, Kirk? Dafür bringe ich Sie um!« Seine Finger wurden zu Krallen, als könne er das weiche Fleisch von Kirks Hals unter den gekrümmten Nägeln spüren. »Wie haben Sie das gemacht?! Sie haben doch keine Energie! Wie haben Sie unseren Transporterstrahl unterbrochen?! Sie haben rauchende Fleischbrocken aus meinen Leuten gemacht, Kirk!« Er kreischte, seine Stimme wurde zu einem schrillen Schrei. »Dafür bringe ich Sie um. – *FEUER!*«

»*Scotty!*« Selbst wenn der Chefingenieur gezaubert hätte, um ihnen volle Kraft zu geben, er hätte den Schirm jetzt nicht mehr aktivieren können. Kirk bereitete sich auf die Druckwelle vor, die die *Enterprise* und ihre Mannschaft im Universum verstreuen würde. Doch es kam keine.

Telris schüttelte sich in zunehmender Wut auf dem Bildschirm, sein Gesicht war von Blut überströmt. Er wirbelte herum, und seine muskulösen Arme schlugen eines seiner Mannschaftsmitglieder zu Boden. »Nicht auf die Raumstation, du schwachköpfiger Idiot! Auf die *Enterprise!*«

Blut lief aus der zerrissenen Lippe des sich duckenden Romulaners. »Herr!« schrie er inständig und hob die Hände, um sein Gesicht zu schützen. »Ich habe auf das Schiff gezielt, Herr! Ich schwöre es! Ich kann es mir auch nicht erklären!«

»Dann entscheiden die Waffen heutzutage also von allein, was?!« Telris trat dem Schützen brutal in die Seite, dann riß er ihn am Arm hoch und warf ihn auf seinen Sitz zurück. »Es geht um dein Leben, du Tölpel! Feure auf die *Enterprise!* Sofort!«

Die bebenden Hände des Bordschützen fuhren über die Kontrollen. Trotz der schlechten Bildqualität konnte Kirk sehen, daß jegliche Farbe aus dem Gesicht des Romulaners wich. »Herr, wir haben einen Energieausfall! Die Waffensysteme versagen!«

Kirk fühlte sich unsäglich erleichtert. »Willkommen im Club, Telris. Sie werden jetzt Energie verlieren, bis alles nur noch minimal funktioniert. So, wie auf der Station.« Und wie auf der *Enterprise,* aber das wollte er ihm lieber nicht auf die Nase binden. Immerhin waren Mr. Scott und über hundert eifrige Besatzungsmitglieder im Maschinenraum tätig.

Telris fuhr herum und starrte den Bildschirm an. »Wenn das der Fall ist, setzen wir alle Energie ein, die wir noch haben, um das Universum von Ihnen zu befreien!« Er drehte sich um und versetzte dem Schützen einen klatschenden Schlag auf den Hinterkopf. Aus der Nase des Mannes lief Blut. »Die *Enterprise* rammen!«

Zu Kirks Entsetzen änderte sich die Flugbahn der Kriegsschwalbe. Sie kam auf die *Enterprise* zu und beschleunigte.

18

Pavel Chekov hockte zusammen mit den anderen auf einem Gitterlaufsteg im Maschinenraum der Raumstation und lauschte mit McCoy und Spock den Geräuschen der *Enterprise*, die die Theorie des Vulkaniers erprobte. Es würde einige Zeit dauern, bis alle Besatzungsmitglieder sich dort versammelt hatten, wo sie gebraucht wurden, und wahrscheinlich noch länger, bis ihre Körper als Puffer so viel bewirkten, um an den Schiffsgeneratoren eine Veränderung hervorzurufen. Aber wenn die Möglichkeit bestand, die Sache zum Funktionieren zu bringen, würde Scott sie finden. Chekov wußte, daß alles auf des Messers Schneide stand.

Sie waren wieder nach oben gegangen, um ein Stück Distanz zwischen sich und das Wesen zu bringen, ohne die Fähigkeit zu verlieren, die Folgen der Energie zu nutzen, deren Mr. Spock sich so sicher war. Er hatte natürlich recht behalten, was den Russen nicht sonderlich überraschte. In all den Jahren auf der *Enterprise* hatte er sich irgendwie daran gewöhnt, daß der Vulkanier bei den meisten Mutmaßungen richtig lag.

Es hatte ihnen allen gutgetan, Captain Kirks Stimme wieder zu hören. Chekov und McCoy hatten dicht beieinander gestanden und den Generator so gut wie möglich mit den Leibern geschützt, als Spock den Captain auf den neuesten Stand gebracht und ihm erklärt hatte, wie man weitermachen mußte. Nun war es nur noch eine Frage der Zeit.

Und so warteten sie.

Chekov stand da, die Arme auf das Geländer gestützt. Eine seiner Stiefelspitzen steckte zwischen zwei Stangen, und er starrte durch den riesigen Raum, ohne ihn eigentlich zu sehen. Die Störgeräusche der Verbindung zur *Enterprise* knisterten im Hintergrund. Er glaubte alle naselang eine Stimme zu erkennen: Kirk, der einen Befehl gab, Uhuras oder Sulus Reaktion. Einmal glaubte er sogar, Estanos Stimme zu hören, und er fragte sich, wie der Fähnrich sich in der Rolle als Sicherheitschef für einen Tag machte.

Sein Fuß bebte vor überschüssiger Energie. Am liebsten wäre er auf und ab gegangen, um seine Frustration abzubauen, aber Mr. Spock hatte betont, daß sie in der Nähe des Generators bleiben und dafür sorgen mußten, die Verbindung so lange wie möglich zu halten – oder bis die *Enterprise* sie mit einem stärkeren und deutlicheren Signal übernehmen konnte. So wie Chekov es verstand, mußte sich das Geschöpf, blockte man es erfolgreich ab, eine andere Nahrungsquelle als das Schiff suchen. Und wenn es, wie sie hofften, in der näheren Umgebung nichts fand, würde es ruhen und zu einem leichteren Entkommen beitragen.

Sein Blick wanderte nach unten und blieb auf Hallies stillem, reglosen Körper haften, der neben der leicht pulsierenden Form des Geschöpfs lag. Sorgen nagten an Chekovs Herz.

Der junge Russe hatte in der Zeit auf der *Enterprise* sehr viel gelernt. Die Landeunternehmen, an denen er teilgenommen hatte, waren wichtig für seinen Aufstieg in die begehrte Position des Sicherheitschefs gewesen. Am Anfang hatte er geglaubt, es sei das beste, keine dauernden Beziehungen zu den Männern und Frauen aufzunehmen, die gelobt hatten, ihr Leben für die Verteidigung des Schiffes und seiner Besatzung zu opfern. Er hatte gedacht, so würde es ihm leichter fallen, sie zu verlieren, falls für einen das Ende kam.

Er hatte in ziemlich kurzer Zeit gelernt, daß es unmöglich war, seine Theorie in die Praxis umzusetzen. Seine Leute waren ihm wegen der Rolle ans Herz gewachsen, die sie an Bord ausfüllten. Sie schwebten mehr als jeder andere täglich in der Gefahr, das Leben im Dienst der Flotte zu verlieren. Man würde ihnen nicht gerecht, wenn man sich von ihnen fernhielt, wenn man die Freundschaft ignorierte, die sie einem boten.

Chekov blickte Spock an. Der Vulkanier, ebenso von einem Schutzanzug geschützt wie er, spürte noch immer die verheerenden Wirkungen der Nahrungsaufnahme des Geschöpfs. Spocks Physiologie, die den Romulanern ähnlicher war als denen der Menschen, war dem Lebewesen vertrauter, deswegen entzog es ihm die Kraft weitaus schneller als McCoy oder ihm. Spock sah inzwischen schrecklich aus. Seine Haut war blaß, seine Bewegungen wurden immer lethargischer. Wenn die Dinge sich in den nächsten paar Stunden nicht anders entwickelten, würde es übel für ihn ausgehen.

»Was ist das, verdammt?«

McCoys Ausruf riß Chekov aus seinen Träumen, und ihm wurde bewußt, daß er schon seit einiger Zeit nicht mehr zugehört hatte. Er blinzelte und drehte sich um. McCoy und Spock musterten die Konsole. »Hat er etwas von einem *romulanischen* Schiff gesagt?«

Chekov trat näher an sie heran. »Was ist denn, Doktor? Was haben Sie gesagt?«

»Die *Enterprise* hat wohl unwillkommenen Besuch erhalten«, sagte Spock.

»Yeah«, knurrte McCoy. »Sieht so aus, als wären die Romulaner gekommen, um nach ihrem Schrott zu suchen.«

Sie lauschten angestrengt und verstanden trotz der vielen Störgeräusche genug von Kirks Worten, um zu wissen, daß sie alle in großen Schwierigkeiten waren.

Kirks Stimme wurde lauter, schriller, fordernder und skeptischer. »*Ermordet?!*« Sie musterten sich besorgt. Was sollte das heißen? Hatte man Kirk einen Mord vorgeworfen – oder war es umgekehrt? War schon wieder einer von ihnen ums Leben gekommen?

Es tat weh, nicht in der Lage zu sein, die Stimme des unsichtbaren Romulaners zu hören. Was sagte er da? Und noch wichtiger: Was würde er tun? Chekov wäre nie auf die Idee gekommen, daß die Romulaner *nichts* taten.

Er biß die Zähne zusammen und stieß den gemeinsten russischen Fluch aus, der ihm einfiel. Er verfluchte die Verbindung, weil sie nicht deutlicher war, verfluchte das Geschöpf, verfluchte die gesamte Raumstation. Er schaute die anderen an. Sie sahen nicht glücklicher aus als er. Spock beugte sich vor, lauschte angestrengt; vielleicht verstand er mehr von dem Gespräch, weil er besser hörte als sie. McCoy stand angespannt und unnatürlich da, schwankte zwischen dem Generator und Spock und wirkte so, als würde er sich am liebsten durch die Leitung quetschen und auf der *Enterprise* herauskommen. Chekov hatte sehr viel Verständnis für diesen Wunsch.

Dann drang Kirks Stimme wieder zu ihnen durch. Sie wurde lauter, weil er offenbar stinkwütend war. Dann verstummte er, wohl um sich anzuhören, was der Romulaner sagte. »Ach ja?« sagte er leise, dann war es wieder still. Chekov und die anderen warteten gespannt darauf, daß es weiterging.

Als es weiterging, wären sie beinahe alle in die Luft gesprungen. Kirks Stimme schrie »Nein!«, dann kam sofort das ärgerlich ansteigende, insektenhafte Winseln eines aktivierten Transporters.

»Jemand kommt an Bord!« sagte Spock warnend.

»Scotty?« fragte McCoy. Er drehte sich herum, als die Luft über dem Laufsteg anfing zu flimmern wie die Hitze über den berühmten Salzebenen im Todestal. Körnchen aus Licht und Farbe formten vier umgrenzte Räume. Sie erkannten die unbewegten, ernsten Gesichter romulanischer Soldaten, dann flackerte der Transporterstrahl in einem hellen Lichtblitz auf. Chekov riß die Hand hoch, um seine Augen abzuschirmen, dann blinzelte er über den gehobenen Arm hinweg und rümpfte wegen des Geruchs die Nase. Ein junger Romulaner, der sehr allein und ausgesprochen überrascht wirkte, stand in ihrer Nähe auf dem Laufsteg. Er blickte sich in kurzer Verwirrung um, dann sah er die Klumpen dampfenden Fleisches zu seinen Füßen. Ekel kräuselte seine Gesichtszüge, und er trat schnell beiseite, drehte sich um und erblickte die drei Männer von der *Enterprise.* Sie starrten sich einen Augenblick an, und die Zeit schien stillzustehen. Dann hob der Romulaner mit einem Fluch und einer glatten Bewegung eine Waffe in ihre Richtung.

»HINLEGEN!« brüllte jemand. Später war Chekov sich nicht sicher, ob er, Spock, McCoy oder sie es alle zusammen gerufen hatten. Sie hechteten alle in die ihnen zur Verfügung stehende magere Deckung; eine Explosion ließ die Raumstation erbeben und riß alle von den Beinen. Der Romulaner wankte wie ein Schiff in aufgewühlter See und stolperte mehrere Schritte zur Seite.

Hinter Chekov schrie McCoy auf, seine Stimme war ein jähes Wehklagen des Entsetzens. Chekov fuhr zu ihm herum; ein Strahl aus der Waffe des Romulaners hob ihn beinahe von den Beinen und warf ihn auf das Gitter zurück. Schmerz raste von seinem Arm zum Hirn. Er griff sich an die Wunde und sackte auf den Knien zu Boden.

Der Romulaner stand breitbeinig da und hob erneut seine Waffe. Er zielte nicht auf Chekov, sondern auf etwas, das hinter ihm war. »Laß ihn fallen, Vulkanier«, zischte er.

Chekov blinzelte fest gegen den Schmerz an, dann drehte er sich um, und sein Schweiß wurde eiskalt.

Als die Explosion die Raumstation erbeben ließ, wurde McCoy von den Beinen gerissen. Er griff nach dem dünnen Geländer, um sich an ihm festzuhalten, aber die

Hand glitt an den von dem Geschöpf erzeugten Rückständen ab. Unfähig, festen Halt zu finden, krachte er fest gegen das Gestänge und fiel seitlich darüber.

McCoy sah alles in Zeitlupe. Schwarzbehandschuhte Finger packten wie Klauen zu, suchten Halt und rutschten an glitschigen Metallstangen ab. Als er sich im Fallen drehte, schoß eine Hand durch die Stangen und faßte sein Gelenk. McCoy blieb mit einem Ruck in der Luft hängen, keuchte auf, und ein Schmerz riß durch seine Schulter, als die nun sein gesamtes Gewicht tragen mußte.

Spock. Die Finger des Vulkaniers griffen fest und schmerzhaft in McCoys Handgelenk und zogen ihn hoch. McCoy zuckte im Griff des Ersten Offiziers, seine eigenen Finger suchten nach Halt an Spocks Handgelenk und Unterarm, griffen panisch zu, umfaßten den schmalen Arm mit beiden Händen. Er schaute auf, seine Augen schwammen in Tränen aus Schmerz und Angst. Hoch über der winzigen lebensrettenden Verbindung ihrer beiden Hände, war Spocks Gesicht vor Anstrengung verzerrt, seine bleiche Wange fest an das Geländer gedrückt.

»Laß ihn fallen, Vulkanier.«

Spock wandte sich zu der Stimme um. Die Anstrengung ätzte tiefe Linien in sein asketisches Gesicht. »Das kann ich nicht«, sagte er einfach, als wäre es die logischste Antwort der Welt. Seine Finger verengten sich beruhigend um McCoys Gelenk. Wenn es nach Spock ging, würde er ihn niemals fallen lassen, aber der Verlust seiner Kraftreserven durch das Geschöpf hatte ihn geschwächt. Wie lange konnte er ihn wohl noch halten?

»Ich habe gesagt, laß ihn los«, wiederholte der Romulaner. »Oder *der hier* stirbt.«

»Spock…«, ächzte McCoy. Und dann war der Teufel los.

Von oben kamen die Geräusche eines Kampfes. Zwei Leiber stießen zusammen und fielen so schwer hin, daß beide Kämpfer vor Schmerz stöhnten. Stimmen schrien, aber McCoy konnte wegen des roten Nebels und der Schmerzen in seinem Arm nichts verstehen. Irgend etwas schlitterte über den Laufsteg, dann klatschte und knackte etwas so heftig, daß er zusammenzuckte.

Dann war plötzlich Lenos Gesicht neben Spock, sie drückte ihre Wange ans Eisen, legte sich neben dem Vulkanier auf den Boden, schob den rechten Arm durch das Geländer und langte nach unten. »Geben Sie mir die andere Hand!« sagte sie.

Der Schmerz tobte wie ein Lebewesen mit Reißzähnen in McCoys Schulter. Er biß sich wegen der Schmerzen auf die Lippe, ließ behutsam Spocks Unterarm los und ergriff die Rettung, die Lenos ausgestreckte Hand versprach. Wirbelnde Finger packten zu, wie wunderbar! Leno stemmte sich fest gegen das Geländer, und ihre dicken, starken Finger schlossen sich mit festem Griff um McCoys Handgelenk.

»Jetzt!« grunzte Spock. McCoy spürte einen Ruck, als sie seine schmerzenden Arme hochrissen. Sie setzten ihre freien Arme als Hebel ein, dann ihre Füße, und dann schwangen beide auf dem Absatz herum und zogen McCoy wie einen preisgekrönten Wels aus dem Mississippi.

McCoys Empfinden nach dauerte es eine Ewigkeit, bis er endlich die Stabilität des Eisens unter den Händen spürte. Er griff fieberhaft danach, drückte sein verschwitztes Gesicht an die Arme und zwang seine Finger, sich fest um die glatten Stangen zu schließen.

»Festhalten!« kommandierte Leno. »Gleich haben wir Sie!«

McCoy wußte nicht, wie es ihm gelang, aber er hielt lange genug durch, so daß sie zusammen über das Geländer greifen und ihn erneut packen konnten. Er klammerte sich fest an sie, und dann zogen ihn der Vulkanier und Leno in Sicherheit.

McCoy rutschte über das Geländer und fiel hart und

schmerzhaft zu Boden. Es war ihm gleich, daß es weh tat, es kümmerte ihn nicht, daß seine Arme taub waren und seine Schultern wie entsetzte Schafe blökten. Es war herrlich, den Schmerz zu spüren und zu wissen, daß man *lebte!*

Er hob ächzend eine Hand und konzentrierte sich auf die anderen. Spock war aschgrau, er schnappte heftig nach Luft.

»Wahrscheinlich hab ich jetzt Arme wie ein Neandertaler«, sagte McCoy keuchend. Er griff nach Spocks Hand, ohne unterscheiden zu können, ob er sie so fest drückte, wie er hoffte. »Spock ...« Er schluckte, um Speichel zu sammeln. »Falls ich je wieder etwas Gemeines über Sie sagen sollte ...« Er befeuchtete seine Lippen. »Und das halte ich für höchstwahrscheinlich ... Es ist nicht so gemeint.«

Spock holte rasselnd Luft. »Ich werde mich bemühen, es nicht zu vergessen«, erwiderte er leise, und seine andere Hand ruhte kurz auf McCoys Schulter.

»Und *Sie!*« McCoy konzentrierte sich auf Leno. Er hatte noch nie im Leben eine dermaßen schmutzige Frau gesehen. Ihre Kapuze war zurückgezogen, ihr Haar hing lose und verfilzt herab. Der rechte Ärmel ihres Schutzanzugs war von der Schulter abwärts zerrissen. Sie war von Kopf bis Fuß mit Dreck beschmiert. »Ich hätte nie gedacht ...!« Er schüttelte den Kopf. »Kommen Sie her.« Er beugte sich vor und überraschte sie, indem er sie heftig an sich drückte. »Was machen Sie überhaupt hier?«

»Ich hab doch gesagt, daß wir uns hier treffen«, sagte Leno, die mit leiser Stimme in sein Ohr sprach. »Vorsicht, Dr. McCoy, ich bin ziemlich schmutzig.«

»*Ziemlich* schmutzig?« McCoy setzte sich hin und schaute sie an. »Sie sehen aus – und Sie *riechen* auch so –, als wären Sie durch einen Abflußkanal gerobbt, um herzukommen!«

Lenos Lächeln war schief und nicht sehr glücklich. »Kann sein, daß ich da *auch* durchgekommen bin.«

Erst jetzt bemerkte er das getrocknete Blut unter ihren Fingernägeln und die Blutflecken an den Knien ihres Anzugs. »Leno!«

»Ich bin in Ordnung, Dr. McCoy«, versicherte sie ihm. »Es ist nicht mein Blut.« Ihr Blick verdüsterte sich. »Als ich aus der Liftkabine kam, mußte ich zu dem Schacht gehen, durch den wir raufgeklettert sind. Ich, äh... mußte Marksons Leichnam beiseite räumen, um an dem Wrack der Liftkabine vorbeizukommen.«

O mein Gott... McCoy hockte sich entsetzt auf die Unterschenkel. »Und was ist *passiert?*« Er schaute auf, konzentrierte sich zum ersten Mal auf den Raum und sah, daß Chekov eine Waffe auf den bewußtlosen Romulaner richtete, der – alle viere ausgestreckt – vor ihm auf dem Boden lag.

Chekov machte eine Geste mit der Waffe. »*Er* ist passiert. Aber nicht für lange. – Danke, Leno.«

Leno zuckte die Achseln. »Bin doch nur im richtigen Augenblick gekommen. Aber 'n Lob kann ich gebrauchen. Wir geben 'n tolles Team ab, Chef.«

»Ja, und was für eins.« Chekov krümmte sich.

»Sie sind verletzt!« McCoy rappelte sich auf, machte einen weiten Umweg um den bewußtlosen Romulaner und beeilte sich, Chekovs Arm zu untersuchen.

»Ist nicht schlimm, Doktor«, sagte Chekov tapfer. »Er wollte mich lähmen, nicht töten.«

»Ist mir Wurscht, was er wollte!« McCoy gönnte sich ein paar Augenblicke, um die Wunde zu verarzten. »Was war das für eine Explosion?« fragte er.

»Und wo ist Hallie?« fragte Leno und schaute sich um. Der Gesichtsausdruck der anderen sagte ihr, was sie wissen wollte, und sie schloß mit einem weltmüden Seufzer die Augen.

»Ich glaube, auf die Raumstation ist gefeuert worden«, sagte Spock.

»Das würde Jim nie tun«, sagte McCoy. »Doch nicht, wenn wir noch alle an Bord sind.«

»Der Captain hatte vielleicht keine Wahl in der Sache, wenn die Waffensysteme der *Enterprise* ebensolche Fehlfunktionen haben wie der Rest des Schiffes«, erwiderte Spock.

McCoy spitzte die Lippen. »Wie günstig. Wir können von unserem eigenen Schiff in den Orkus gewirbelt werden. Wir sollten verdammt glücklich sein, daß es kein Photonentorpedo war.«

»Sehr glücklich, Doktor. Angesichts des unangekündigten Auftauchens unseres Besuchers müssen wir die Möglichkeit in Betracht ziehen, daß das romulanische Schiff das Feuer auf die Station eröffnet hat.«

»Obwohl einer ihrer eigenen Leute an Bord war?« fragte Leno. »Das ist ja abartig!«

»Nicht dann, wenn sie die Station lieber verlieren als in die Hände der Föderation fallen lassen«, sagte Chekov. »Wir waren doch von solch einem Ende auch nicht weit entfernt.« Er informierte Leno schnell darüber, wie nahe die *Enterprise* der Selbstvernichtung gewesen war. Diese Neuigkeit ließ Leno in Schweigen verfallen, und sie setzte eine besorgte Miene auf.

McCoy brummte. »Tja, aber wieso hat die romulanische Waffe im Gegensatz zu den unseren funktioniert?«

»Ich nehme an, die Unmittelbarkeit der Situation hat sich zugunsten des Romulaners ausgewirkt«, erwiderte Spock. »Er kam gerade erst an Bord. Das Geschöpf braucht wohl wenigstens ein paar Sekunden, um die Nahrungsquelle zu erkennen, selbst wenn es mit ihr vertraut ist. Da er die Waffe so kurz nach seinem Auftauchen abfeuerte ...«

»Die Zeit war auf seiner Seite«, sagte Leno. Sie warf einen Blick auf die Waffe in Chekovs Hand. »Glauben Sie, sie funktioniert noch?«

»Unbekannt, Fähnrich.«

Leno setzte eine grimmige Miene auf. »Können wir sie nicht mal an ihm ausprobieren, damit wir es wissen?«

»Ich glaube, es wäre eher von Vorteil, unseren Freund

zu wecken, um zu sehen, was er zu erzählen hat«, meinte Chekov. Er stupste den Besinnungslosen mit der Stiefelspitze an und warf McCoy einen Blick zu. »Doktor?«

»Ich halte es für eine ausgezeichnete Idee, Lieutenant.«

Spock rührte sich. »Während Sie es tun, versuche ich, Verbindung zur *Enterprise* aufzunehmen, um zu erfahren, was passiert ist. Ich nehme an, daß die Romulaner, wenn sie auf die Station gefeuert haben, möglicherweise auch das Schiff beschossen haben. Und es hat keinen Abwehrschirm.«

»Aber wenn Ihre Idee funktioniert, Spock, und die *Enterprise* in der Lage ist, Energie aufzubauen ...«

»Ich bezweifle sehr, daß das Schiff die Zeit hat, genügend Energie aufzubauen, um es gegen einen direkten Angriff abzuschirmen, Doktor.«

»Moment noch«, unterbrach Leno. »Das Schiff hat jetzt Energie? Wann ist das passiert?«

»Ist eine lange Geschichte, Fähnrich«, erwiderte Chekov.

Spock kam müde auf die Beine, und McCoy stand mit ihm auf. »Spock, wir müssen Sie schleunigst hier rausbringen«, sagte er leise. »Das Geschöpf zapft ihre letzten Reserven an.« Er brauchte nicht einmal seinen Medoscanner, um zu sehen, wie schlecht es dem Vulkanier ging.

»Wir können den Generator nicht verlassen, solange er uns noch einen dürftigen Kontakt mit der *Enterprise* bietet, Doktor«, sagte Spock ruhig. »Und wenn ich anderswo hingehe, bringt es uns wenig ein. Wenn wir nicht gerettet werden, spielt es in Kürze keine Rolle mehr.«

McCoy hätte am liebsten geflucht und etwas gegen die Logik des Vulkaniers gesagt, aber es war, wie üblich, sinnlos, denn Spock hatte recht. »Ich habe kein Stimulans mehr, Spock«, sagte er entschuldigend. »Ich habe es Hallie gegeben, als ich sie wiederbeleben wollte.«

»Das war auch richtig so. Machen Sie sich keine Vorwürfe, Doktor.«

McCoy schaute dem Vulkanier verständnisvoll in die Augen. »Tu ich nicht, Spock.« Er räusperte sich. »Tja, dann versuchen Sie mal, mit Jim in Verbindung zu treten, und sagen Sie ihm, daß es uns gut geht. Wir kümmern uns schon um diesen Typen da.«

»Danke, Doktor.« Spock wandte sich um und blieb vor dem Generator stehen. Seine Hände lagen auf den Kontrollen.

McCoy drehte sich zu den anderen um. »Leno, könnten Sie mir bitte assistieren?«

»Gern, Dr. McCoy.« Sie zog den Romulaner an den Achselhöhlen hoch, kniete sich hinter ihn, legte einen Arm fest unter sein Kinn, nahm ihn in den Schwitzkasten. Als sie fertig und ihres Griffes sicher war, nickte sie.

McCoy schüttelte den Romulaner, bis dieser sich benommen rührte und die Augen aufmachte. Als er sah, daß zwei Föderationsoffiziere ihn musterten und seine Waffe auf seinen Brustkorb gerichtet war, wollte er auf die Beine springen, aber Leno hielt ihn fest und drückte ein erhobenes Knie gegen sein Rückgrat. »Na los«, murmelte sie ihm leise ins Ohr. »Liefer mir doch 'n Motiv.« Sie drückte ihn an sich und ließ ihn den Druck des Knies am Rückgrat und die Festigkeit ihres Griffes spüren. »Du weißt, daß ich es kann, und du weißt, daß ich es *tue,* wenn du mir einen Grund lieferst.«

»Das reicht, Fähnrich«, sagte Chekov leise. Er hielt die Waffe auf den Bauch des Romulaners gerichtet. »Sie brauchen den Gefangenen nicht zu quälen.«

»Gefangenen?!« Der Romulaner fauchte wie eine wütende Katze und wehrte sich gegen Lenos Griff. »Sie haben kein Recht ...«

»Wir haben jedes Recht!« zischte Chekov, und Lenos Griff wurde noch fester. »Sie sind bewaffnet an Bord dieser Station gebeamt ...«

»Um etwas zu beschützen, das uns gehört! Um Ihren Verwüstungen an Bord einer romulanischen Station ein Ende zu machen! Was haben Sie mit der Mannschaft gemacht?«

McCoy beugte sich vor. »Tja, mein Sohn, es sieht so aus, als wären wir die einzigen, die in der Position sind, Fragen zu stellen. Dann erzählen Sie uns also mal, was eine romulanische Raumstation im Gebiet der Föderation zu suchen hat?«

»Die Föderation ist von Dieben und Lügnern bevölkert! Sie haben die Station aus der Neutralen Zone entführt und die Besatzung ermordet, um an unsere Geheimnisse heranzukommen! Sie werden bei Ihrem Versuch, uns zu beherrschen, keinen Erfolg haben!«

Chekov beugte sich vor und drückte die Mündung der romulanischen Waffe gegen die Brust des Gefangenen. »Halt die Klappe«, sagte er müde und wirkte nicht im geringsten überrascht, als der Fremdling den Mund mit einem fast hörbaren Schnappen schloß. Chekov schaute die anderen an. »Haben wir eine Möglichkeit, ihn zu fesseln?«

»Tja …«

»Das Material, aus dem unsere Anzüge bestehen, ist sehr stabil. Wir können das, was von meinem Ärmel übrig ist, dazu verwenden, ihm die Hände und die Beine zu fesseln.«

»Klingt ausgezeichnet, Fähnrich«, sagte Chekov. »Erinnern Sie mich daran, daß ich Ihnen eine Belobigung ausspreche, wenn wir wieder auf der *Enterprise* sind.«

»Sie sind der Chef.« Chekov riß die Fetzen ihres Ärmels ab und band sie rasch um die Gelenke des Fremdlings. »Muß dir stinken, von den eigenen Klamotten gefesselt zu werden«, schnurrte sie grinsend in sein Ohr. Sie hielt McCoy den Arm hin, damit er den Rest ihres Ärmels abriß. Erst als der Romulaner fest verschnürt war, löste sie den Griff um seinen Hals und wich zurück. Sie massierte ihren Arm, betrachtete stolz ihre Arbeit und schaute auf. »Haben Sie eigentlich irgendeine Spur von dem Lebewesen gefunden, das wir gesehen haben?«

Chekov und McCoy tauschten einen Blick, und der Sicherheitschef streckte eine Hand aus, um Leno aufzuhelfen. »Das kann man wohl sagen, Fähnrich.« Er zog sie an den Rand des Laufganges, damit sie in den Maschinenraum hinabsehen konnte.

McCoy beobachtete das starke Spiel der Gefühle auf Lenos Gesicht, als sie das Geschöpf zum ersten Mal richtig zu sehen bekam. Sie wollte mehrmals etwas sagen, doch sie verstummte jedesmal, bevor ihre Bemühungen Früchte trugen. Schließlich drehte sie sich um, legte den Kopf zur Seite und musterte den wachsamen Romulaner. »Hat er das Ding schon gesehen?«

»Bei dem Kuddelmuddel, das seine Ankunft begleitet hat, hat er es wohl nicht bemerkt«, erwiderte McCoy.

»He, das mußt du sehen!« Leno ging zu dem Romulaner hinüber und packte seinen Arm. Der Mann sträubte sich, aber sie gab nicht nach und schleifte ihn ans Geländer. »Ich werf dich schon nicht runter«, versicherte sie ihm, obwohl McCoy annahm, daß die Vorstellung ihr bestimmt gefiel. »Ich möchte dir nur beweisen, daß die Föderation hier ihre Finger nicht im Spiel hat.« Sie zerrte ihn hoch und drehte sein Gesicht zur Seite. »Was hältst du davon?«

Die Reaktion des Romulaners fiel nicht anders aus als ihre eigene. Er riß die Augen auf und stierte, als sei er nicht fähig, die schiere Größe des Lebewesens zu erfassen. »Was ist das für ein Ding?« murmelte er schließlich.

»Wir wissen es nicht genau«, sagte McCoy. »Wir wissen nur, daß es die Energie der Station angezapft hat.«

Der Romulaner schaute McCoy an. »Ist die Besatzung tot?«

McCoy zögerte. Er wägte die Faktoren ab, diese Information preiszugeben, dann schloß er, daß es keine große Rolle mehr spielte. »Ja.«

»Und das Geschöpf hat sie umgebracht.« Es war eher eine Feststellung als eine Frage.

»Es hat ihnen die Energie entzogen«, sagte McCoy. »So, wie es Spock die Energie entzieht. So, wie es uns allen die Energie entziehen wird.«

»Es muß doch eine Möglichkeit geben, es zu vernichten!«

»Wir wollen es nicht vernichten«, fauchte McCoy. »Und selbst wenn wir es wollten, weiß ich nicht, ob wir es könnten.«

Der Romulaner hatte die Verwegenheit zu lachen. »Ihre Flotte wird Sie schon decken!«

»He!« sagte Leno wütend, zog an seinen Fesseln und verschrammte ihm die Handgelenke. »Meinen Sie das im Ernst, Doktor? Haben wir noch eine Chance, hier rauszukommen?«

»Wenn alles nach Mr. Spocks Plan geht«, versicherte er ihr. »Scotty verändert die Energiemuster der Schiffstriebwerke so schnell, daß das Geschöpf sich nicht darauf einstellen kann, sie anzuzapfen. Wenn es klappt, kommen wir hier raus.« Er klopfte ihr auf die Schulter. »Keine Bange.«

Tja, Leonard, alter Knabe, so klingen sie nun mal, die berühmten letzten Worte.

19

Scotty!« schrie Kirk entsetzt auf, als er sah, daß die Kriegsschwalbe auf sie zukam.

»Energie kommt«, ertönte die freudige Stimme des Chefingenieurs aus dem Maschinenraum. »Wenn Sie mir noch ein paar Minuten mehr geben können, Sir, müßten wir in der Lage sein …«

»Wir haben keine paar Minuten!« brüllte Kirk. »Sulu – Ausweichmanöver! Z minus zehntausend Meter! Sofort!«

»Aye, Sir!« rief der Steuermann.

Ahhh, ging das langsam! Es tat Kirk weh. Seine Erinnerung betraf ein ruhmreiches Schiff, das seine Befehle wie der Blitz ausführte – nicht diese träge Kiste, die kaum von der Stelle kam. Das romulanische Schiff stürzte ihnen weiter entgegen, und Kirk dankte Gott und dem Geschöpf, daß die Waffensysteme der *Elizsen* den Abschied eingereicht hatten. Er betete, daß es dabei blieb. Wenn die *Enterprise* es überhaupt schaffte, dem Angriff der *Elizsen* auszuweichen, dann bestimmt nur um wenige Zentimeter.

»Sulu! Wir brauchen einen Abwehrschirm!«

»Nichts zu machen, Captain, wenn wir unsere Flugbahn beibehalten wollen!«

Es war ihre beste Wahl aus einem Sack voller fauler Nüsse. Der Schirm würde minimal ausfallen und der Hauptlast des Angriffs der *Elizsen* niemals standhalten. Doch vielleicht hatten sie mit etwas Manövrierbarkeit eine Chance. »Festhalten!« befahl Kirk.

Die notwendigen wenigen Zentimeter wurden ihnen nicht gewährt. Die *Enterprise* sank unter die Buglinie des romulanischen Schiffes, doch eine Schwinge der Kriegsschwalbe ratschte heftig über den Rand der Untertassensektion.

Das durch den Rumpf ziehende Ächzen ließ Kirk auch dann noch mit den Zähnen knirschen, als die Sirene aufzuheulen begann. »Uhura! Schadensmeldungen! – Scotty, ich brauche Saft!«

Scotts Stimme aus dem Maschinenraum übertönte alles, was Uhura von ihrem Posten aus meldete. »Ich gebe Ihnen alles, was wir im Moment haben, Captain! So schnell geht es nun auch wieder nicht ...«

»Ich habe in der Sache keine große Wahl, Mr. Scott! Holen Sie mehr Leute zu sich rein oder ändern Sie, wenn es sein muß, öfter die Frequenzen, aber geben Sie mir Energie! Geben Sie Bescheid, sobald Sie genug für das Impulstriebwerk haben!«

Scotts Seufzer war ein Rasseln in seiner Brust. »Aye, Sir!« Die Leitung war tot.

»Sulu, wo ist das Schiff?«

Der Steuermann arbeitete fieberhaft an den Kontrollen, die gerade eben so funktionierten. »Schwenkt langsam über uns herum, Captain. Könnte auf unsere Höhe sinken.«

»Können Sie eventuelle Schäden erkennen?«

»Im Moment nicht, Sir.«

»Auf den Schirm mit ihr.« Die Kameras lieferten Bilder, deren Empfang nur wenig besser war als zuvor. Die *Elizsen* drehte bei.

Kirk fuhr sich wütend mit den Händen übers Gesicht und raufte sich die Haare. Was jetzt? Welchen Schachzug würden die Romulaner als nächstes tun, und was konnte er mit einem Schiff dagegen unternehmen, das so wenig Kraft hatte? Kirk beobachtete das romulanische Schiff mit zusammengekniffenen Augen. Die Anspannung der Lage machte ihn fast wahnsinnig. Was ging da oben vor sich? Worauf wartete Telris?

Er war etwas überrascht, daß der romulanische Captain nicht verlangte, daß sie sich ergaben, auch wenn ihm das nur wenig einbringen konnte. Kirk hatte ebenso wenig vor, die *Enterprise* den Romulanern auszuliefern, wie Telris bereit war, die Raumstation in die Hände der Föderation fallen zu lassen.

Die *Elizsen* hockte über ihnen wie ein Falke über einem Huhn, doch sie rührte sich nicht. War irgend etwas durchgebrannt? Waren Telris und seine Mannschaft mattgesetzt? Eine grauenhafte Vorstellung, aber Kirk hatte nichts dagegen einzuwenden.

Na, komm schon, dachte er und schickte seinen Ruf durch das trennende Vakuum zu dem Geschöpf im Innern der Raumstation. *Hier gibt's was zu futtern. Hast du keinen Hunger? Es sind Romulaner. Die haben dir doch auch sonst geschmeckt.*

»Uhura...« Kirks leise Stimme klang leicht drängend. »Versuchen Sie, Verbindung mit dem Außenteam aufzunehmen.« Was war an Bord der verfluchten Raumstation passiert? War bei dem Beschuß jemand verletzt worden?

Uhuras Finger tanzten geschickt über die Konsole und bemühten sich, Energie aus den erschöpften Speichern zu holen, um die Gestrandeten zu erreichen. Kirk erwartete nicht viel, deswegen war er um so überraschter, als ihr Gesicht sich erhellte. »Ich habe Mr. Spock, Sir! *Er* hat Verbindung zu uns!«

Kirk empfand große Erleichterung. Er klammerte sich so fest an die Armlehnen, daß seine Knöchel weiß hervortraten. »Durchstellen, Uhura. Und machen Sie's so laut, wie es geht.«

»Jawohl, Sir. Sprechen Sie.«

»Spock?«

»Hier, Captain.« Ach, dieser ruhige, logische Tonfall! Es gab viel, das Kirk wissen und fragen wollte, aber der Vulkanier unterbrach ihn und gab ihm die notwendigen Informationen mit der Sorgfalt eines Apothekers.

Es ging ihnen gut. Das Geschöpf war noch da. Der

plötzliche Angriff auf die Raumstation hatte ihm offenbar nicht geschadet, doch aus irgendeinem Grund, den niemand verstand, erzeugte es einen summenden Ton. Leno war wieder zu ihnen gestoßen. Mit ihrer Hilfe war es ihnen gelungen, den Generator besser abzuschirmen, deswegen hatten sie auch die *Enterprise* anfunken können, aber es gab keine Garantie, wie lange ihr Glück noch anhielt.

Kirk war überrascht, als McCoy sich in das Gespräch einmischte. »Jim, was ist mit dem romulanischen Schiff los?«

»Woher wißt ihr davon?«

»Sagen wir mal, man hat uns ein kleines Geschenk in Gestalt eines romulanischen Soldaten geschickt. Einen intakten, meine ich. Die anderen würdest du dir sicher nicht gern ansehen. Und wehe, du erzählst mir noch mal, Transporter wären völlig sicher.«

»Würde mir nicht einfallen. Ist er in Ordnung?«

»Er ist heil, falls du das meinst. Und solange wir Leno daran hindern, sich auf ihn zu stürzen, bleibt es auch dabei. Aber er könnte deine Verhandlungsposition stärken, wenn es nötig ist.«

Kirk gefiel der Lauf der Dinge plötzlich. »Spock, halten Sie die Frequenz zum Schiff frei, so lange Sie können. Uhura, funken Sie die *Elizsen* an. Ich möchte mit Captain Telris sprechen. *Sofort.*«

»Aye, Sir.« Uhura hielt ihren Ohrstöpsel mit der Hand fest. »*Enterprise* an Captain Telris.« Sie warf Kirk einen Blick über die Schulter zu, und ihr Gesichtsausdruck brachte ihn beinahe zum Lachen. »Oi, ist das eine rüde Type. Sprechen Sie, Captain, aber seien Sie auf das Schlimmste gefaßt.«

»Bin ich doch immer, Lieutenant. Legen Sie ihn auf den Bildschirm.« Das Bild zeigte das raucherfüllte Innere der Zentrale der *Elizsen.* Allem Anschein nach erging es den Romulanern nicht besser als der *Enterprise.* Es tat Kirk gut, dies zu sehen.

Telris musterte ihn mit einem finsteren Blick. »Wollen Sie sich ergeben, Kirk?«

Kirk schnaubte geringschätzig. »Aber nein, Telris.« Er verschränkte provozierend die Arme vor der Brust. »Ich dachte, Sie sollten wissen, daß meine Leute auf der Raumstation einen Gefangenen gemacht haben. Einen *romulanischen* Gefangenen.«

»Einen romulanischen?!« Telris' fleischige Finger krallten sich in die Lehne seines Sessels. »Auf der *Reltah* leben keine Romulaner mehr! Unsere Sensoren haben es angezeigt!«

»Sie sollten sie mal überprüfen lassen.« Kirk empfand große Freude dabei, den romulanischen Captain so in die Enge zu treiben. »Der Gefangene, den sie haben, ist der einzige Überlebende Ihres Enterkommandos.«

»Beweisen Sie es mir«, sagte Telris und schob arrogant das Kinn vor.

»Seien Sie mein Gast, Telris. Ich spreche jetzt mit der Raumstation. Mein Erster Offizier wartet darauf, mit Ihnen zu reden.«

Telris' Antwort bestand aus einem wortlosen Grollen. »Geben Sie mir die Raumstation!« befahl er irgend jemandem, der hinter ihm saß, und kurz darauf ertönte Spocks Stimme so deutlich, daß alle sie hören konnten.

»Hier spricht Spock, der Erste Offizier des Föderationsschiffes *Enterprise.* Wie kann ich Ihnen helfen, *Elizsen?*«

»Lassen Sie mich mit meinem Untergebenen sprechen!« verlangte Telris.

»Gewiß. Einen Moment, bitte.« Sekunden später vernahm Kirk eine ihm fremde Stimme.

»Herr? Hier ist Orrien.«

»Sie haben den Transport also *tatsächlich* überlebt.«

»Ja, Herr. Leider gilt das nicht für meine Kameraden.«

Telris' Blick fuhr zu Kirk zurück, und der Captain der *Enterprise* dachte einen Moment lang, der Romulaner würde erneute Vorwürfe gegen die Föderation erheben und sie als Mörder bezeichnen. Es überraschte ihn, daß Telris nichts sagte. Vielleicht glaubte er allmählich, daß Kirk doch nichts mit dem Ableben seiner Leute zu tun hatte.

»Sind Sie Gefangener der Föderation?«

Eine kurze Pause. »Ja, Herr.«

Falls Telris zu diesem Thema noch etwas zu sagen hatte, ließ er es sich nicht anmerken. »Kirk hat mir eine Geschichte erzählt, Orrien. Von einem Lebewesen an Bord der Raumstation.« Er warf Kirk einen herausfordernden Blick zu, den dieser, ohne mit der Wimper zu zucken, erwiderte.

»Es ist keine Geschichte, Herr. Ich habe das Lebewesen selbst gesehen.«

Kirk hätte gern ein Foto von Telris' Gesicht gemacht, als dieser die Nachricht hörte. »Werden Sie gezwungen, etwas Bestimmtes zu sagen, Orrien?«

»Nein, Herr. Selbst wenn man mich mit dem Tod bedrohen würde, würde ich die Wahrheit sagen. Es ist tatsächlich ein Lebewesen an Bord der Station. Es ist riesengroß und nimmt den größten Teil des Maschinenraums ein. Man hat mir erzählt …« Er brach ab. Kirk vernahm leise Stimmen im Hintergrund, als unterhielte Orrien sich mit seinen Bewachern über einen bestimmten Punkt der Sachlage. »Herr, der Vulkanier sagt, daß sich das Geschöpf von Energie ernährt, und die Mannschaft deswegen tot ist. Man sagt, daß unserem Schiff das gleiche passieren könnte.«

»Seien Sie versichert, Orrien, daß unserem Schiff nichts Derartiges zustoßen wird.«

Kirk schüttelte den Kopf. Und er hatte sich schon für frech gehalten! War Telris denn so blind, daß er das Offensichtliche ignorierte?

»Doch wenn das Geschöpf wirklich zur Schwächung der *Reltah* beigetragen hat«, fuhr der romulanische Captain fort, wobei er seinen Blick auf Kirk heftete, »und es tatsächlich eine so große Gefahr für Schiffe ist, muß es vernichtet werden, bevor es weiteren Schaden anrichten kann.«

»Das können wir nicht tun, Telris«, mischte sich Kirk in das Gespräch ein. »Das Lebewesen ist anders als alles, was uns je begegnet ist. Wir haben Grund zu der Annahme, daß es empfindungsfähig sein könnte.«

»Sein *könnte?* Sein *könnte,* Kirk?« Telris machte eine ungehaltene, abwehrende Handbewegung. »Für so was habe ich keine Zeit. Das Lebewesen ist eine Bedrohung und muß ausradiert werden.«

Spock meldete sich zu Wort. »Captain – einer Ihrer eigenen Wissenschaftler, ein Dr. Rinagh, hat Aufzeichnungen über die Intelligenz des Wesens gemacht, und ...«

»Ich habe keine Zeit, mir das anzuhören. Es ist mir egal, ob es intelligent ist oder nicht! Es bedeutet mir nichts. Von mir aus könnte es sogar die Zentralregierung eines Planeten sein. Mich interessiert nur eins: daß es für uns eine Gefahr darstellt! Deswegen muß es vernichtet werden!«

»*Nein*«, sagte Kirk heftig. Telris riß überrascht die Augen auf. Als der Romulaner lachte, drosch Kirk mit der Hand auf die Lehne seines Sessels. »Verdammt noch mal, Telris! Ich bin Raumschiffskommandant, kein Philosoph! Aber ich weiß, Sie können das Universum nicht verändern, nur weil es nicht Ihrer persönlichen Sichtweise entspricht! Das Wesen hat ebenso viel Lebensrecht wie wir. Ich bin ebenso wenig auf den Tod versessen wie Sie, aber wenn es eine Möglichkeit gibt, das Wesen nicht zu töten, müssen wir sie nutzen!«

»Besteht Ihre ganze Flotte aus solchen Weicheiern?« fragte der romulanische Captain leise. »Das Wesen saugt Ihnen die Energie ab, Kirk.« Kirk biß sich nachdenklich auf die Lippe. Trotz seines ursprünglichen Verlangens, das Wesen zu töten, um seine Leute zu retten, wußte er, daß das, was er Telris gerade gesagt hatte, richtig war. Wenn es eine Möglichkeit gab, mußte das Wesen überleben. Die Föderation konnte von einem solchen Geschöpf eine Menge lernen. Und wenn es *mehr* als nur rudimentär empfindungsfähig war, waren die Möglichkeiten grenzenlos. Vielleicht konnten Telris und er Verhandlungen …

Mit einem Romulaner verhandeln?

Kirk holte tief Luft. »Telris, ich möchte Ihnen ein Geschäft vorschlagen.«

Der Romulaner schaute mißtrauisch drein. »Was für ein Geschäft, Kirk?«

»Meine Leute halten auf der Raumstation einen Ihrer Leute gefangen. Sie können ihn unverletzt zurückkriegen, wenn Sie versprechen, das Geschöpf in Ruhe zu lassen und nicht zu belästigen.«

»Und die Alternative?«

»Sie haben keine Alternative.«

»Was ist mit der *Reltah?* Sie sind doch wohl nicht so närrisch, daß Sie glauben, ich lasse sie in den Händen der Föderation zurück?«

»Momentan ist sie allein in den Händen des Wesens, Telris.« Hatte das Geschöpf überhaupt *Hände?* »Lassen Sie es in Ruhe, und ich garantiere Ihnen, daß Ihre und unsere Wissenschaftler die Sache gemeinsam untersuchen – und daß die *Reltah* wieder in Ihr Territorium zurückgebracht wird.« Tja, er überschritt ein wenig seine Kompetenzen, wenn er dieses Versprechen abgab, aber er nahm nicht an, daß die Flotte ihm deswegen den Kopf abbeißen würde.

Telris nickte plötzlich. »In Ordnung, Kirk. Einverstanden.«

»Schön.«

»Orrien?« rief Telris.

»Ja, Herr?«

»Sie leisten Unterstützung bei allem, was getan werden muß.«

»Jawohl, Herr!«

Pille meldete sich über die Verbindung. »Wenn das keine Nachbarschaftshilfe ist!«

Telris nickte seinem Steuermann zu. »Auf sichere Distanz zurückziehen.«

»Jawohl, Herr!«

Kirk wartete, beobachtete Telris und fragte sich, wieso die Verbindung noch immer bestand. Dann erinnerte er sich an ein bestimmtes Wort des Romulaners. »Sicher? Was soll das heißen, *sichere* Distanz?«

Telris verschränkte die Arme vor der Brust und hob das Kinn. »Das Lebewesen wird vernichtet, Kirk – auch wenn es bedeutet, daß die *Reltah* dabei draufgeht.«

Kirk starrte ihn an. »Ich dachte, das hätten wir gerade geklärt!« Sie können doch kein Lebewesen vernichten, nur weil es nicht in Ihre Pläne paßt.«

Telris setzte das öligste Lächeln auf, das Kirk je gesehen hatte. »Warten Sie mal ab.« Er winkte jemandem außerhalb des Bildschirms zu. »Trotz der angegriffenen Systeme braucht die *Elizsen* nicht viel Energie, um die kodierte Selbstvernichtung an Bord der Raumstation zu aktivieren.«

»Was?!« Kirk sprang auf die Beine.

»Sie glauben doch wohl nicht, daß ich Ihren Beteuerungen glaube, Kirk. Ich werde das Risiko nicht eingehen, daß die *Reltah* in die Hände der Föderation fällt. Und was das Lebewesen angeht, so gibt mir seine Gegenwart um so mehr Grund, die Station zu vernichten. Das romulanische Reich hat Sondergesetze, was den Umgang mit unseren Außenposten betrifft.«

»Sie können die Station doch nicht sprengen! Es sind Menschen an Bord!«

»Ach ja?« Telris schien das völlig egal zu sein. »Aber nur einer von ihnen gehört zu uns, und sein Leben ist mir so viel wert wie das all Ihrer Leute.«

»Was ist mit *Ihrem* Schiff?« fragte Kirk. »Was ist mit Ihrer Mannschaft?«

Telris machte eine träge Handbewegung. »Wir werden nicht sterben, Kirk. Die *Elizsen* hat die Energie, um sich in eine sichere Entfernung zurückzuziehen. Schade, daß

Sie es nicht auch können.« Er machte eine Geste über die Schulter hinweg. »Selbstvernichtungssequenz der Raumstation aktivieren.«

»Selbstvernichtungssequenz der Raumstation aktiviert, Herr«, erwiderte der Steuermann.

Telris musterte Kirk von oben herab. »Wird mir eine Freude sein, der Vernichtung des Flaggschiffes der Föderationsflotte beizuwohnen. Es ist eine Schande, daß die Prokonsulin nicht hier ist, um es ebenfalls zu sehen.«

»Telris!« schrie Kirk und ballte vor Wut die Fäuste.

Der romulanische Steuermann räusperte sich nervös. »Herr?«

Telris funkelte ihn an. Sein Triumph blieb ihm in der Kehle stecken. »Was ist denn?«

»Die Energiesysteme versagen, Herr.« Der Steuermann sah so aus, als sei er überall lieber als in der Reichweite der Arme seines Vorgesetzten. Seine Hände flogen hilflos über die Kontrollen. »Wir werden langsamer!«

»*Was?!*« Telris' Augen blitzten wütend auf. »Selbstvernichtung der Raumstation deaktivieren!«

»Unmöglich, Herr! Detonation in zwanzig Minuten!« Der Steuermann duckte sich, als Telris' Arm dicht an seinem Kopf vorbeipfiff.

»Wer ist denn nun der Gelackmeierte, Telris?« krähte Kirk fröhlich. Er freute sich zwar nicht über die Probleme, aber zumindest waren die Chancen nun gleich verteilt. »Spock! Sie haben zwanzig Minuten, um dort wegzukommen! Haben Sie Zugriff auf irgendeine Fähre?«

»Laut den Plänen, die ich gesehen habe, nicht, Captain.« Einen Moment lang schien man sich auf der Raumstation eiligst zu beraten, dann war Spocks Stimme wieder da. »Orrien sagt, daß sich an Bord Rettungskapseln befinden. Vielleicht können wir sie mit Hilfe des Generators abwerfen, aber es ist unwahrscheinlich, daß wir der Druckwelle rechtzeitig entkommen.«

»Dann werden wir Sie irgendwie rausholen!« Kirk wirbelte herum. »Rand!«

»Hier Rand«, kam die Stimme über den Lautsprecher.

»Wenn Sie mehr Energie haben, suchen Sie weiter nach dem Signal des Außenteams! Sobald Sie es anpeilen, holen Sie sie da raus!«

»Jawohl, Sir!«

»Scotty, wir brauchen in zwanzig Minuten Impulskraft, sonst bleibt nicht mehr genug von uns übrig, das man zusammenflicken kann!«

»Ich arbeite dran, Captain!« schrie der Chefingenieur aus den Tiefen des Schiffes. »Ich arbeite so schnell ich kann!«

Kirks Verstand raste. Ob das schnell genug war?

20

Orriens gefesselte Hände reckten sich Spock bittend entgegen, als dieser dazu ansetzte, den Generator schnellstens von der Leitung abzuklemmen. »*Bitte*«, sagte der Romulaner. »Es besteht die Möglichkeit, daß unsere Flucht nicht gelingt. Geben Sie mir bitte einen Augenblick, um mich von meinen Leuten zu verabschieden.«

»Dafür haben wir keine Zeit, Spock«, sagte McCoy drängend. Er stand bereits am oberen Treppenabsatz, warf einen bewundernden Blick auf das Lebewesen und hoffte, daß es nicht viel Schmerzen empfand, wenn das Ende kam. Zwanzig Minuten konnten verdammt schnell verstreichen, wenn die Zeit drängte.

Spock schaute dem jungen Romulaner in die Augen. Irgend etwas Unausgesprochenes ging zwischen ihnen vor. Dann nahm Spock die Hände vom Generator. »Sie haben dreißig Sekunden.«

»*Spock ...*«

»Danke.« Orrien beugte sich über das Mikro. »Captain Telris, hören Sie mich?«

Die Verbindung kam sofort zustande, auch wenn sie nun, da die Systeme der *Elizsen* betroffen waren, etwas knisterte. »Was ist, Orrien?« Telris klang aufgebracht, was sehr verständlich war.

Orrien sprach schnell auf romulanisch mit ihm, und seine Sprache klang viel melodischer als das Klingonische. Er brauchte weniger als dreißig Sekunden, um das zu sagen, was er hatte sagen wollen, dann trat er vom Generator zurück; sein Gesicht war gerötet, seine Augen glänzten.

»Was hat er denn gesagt?« fragte McCoy argwöhnisch, weil ihm der überglückliche Ausdruck im Gesicht des jungen Mannes nicht ganz geheuer war.

Spock hob eine Braue. »Er hat seinem Kommandanten nur gesagt, wie man die Ausgangsleistung der Generatoren der *Elizsen* modulieren soll, um die Nahrungsaufnahme des Lebewesens zu blockieren«, sagte er ruhig.

Orriens Blick blieb fest. »Ich möchte meine Kameraden ebenso wenig tot sehen wie Sie die Ihren! Ihr Schiff hat eine Chance. Hat meins nicht auch eine verdient?«

»Wärt ihr Romulaner nicht gewesen«, fauchte Leno, »säßen wir jetzt gar nicht in der Patsche!«

»Fähnrich«, sagte Spock freundlich-ermahnend. »Das bringt doch nichts. Der Schaden, falls es einen gibt, ist längst eingetreten. Wir haben keine Zeit, die Sache zu diskutieren.« Er klemmte schnell den Generator ab, verstaute ihn in seiner Hülle und schob ihn Leno über die Tischplatte hinweg zu. Sie warf sich den Tragriemen über ihre Schulter und maß Orrien mit einem mörderischen Blick.

Spock nickte Chekov zu. »Wenn Sie den Gefangenen nicht tragen wollen, Lieutenant, müssen Sie wenigstens seine Beinfesseln lösen.« Seine dunklen Augen musterten Orriens Gesicht, als Chekov sich bückte, um die Fesseln zu lösen. »Kennen Sie *wirklich* den Weg zu den Rettungskapseln?«

Der Romulaner nickte eifrig. »Ja! Ich habe die Pläne der Station gesehen. Sie sind genau unterhalb dieser Ebene.«

»Ich würde ihm an Ihrer Stelle nicht trauen«, sagte Leno warnend. »Warum sollte er die Wahrheit sagen?«

»Weil er ebenso leben möchte wie wir«, sagte McCoy. »Zumindest hofft er es.« Er schwenkte einen Arm. »Jetzt aber raus hier!«

Er war gerade die Hälfte der Treppe hinabgegangen – die anderen waren hinter ihm, Chekov und Leno behielten Orrien sorgfältig im Auge –, als ihm klar wurde, daß Spock fehlte. McCoy hielt inne – was beinahe dazu geführt hätte, daß Chekov über ihn gestolpert wäre – und wirbelte herum. Der Erste Offiziere saß noch immer an der Konsole. »Spock! Was, in aller Welt, soll das heißen?«

Der Vulkanier seufzte erschöpft. »Ich bleibe hier, Doktor. Ich habe nicht mehr die Kraft, um ...« Er wankte. Plötzlich verdrehte er die Augen und schlug der Länge nach zu Boden.

»Verflucht noch mal!« McCoy schob sich an den anderen vorbei, nahm jeweils zwei Stufen auf einmal, und kam vor dem leblos daliegenden Vulkanier rutschend zum Halten. »Spock!« Er rollte ihn auf den Rücken und prüfte seinen Puls durch den Stoff des Schutzanzuges. Er lebte noch, aber der Puls raste und hing an einem seidenen Faden. Er untersuchte seine Augen.

»Können Sie ihm irgend etwas geben?« rief Chekov.

»Ich hab nichts mehr«, sagte McCoy wütend.

»Doktor!« rief Leno drängend. »Wir müssen jetzt gehen!«

»Erzählen Sie mir mal was Neues, Fähnrich.« McCoy holte tief Luft, beugte sich vor, verzerrte wild das Gesicht, davon überzeugt, daß er an einer platzenden Arterie sterben würde, und warf sich Spock über die Schulter. Er nickte den anderen zu. »Geht weiter! Bewegt euch! Ich komme hinterher!« Als er mit Spocks vollem Gewicht über der Schulter aufstand, glaubte er, seine Knie würden brechen. »Wenn ich nicht vorher ohnmächtig werde«, murmelte er vor sich hin und ging auf die Treppe zu.

Orrien und Chekov waren bereits zwei Ebenen tiefer und bewegten sich schnell. Leno war noch da.

»Worauf warten Sie, verdammt?« fragte er.

»Hier!« Statt einer Antwort hielt sie ihm den Generator hin, und bevor McCoy protestieren konnte, riß sie ihm Spock von der Schulter und lud ihn sich selbst auf.

»Leno ...«

»Okay, Doktor, wir haben keine Zeit zum Streiten. Ich bin jünger als Sie und für so was ausgebildet. Ich kann sogar laufen, wenn ich jemanden auf der Schulter habe. Können Sie das auch?«

»Nur dann, wenn ich ein paar getrunken habe, Fähnrich, und glaube, über die Heldentaten meines Leben prahlen zu müssen«, gestand McCoy ein. Er nahm den Generator auf. »Gehen wir.«

Er war erstaunt, wie schnell sie sich mit der Last des hageren Leibes, der wie die bizarre Version einer Nerzstola auf ihn wirkte, die Treppe hinab bewegen konnte. Er rannte hinter ihr her, kam gleich hinter ihr unten an und durchquerte laufend den Maschinenraum. Dort warf er einen letzten, schnellen Blick auf das Lebewesen, das sie entdeckt hatten. Es vibrierte, Farben durchspülten es wie die Ringe eines in einen Teich geworfenen Steins. Das Summen, das das Wesen ausstieß, war zu einem Läuten geworden, etwa so, wie McCoy sich den Klang der Sterne vorstellte.

Er hatte keine Zeit zum Staunen. Er folgte Leno. Sie eilten auf eine Tür zu, die Chekov offen hielt, und flitzten in den dahinter befindlichen Korridor.

Von dort aus führte ein enges Treppenhaus nach oben. Orrien eilte vor ihnen her, rannte schwerfällig mit seinen gefesselten Händen. Chekov war ihm dicht auf den Fersen, für den Fall, daß er irgendeine Schweinerei plante. Hinter ihm kam Leno mit ihrer Last. Ihr Gesicht war vor Anstrengung gerötet. McCoy war der Letzte, sein Herzschlag trommelte in seinen Ohren.

»Hier rauf!« schrie der Romulaner und hielt auf eine andere Tür zu. »Die Kapseln sind am oberen Ende der Treppe!« Sie folgten ihm hinauf und um eine Ecke.

Chekov kam rutschend zum Stehen. Er schlug mit der Hand gegen die transparente Wand, die sie von den Rettungskapseln trennte, und schien gar nicht zu bemerken, als sein Arm wieder anfing zu bluten.

»Was ist denn?« fragte McCoy keuchend. Er wischte

sich den Schweiß aus den Augen und drehte sich um. »Oh, verdammt...«

Die Tür der Kammer mit den Rettungskapseln hatte sich weit ins Universum geöffnet. Die Kapseln waren zwar da, aber solange die Tür offen stand, unerreichbar.

»Versuchen Sie es mit dem Generator!« keuchte Leno und schob die regungslose Gestalt Spocks auf ihren Schultern in eine bequemere Position.

»Wir haben keine Zeit!«

»Wir haben keine Zeit, es *nicht* zu versuchen, Doktor!« rasselte Chekov. Er drückte McCoy die romulanische Waffe in die Hand, riß den Generator von seiner Schulter, klappte die Hülle auf und zog die Verbindungskabel heraus. Sein Blick suchte fieberhaft nach einer Schalttafel. Seine Hände zitterten so schlimm, daß McCoy sich fragte, ob er die Verbindung überhaupt zustande bringen konnte.

Er konnte nicht zusehen. Er wandte sich um und warf einen Blick in die gewaltige Weite des Alls, die sich hinter der offenen Tür zeigte. Irgendwo dort draußen waren die *Enterprise* und die *Elizsen*. Wer würde zuerst über genug Energie verfügen? Die *Enterprise?* Würde Jim sie in letzter Sekunde an Bord holen? Oder das romulanische Schiff, das sich auf ihn stürzen wollte, um Jims geliebtes Schiff um jeden Preis zu vernichten?

Kirk wußte zwar, daß das pausenlose Umherlaufen seinen Rippen nicht guttat, aber er konnte nicht stillsitzen. »Energie, Mr. Sulu?«

»Zwar noch keinen Zugriff auf Impulskraft, Captain, aber die Systeme erholen sich.«

Zu langsam. Viel zu langsam. Der romulanische Steuermann hatte gesagt, die Detonation werde in zwanzig Minuten stattfinden. Jetzt waren es nur noch fünfzehn. Ob die Anwesenheit des Lebewesens Auswirkungen darauf hatte? Wenn ja, würde es die Zeit verringern? Verlängern? Kirk hatte nicht die geringste Ahnung.

Die *Valgard* wurde allmählich von Traktorstrahlstößen herangezogen. Die geringe Menge an Energie, die Scotts Tätigkeit im Maschinenraum ihnen lieferte, machte zumindest dies möglich. Doch der Nutzen der Aktion war fragwürdig. Wenn sie nicht in spätestens fünfzehn Minuten Impulskraft hatten, hatten Jaffe und Corey nur den Trost, daß sie statt allein in einer Fähre zusammen mit ihren Freunden starben.

»Können Sie die *Elizsen* abtasten, Sulu? Kriegt sie wieder Energie?«

»Versuche es, Captain.« Der Steuermann beugte sich über die Instrumente. »Ist schwer, klare Messungen zu kriegen, Sir. Sie bewegt sich zwar, aber viel zu langsam, um den Radius der Explosion zu verlassen.«

»Aber immerhin bewegt sie sich«, sagte Kirk nachdenklich. »Wie machen sie das?«

»Sie braucht sich eben nicht um eine Fähre zu sorgen«, sagte Sulu. »Oder um die Leute auf der Station. Selbst wenn, es wäre ihnen wahrscheinlich egal.«

»Und sie ist nicht so lange hier wie wir, Sir«, sagte Estano von der Waffenkonsole her, an der er nichts anderes tun konnte, als die Kontrollen zu beobachten, die auf nichts reagierten. Er sah so aus, als würde er gern einen Warnschuß vor den Bug der *Elizsen* abfeuern, und wenn sie die Energie gehabt hätten, hätte Kirk ihn wahrscheinlich auch gelassen. »Aber wir haben Mr. Scott und eine Besatzung von über vierhundert Mann. Das ergibt wohl einen Unterschied.«

Der Enthusiasmus des jungen Mannes gefiel Kirk. »Ganz recht, Mr. Estano. Danke, daß Sie mich daran erinnert haben.« Er nagte an seiner Unterlippe. Der Schmerz in seiner Seite war zu einem tauben Pulsieren geworden. Er hatte ihn wohl davon überzeugt, daß er ihm ohnehin keine Beachtung schenken würde. »Irgendein Anzeichen der Rettungskapseln von der Station?«

»Nein, Sir«, erwiderte Sulu bedrückt. Er brauchte Kirk nicht zu sagen, welch hohe Chance bestand, daß sie ohnehin nichts davon sahen. Selbst wenn das Außenteam die Kapseln pünktlich erreichte, gab es keine Garantie, daß es aus der Station herauskam, bevor diese explodierte. Und ohne Transporter gab es keine Möglichkeit für die *Enterprise*, den anderen bei der Flucht zu helfen.

»Irgendeinen Kontakt mit unseren Leuten, Uhura?«

»Nichts, Sir«, sagte sie nervös. Eine dünne Falte zeigte sich zwischen ihren gekrümmten Brauen. »Aber wenn sie gerade auf der Flucht sind, ist es auch unwahrscheinlich, daß sie dazu Zeit haben.«

Kirk nickte barsch. Sie hatte natürlich recht.

»Transporterraum an Brücke.«

Kirks Herz setzte einen Schlag aus. Lief jetzt etwa doch irgend etwas richtig? Er durchquerte mit zwei Schritten die Brücke und drückte den Knopf in der Sessellehne. »Hier ist Kirk. Was ist los, Rand? Haben Sie sie gefunden?«

Ihre Stimme hatte zwar den üblichen abgehackt-präzisen Tonfall, aber sie klang trotzdem erschüttert. »Das Signal ist aufgrund unserer geringen Energie schwach, Captain, aber ich glaube, ich habe die Koordinaten des Außenteams lokalisiert. Ich kann unsere Leute aber nicht zurückholen.« Er hatte sie noch nie so verzweifelt gehört.

»Sie können …« Kirk sank in den Sessel. Dieser neue Schlag war zuviel für ihn. »Warum nicht?«

»Interferenzen der laufenden Selbstvernichtungssequenz an Bord der Raumstation stören das Signal«, erklärte sie freudlos. »Ich kriege es nicht klar herein, deswegen kann ich keinen Transport wagen.«

Kirk griff nach dem Strohhalm. »Gibt es irgendeine Möglichkeit, das Signal zu verstärken?«

»Negativ, Captain. Selbst wenn wir wieder volle Kraft hätten – wir brauchen ein deutliches Quellensignal. Wenn es nicht deutlich wird, kann ich sie nicht nach Hause holen.« Sie klang wirklich geschlagen.

Kirk wußte, wie ihr zumute war. Er wollte das Offensichtliche zwar nicht aussprechen, aber er mußte es hören. »Rand ...« Er schluckte angestrengt. »Gibt es *gar keine* Möglichkeit, sie an Bord zu holen?«

»Ich fürchte nein, Sir. Es sei denn, wir können das Programm unterbrechen.«

Und dazu haben wir keine Möglichkeit. Der Zorn strömte in einer solchen Woge durch Kirks Schädel, daß ihm die Ohren klingelten. »Scotty!« brüllte er.

»Aye, Sir!« kam die sofortige Reaktion des Chefingenieurs.

»Können Sie abschätzen, wann wir Impulskraft haben?«

»Sie baut sich auf, Captain«, sagte Scott. »Ich nehme an, in fünfzehn Minuten.«

Kirk schaute auf die Uhr. Zehn Minuten bis zur Explosion. Sie konnten jetzt nur noch eins tun. »Mr. Sulu, ist die *Valgard* wieder an Bord?«

»Man hat sie gerade reingeholt, Captain. Jaffe und Corey leiden an den Auswirkungen zu großer Strahlenbelastung während des Beschusses und werden ins Lazarett gebracht.«

Sie taten Kirk leid, deswegen traute er sich nicht zu sagen, daß es die Mühe wohl nicht lohnte. »Holen Sie bitte die *Elizsen* auf den Schirm.« Das Bild änderte sich und zeigte nun das Schiff der Romulaner. Es zog sich langsam – der Teufel sollte es holen – von der *Enterprise* zurück. Kirk holte tief Luft, dann faßte er einen Entschluß. »Mr. Sulu, alle Energie in den Traktorstrahl umleiten.«

Der Steuermann drehte sich auf seinem Sitz um und maß den Captain mit einem ungeheuer verblüfften Blick. »Sir?«

»Sie haben mich schon verstanden, Mr. Sulu«, sagte Kirk ruhig. Er konnte sich nicht erinnern, in seiner gesamten Laufbahn je so ruhig gewesen zu sein. Er verschränkte die Arme vor der Brust und starrte auf den

Bildschirm. »Traktorstrahl auf die *Elizsen* richten.« Er spitzte die Lippen und musterte das romulanische Schiff mit festem Blick.

Die Augen des Asiaten blitzten fröhlich auf. »Aye, Sir!« Er nickte rasch, und seine Finger hüpften über die Kontrollen. »Energie in Traktorstrahl umgeleitet, Captain. Richte ihn auf die *Elizsen*… Jetzt!«

Kirk konnte zwar nicht genau erkennen, ob die Kriegsschwalbe in ihrem Flug langsamer wurde, aber es sah so aus. Sein Verdacht wurde Sekunden später bestätigt, als Uhura sich mit einem rachsüchtigen Lächeln zu ihm umdrehte. »Captain Telris würde gern ein Wort mit Ihnen wechseln, Sir.«

»Nur Bildübertragung, Uhura.«

Das Abbild der *Elizsen* verschwand und wurde durch eine stummen Aufnahme ihrer Brücke ersetzt. Telris sah aus, als stünde er kurz vor einem Anfall. Seine Arme ruderten wild umher und machten rüde Gesten, sein Gesicht verfinsterte sich, als würde ihn jeden Augenblick der Schlag treffen. Er brüllte mit aller Kraft. Nun, es sah für Kirk jedenfalls so aus.

»Nicht nachgeben, Mr. Sulu«, befahl Kirk. Dann setzte er zu einem leichten Grinsen an, das Telris, falls ihn sein Blick nicht trog, an den Rand der Explosion brachte.

»Sie entwischt uns nicht, Sir«, sagte Sulu mit finsterer Miene.

Kirk warf einen Blick auf den Schirm. Und die Romulaner würden ihnen auch nicht entwischen.

McCoy schaute Orrien an, und das, was er sah, gefiel ihm nicht. Der Romulaner wirkte über ihre momentane Lage überhaupt nicht verärgert. Jedenfalls sah er nicht so aus, als sei er sehr betrübt.

Es war ihm egal.

»Sie haben es gewußt, nicht wahr?« fragte McCoy leise.

Der Romulaner schaute ihn an. Sein Gesicht war leer, sein Kinn von Lenos Hieben geschwollen. »Was?«

»Sie wußten, daß die Tür der Kammer offen steht. Sie wußten, daß wir hier nicht rauskommen. Sie haben uns einfach in die Irre geführt.«

Leno wandte den Blick von dem fieberhaft arbeitenden Chekov ab und schaute auf. Spock hing immer noch wie ein Sack Kartoffeln über ihrer Schulter. »Was ist denn, Doktor?«

McCoy nickte in Orriens Richtung und verzog angeekelt den Mund. »Ich glaube, er hat es gewußt. Ich glaube, er wußte, daß wir nicht da reinkommen.«

Leno musterte den Romulaner. Auf ihrem Gesicht war ein grüblerischer Ausdruck. »Wie hätte er es wissen können?« sagte Chekov, ohne sich umzudrehen.

»Er war doch auf einem Schiff außerhalb der Station, oder nicht?« sagte Leno, die McCoys Gedanken weiterspann. »Er hätte es von dort aus sehen können.«

»Nichts habe ich gewußt«, sagte Orrien. »Ich möchte ebenso wenig sterben wie Sie! Ich ...« Er brach ab, als Chekov den Generator beiseite schob.

»Gowno!« fluchte er kopfschüttelnd. »Es hat keinen Zweck, es hat nicht den geringsten Zweck! Das Geschöpf hat jetzt wohl doch Geschmack an dem Generator gefunden, denn er gibt überhaupt keine Energie mehr ab!« Er warf einen Blick auf die offene Kammer und den dahinter liegenden Weltraum. »Hier kommen wir nicht raus.«

»Es muß noch andere Kammern geben«, sagte Leno. »Vielleicht sogar auf dieser Ebene. Wir müssen nur einen Rundgang machen ...«

»Das setzt voraus, daß wir Zeit haben«, erwiderte McCoy. »Die Explosion sollte in zwanzig Minuten stattfinden.« Er schaute auf seine Uhr. »Wir haben aber nur noch zehn.«

»Dann haben wir noch zehn Minuten für den Versuch, am Leben zu bleiben!« schnaubte Chekov aufgebracht. »Los! Lenos Idee ist gut. Wir suchen diese Ebene ab, und ...«

Orrien unterbrach ihn. »Es gibt hier keine anderen Kammern. Ich habe Ihnen doch gesagt, ich kenne die Pläne. Die nächste ist eine Ebene höher, aber da müssen wir ein Viertel der Station umrunden.«

Chekovs Blick spießte ihn auf. »Können wir das in zehn Minuten schaffen?«

Der Romulaner wich seinem Blick nicht aus. »Wenn wir rennen, schaffen wir es in fünf.«

»Dann los.«

»Ich kann nicht glauben, daß Sie ihm schon wieder vertrauen!« schrie Leno.

»Haben wir eine andere Wahl, Fähnrich?« fragte Chekov verbittert. Er drehte sich um und breitete die Arme aus. »Lassen Sie mich Mr. Spock tragen.«

Leno machte einen Schritt zurück. »Im Leben nicht, Chef. Ich hab mich schon an sein Gewicht gewöhnt..«

»Leno ...«

»Verdammt noch mal, ihr beiden!« schrie McCoy. »Wir haben keine Zeit für so was! Wir berufen ein Komitee ein, wenn wir wieder auf der *Enterprise* sind. Aber jetzt wird *gerannt!*« Er drehte sich um, versetzte Orrien einen Schubs und folgte dem Romulaner auf dem Fuße. Chekov und Leno hetzten hinter ihnen her.

Ein Stich weißglühenden Feuers hatte sich unter McCoys Brustkorb nach oben gearbeitet und brannte bei jedem Atemzug, als er hinter Orrien herlief. Hinter sich hörte er Chekovs und Lenos gehetztes Atmen. Die Frau mußte von Spocks Gewicht erschöpft sein, aber das wollte sie nicht zugeben.

»Hier entlang!« drängte Orrien, der ihm mehrere Meter voraus war. »Es ist nicht mehr weit!« Er schlitterte durch einen Türrahmen. »Da!«

»Gott sei Dank«, sagte McCoy japsend. Aber war es die Sache wert gewesen? Hatten sie jetzt nicht fünf Minuten vergeudet? Er folgte Orrien, kam genau hinter der Tür stolpernd zum Halten und hielt sich an der Klinke fest. In seiner Brust tobte heißer Schmerz. Er schaute sich um. »Was ist das, verdammt?«

Es war weder eine Kammer mit Rettungskapseln noch ein Fährenhangar noch sonst etwas, das eine Fluchtmöglichkeit von der Raumstation bot. Orrien hatte sie in einen kleinen, mit mehreren Fenstern versehenen Salon geführt, der ihnen einen Ausblick auf die Galaxis und die beiden Schiffe gestattete. McCoy hätte ihn zu jeder anderen Zeit zu schätzen gewußt, aber nicht heute. Als Leno und Chekov in den Raum geeilt kamen und stehenblieben, drehte er sich um und starrte den Romulaner an.

Leno blieb zu abrupt stehen. Spock glitt von ihrer Schulter und fiel zu Boden. »Was ist *das,* verdammt?«

»Genau das habe ich auch gefragt, Fähnrich«, knurrte McCoy. Er ging auf Orrien zu. »Was hat das zu bedeuten?«

Der Romulaner lachte in hämischer Freude. »Ihr Schafe aus der Föderation seid wirklich leicht reinzulegen! Sie haben doch nicht wirklich geglaubt, daß ich Ihnen eine Möglichkeit zur Flucht gebe, oder?«

»Was soll das heißen?« fragte Chekov angespannt.

»Ich habe meinem Kommandanten versprochen, daß ich tun werde, was getan werden muß. Haben Sie etwa wirklich geglaubt, ich werde Ihnen zur Flucht verhelfen?« Er lachte heiter. »Sie haben es *wirklich* geglaubt!« Er grinste Leno frech an. »Du hattest recht, kleine Kriegerin. Die anderen Rettungskapseln sind weiter *unten,* gleich neben der Kammer, vor der wir waren. Wie schade, daß Sie keine Gelegenheit hatten, sich die Baupläne anzusehen.«

Leno trat über Spock hinweg und ging langsam auf Orrien zu. Sie hatte die Fäuste geballt und war zum Zuschlagen bereit. Der Romulaner wich zurück und ging zur Tür. Sein Blick war wachsam, aber seine Freude über ihren Zorn war deutlich zu sehen. »Nur Würmer aus der Föderation wären so ehrlos, einen Gefesselten zu schlagen.«

Chekov bewegte sich in die andere Richtung. Er glitt hinter den Romulaner, bevor dieser es bemerkte. »Nein, Fähnrich«, sagte er ruhig zu Leno. »Er gehört mir.« Er schlug zu, traf Orrien, der damit nicht gerechnet hatte, und warf ihn gegen die Wand, wo er ausgestreckt und besinnungslos liegenblieb. »*Das* ist für meinen Arm«, murmelte Chekov und betastete seine verschrammten Knöcheln.

McCoy wandte sich von der Auseinandersetzung ab und schaute zu den Sternen hinaus, auf die fernen Abbilder der *Enterprise* und der Kriegsschwalbe. Es würde sein letzter Blick auf sein Zuhause und seine Freunde sein. Er legte Spock auf ein Sofa, nahm neben ihm Platz und gab den anderen mit einem Wink zu verstehen, sie sollten sich neben sie setzen. »Dann können wir es uns auch bequem machen.« Er musterte die *Enterprise*, und sein Blick huschte zwischen dem Schiff und seiner Uhr hin und her.

»Wieviel Zeit haben wir noch, Doktor?« fragte Leno leise. Sie hockte auf dem Rand des Polsters.

»Zwei Minuten, Christina.«

»Ach.« Sie nagte an ihrer Unterlippe. »Was machen wir jetzt?«

»Das ist Frage aller Fragen.« Und McCoy schloß die Augen.

»Captain!« Scotts erfreute Stimme unterbrach Kirk bei der rachsüchtigen Betrachtung des romulanischen Schiffes und riß ihn aus den Gedanken. »Wir haben Impulskraft!«

Er wäre nicht überraschter gewesen, wenn Gott persönlich auf der Brücke erschienen wäre, um diese Meldung zu überbringen. »Los, Sulu!« brüllte er, als die Brückenbeleuchtung in voller Kraft erstrahlte.

»Zwei Minuten, Captain!«

Das reicht nicht, das reicht nicht, verflucht …

»Rand!«

»Hier, Captain!« Sie reagierte augenblicklich.

»Irgendwelche Veränderungen im Signalausstoß von der Station?«

»Keine, Sir.«

Damit war alles klar. Seine Freunde würden sterben. Aber wenn sie gezwungen waren, ihr Leben einzubüßen, mußten die Romulaner den Preis kennen. »Zustand der *Elizsen?*«

»Sensoren zeigen an, daß sie nicht genug Energie hat, Sir«, meldete Estano von seinem Arbeitsplatz. Er grinste. »Schätze, wir alle haben für den Unterschied gesorgt.«

»Schätze ich auch«, sagte Kirk zustimmend. »Mr. Sulu, Traktorstrahl umkehren. Ich möchte die *Elizsen* von hier wegschieben.«

»Sir?«

»Ich meine es ernst. Uhura, geben Sie mir Captain Telris.«

»Jawohl, Sir.« Sie nickte. »Sprechen Sie.«

»Auf den Schirm.« Der Bildschirm flackerte auf, und Kirk erhob sich, richtete sein Jackett und trat vor.

Auf der Brücke der *Elizsen* war der Teufel los. Die Notbeleuchtung war gedämpft, die Luft von den durchgebrannten Stromkreisen verqualmt. Telris wirbelte herum und musterte finster den Schirm. »Kirk! Ich verlange, daß Sie mein Schiff sofort freigeben!«

»Sonst geben Sie mir wohl eine Ohrfeige, was, Telris?« erwiderte Kirk süffisant. »Sie sind aber nicht in der Position, Drohungen auszustoßen.« Er verschränkte die Arme vor der Brust. »Wir kehren den Traktorstrahl um und schieben Sie jetzt an.« Er nickte Sulu zu, damit dieser das Verfahren in Angriff nahm. »Ich möchte, daß Sie aus dem Explosionsradius verschwinden und nach Hause zurückkehren.«

»Sonst *knallen Sie* mir wohl eine, was?« höhnte Telris. »Sie haben doch keine Energie.«

Kirk lächelte träge und schaute mit einem Auge auf die Uhr. »Bringen Sie uns raus, Mr. Sulu«, befahl er mit ruhiger Stimme, bevor er auf Telris' Spott antwortete. »Mr. Estano, geben Sie dem guten Captain doch bitte einen Warnschuß vor den Bug.«

»Aber *gern,* Captain.«

Als der Phaserschuß knapp an der *Elizsen* vorbeiging, zuckte Captain Telris erschreckt zurück. »Wieso haben Sie Energie?« fragte er.

»Das sage ich Ihnen nicht, Telris. Aber es war unsere einzige Warnung. Sie gehen jetzt nach Hause, und wenn ich Ihren Kadaver höchstpersönlich durch die Neutrale Zone karren muß.«

»Und warum lassen Sie uns nicht sterben?« zischte Telris.

»Warum nicht?« Kirk tat so, als sei er über die Frage völlig überrascht. »Ganz einfach, weil ich möchte, daß Sie mir auf dem Rückweg zur Prokonsulin als Emissär dienen.«

»Ich? Ihnen?« fragte Telris vorsichtig. »Zu welchem Zweck?«

Kirks Stimme wurde nur wenig härter als sein Gesichtsausdruck. »Überbringen Sie ihr eine Warnung von mir und der Föderation. Sagen Sie ihr, daß wir nicht schlafen – daß wir *wachsam* sind. Daß wir *immer* wachsam sind. Sagen Sie ihr, daß Sie Ihre Freiheit mit dem Leben meiner besten Freunde erkauft haben. Freunde sind selten, Telris, und Sie werden für ihren Tod bezahlen, falls sich unsere Wege je wieder kreuzen.«

Der romulanische Kommandant wollte etwas sagen, aber dann überlegte er es sich wohl anders. »Energie!« fauchte er seinen Steuermann an.

»Minimaler Anstieg, Herr, aber nicht genug, um der Explosion noch zu entkommen.«

Telris wirkte, als fiele ihm das Schlucken schwer. »Ich werde Ihre Botschaft überbringen, Kirk. Aber seien Sie vorsichtig, wenn die Antwort kommt.«

Kirk zuckte mit keiner Wimper. »Ich warte darauf.« Auf sein Nicken hin unterbrach Uhura die Verbindung.

Als die *Enterprise* beschleunigte und die *Elizsen* vor sich her aus dem Explosionsradius und Richtung romulanische Grenze schob, drehte Kirk sich um und zählte die letzten Sekunden bis zum Ende des Lebens seiner Freunde.

Fünf, vier ... McCoy zählte schweigend mit. Drei, zwei, eins ...

Dann: nichts.

Die Zeit war um. Es gab keine Explosion. Doch plötzlich war überall Licht.

McCoy sah Muster vor seinen Lidern und öffnete die Augen, verblüfft, weil er noch immer lebte. Chekov und Leno blinzelten sich an und standen auf, um aus dem Fenster zu schauen. Sie rissen beide erstaunt den Mund auf.

»Doktor!« rief Leno und warf ihm schnell einen Blick über die Schulter zu. »Sehen Sie das?«

McCoy stand verblüfft auf und näherte sich den Fenstern. Er konnte die *Enterprise* nicht sehen und fragte sich beim Hinausschauen flüchtig, wo sie sein konnte. Rings um die Raumstation floß ein Tumult aus Farben, als wären sie alle im Innern eines Kindermalkastens gefangen.

»Hat der Selbstvernichtungsmechanismus versagt?« fragte Leno verblüfft.

»Ich weiß nicht«, sagte McCoy nachdenklich. Er beugte sich vor, um sich die Lichtmuster genauer anzusehen, und plötzlich lächelte er. »Donnerwetter ...«

»Was ist denn, Doktor?« fragte Chekov.

»Schauen Sie mal genauer hin. Und dann sagen Sie mir, ob Sie das gleiche sehen wie ich.«

Sie beugten sich beide vor, und McCoy sah am Gesichtsausdruck der anderen, daß es so war.

Einst, im Urlaub, hatte er im Meer phosphoreszierende Algen gesehen. Es war ein einmaliger prächtiger Anblick gewesen, und genau daran erinnerte ihn das, was er nun erblickte. Lichtfunken blitzten in alle Richtungen, wechselten von Rot zu Grün zu Blau und zu anderen Farben, für die ihm nicht einmal eine passende Bezeichnung einfiel.

»Ist es ...« Leno schüttelte fragend den Kopf. »Ist es das Geschöpf?«

»Oder das, was es vorher war«, sagte Chekov. »Haben wir es getötet, Sir?«

»Ich glaube nicht, Lieutenant. Ich war bei mehr als einer Geburt als Hebamme tätig, und kleine Kinder erkenne ich auf den ersten Blick.«

Die Gesichter der anderen erhellten sich vor Freude. »Sie meinen, es war *schwanger?*« rief Chekov.

McCoy schüttelte den Kopf. »Mag sein, aber ich nehme eher an, daß es sich um eine ungeschlechtliche Vermehrung handelt, aufgebaut durch das Absorbieren der Detonationsenergie. Wir haben verdammt Glück, daß das Geschöpf weiß, wie man sich vollstopft.«

»Kann man wohl sagen«, sagte Leno zustimmend, als sie mit großen Augen und der Begeisterung eines Kindes den Farbwirbel verfolgte. »Vielleicht hat es die ganze Zeit darauf gewartet.«

Aus den Tiefen der Raumstation drang ein Geräusch zu ihnen herauf. Es war ein Geräusch, als werde irgendwo ein Schalter umgelegt. Und plötzlich wurde der Raum von Licht überflutet, denn die Station konnte ihre Energie nun wieder für sich selbst verwenden. Einen Moment lang waren alle desorientiert, dann hörte McCoy plötzlich eine vertraute Stimme. »... melden Sie sich, bitte. *Reltah*, hier ist die *Enterprise.* Können Sie uns hören? Dann melden Sie sich, bitte. *Reltah* ...«

McCoy nahm seinen Kommunikator vom Gürtel und schnippte ihn auf. »Wir hören Sie laut und deutlich, *Enterprise*«, sagte er in seinem schleppenden Tonfall.

»PILLE!«

McCoy glaubte, noch nie soviel Glück in Kirks Stimme gehört zu haben. »Hallo, Captain. Schön, wieder mit dir zu reden. Als ich das Schiff nicht sah, dachte ich schon, ihr wolltet euch den Rest der Galaxis ohne uns anschauen.«

Kirk lachte erleichtert. »Du alter… Was ist das da draußen?«

»Ist 'ne lange Geschichte, Captain.«

»Kann ich mir vorstellen. Sind alle gesund?«

»Tja, der Romulaner macht grad 'n Nickerchen. Dank Lieutenant Chekov. Leno und ich sind in Ordnung, aber Spock muß schnellstens ins Lazarett. Ist der Transporter wieder in Ordnung?«

»Dauert nur noch ein paar Minuten. Die Systeme schalten sich gerade alle wieder ein. Du brauchst nur die geheime Parole zu sagen, Doktor.«

McCoy schloß müde die Augen. »Mach ich. Hier ist sie: Ich will nach Hause.«

Epilog

Zufrieden, wieder mit seinen besten Freunden zusammen zu sein, folgte Kirk McCoy und Spock zur Sporthalle und dem bevorstehenden Riseawayspiel. (Ob McCoy wohl eine Überraschung erleben würde?) Spock hatte sich fast gänzlich erholt, und die Romulaner waren dank Captain Telris auf einer rasenden Woge kreativer Flüche von dannen geeilt. Zwei andere Raumschiffe hatten sich zur *Enterprise* gesellt und bewachten die Raumstation, bis Beamte der Föderation eintrafen, um sie zu übernehmen. Man hatte eine Warnboje in dem Gebiet ausgesetzt und eine Meldung ans Hauptquartier gesandt.

Sollten sich nun die Hohen Tiere um die Sache kümmern. Kirk freute sich, daß alles vorbei war.

Beim Gehen warf er McCoy einen Blick zu. »Es ist schwer zu glauben, daß das Geschöpf bei der Explosion zahllose Nachkommen hinterlassen hat.«

»Genaugenommen war es auch nicht so, Captain«, korrigierte Spock ihn. »Es ist wohl so, daß es die Druckwelle der Explosion absorbiert hat, die eigentlich die Station hätte vernichten sollen, und dabei hat es sich überfressen.«

»Und deswegen gibt es nun mehrere Geschöpfe, um die man sich Sorgen machen muß«, sagte Kirk nachdenklich. »Sind wir in Gefahr?«

»Ich gehe im Moment nicht davon aus«, erwiderte Spock. »Die Energie der Explosion müßte ausreichen, um sie alle für einige Zeit zu ernähren. Doch das Hauptquartier wird zweifellos Vorsichtsmaßnahmen ergreifen.«

Sie erreichten das Freizeitdeck. McCoy blieb am Eingang stehen und schüttelte den Kopf. »Au weia…«

Kirk trat zurück und blieb neben ihm stehen. »Was ist denn, Pille?«

»Der Saal ist gerammelt voll, Jim.« McCoy lächelte. »Scotty hält wieder mal Hof.«

»Oh, nein.« Kirk bahnte sich einen Weg an seinem Freund vorbei und steckte den Kopf in den Raum hinein. Montgomery Scott saß behaglich auf seinem Stammsessel und gab etwas zum Besten.

Kirk räusperte sich laut, und alle Anwesenden schauten auf. Scott lächelte gütig. »Guten Abend, Captain!«

»Guten Abend, Mr. Scott. Guten Abend, meine Damen und Herren.« Er sah vertraute Gesichter in der Menge. Leno und Chekov saßen ganz vorn neben Uhura.

»Worum geht es denn in dieser Geschichte, Mr. Scott?« fragte Kirk interessiert.

»Oh, um Marsianer, Sir!« sagte Scott aufgekratzt. »Nette, ruhige, ganz normale Marsianer!«

»Jeder, der Marsianer für normal hält, braucht dringend Urlaub«, sagte McCoy leise, und Kirk stieß ihm in die Rippen.

»Sehr schön, Mr. Scott. Weitermachen.« Kirk verließ den Raum und führte seine Freunde durch den Gang zur Sporthalle. Dann schüttelte er lachend den Kopf.

»Wie? Was?« fragte McCoy.

»Ich weiß nicht, Pille. Sind Geschichten über Marsianer eigentlich besser als Geistergeschichten?«

McCoy spitzte die Lippen. »Tja, Marsianer sind bestimmt weniger furchterregend als Geister«, sagte er. »Meines Wissens hatte noch niemand Alpträume, in denen Marsianer eine Rolle spielten.«

»Erzähl das mal denen, die *Krieg der Welten* kennen.« Kirk lächelte. »Wenigstens gibt es in unseren Zeiten bestimmt niemanden mehr, der behauptet, er sei ihnen schon mal begegnet.«

»Ach, ich weiß nicht«, erwiderte McCoy. »Er hatte

zwar keine Antennen auf dem Kopf, war auch nicht klein und grün, aber ich erinnere mich, vor noch nicht allzu langer Zeit im Lazarett *jemanden* mit spitzen Ohren und grünem Blut getroffen zu haben.« Und sein Blick heftete sich auf Spock.

Spock schaute auf McCoys schelmisch verzogenes Gesicht hinab. »Das überrascht mich eigentlich nicht, Dr. McCoy, da sich Ihr Ruhm als tüchtiger Mediziner doch gewiß überall verbreitet hat.«

Als Kirk McCoys Gesichtsausdruck sah, konnte er sich ein Lachen nicht verkneifen. Es war schön, daß die beiden wieder bei ihm waren.

STAR TREK™

in der Reihe
HEYNE SCIENCE FICTION & FANTASY

STAR TREK: CLASSIC SERIE

Vonda N. McIntyre, Star Trek II: Der Zorn des Khan · 06/3971
Vonda N. McIntyre, Der Entropie-Effekt · 06/3988
Robert E. Vardeman, Das Klingonen-Gambit · 06/4035
Lee Correy, Hort des Lebens · 06/4083
Vonda N. McIntyre, Star Trek III: Auf der Suche nach Mr. Spock · 06/4181
S. M. Murdock, Das Netz der Romulaner · 06/4209
Sonni Cooper, Schwarzes Feuer · 06/4270
Robert E. Vardeman, Meuterei auf der Enterprise · 06/4285
Howard Weinstein, Die Macht der Krone · 06/4342
Sondra Marshak & Myrna Culbreath, Das Prometheus-Projekt · 06/4379
Sondra Marshak & Myrna Culbreath, Tödliches Dreieck · 06/4411
A. C. Crispin, Sohn der Vergangenheit · 06/4431
Diane Duane, Der verwundete Himmel · 06/4458
David Dvorkin, Die Trellisane-Konfrontation · 06/4474
Vonda N. McIntyre, Star Trek IV: Zurück in die Gegenwart · 06/4486
Greg Bear, Corona · 06/4499
John M. Ford, Der letzte Schachzug · 06/4528
Diane Duane, Der Feind – mein Verbündeter · 06/4535
Melinda Snodgrass, Die Tränen der Sänger · 06/4551
Jean Lorrah, Mord an der Vulkan Akademie · 06/4568
Janet Kagan, Uhuras Lied · 06/4605
Laurence Yep, Herr der Schatten · 06/4627
Barbara Hambly, Ishmael · 06/4662
J. M. Dillard, Star Trek V: Am Rande des Universums · 06/4682
Della van Hise, Zeit zu töten · 06/4698
Margaret Wander Bonanno, Geiseln für den Frieden · 06/4724
Majliss Larson, Das Faustpfand der Klingonen · 06/4741
J. M. Dillard, Bewußtseinsschatten · 06/4762
Brad Ferguson, Krise auf Centaurus · 06/4776
Diane Carey, Das Schlachtschiff · 06/4804
J. M. Dillard, Dämonen · 06/4819
Diane Duane, Spocks Welt · 06/4830
Diane Carey, Der Verräter · 06/4848
Gene DeWeese, Zwischen den Fronten · 06/4862
J. M. Dillard, Die verlorenen Jahre · 06/4869
Howard Weinstein, Akkalla · 06/4879
Carmen Carter, McCoys Träume · 06/4898
Diane Duane & Peter Norwood, Die Romulaner · 06/4907
John M. Ford, Was kostet dieser Planet? · 06/4922

STAR TREK™

J. M. Dillard, Blutdurst · 06/4929
Gene Roddenberry, Star Trek (I): Der Film · 06/4942
J. M. Dillard, Star Trek VI: Das unentdeckte Land · 06/4943
David Dvorkin, Die Zeitfalle · 06/4996
Barbara Paul, Das Drei-Minuten-Universum · 06/5005
Judith & Garfield Reeves-Stevens, Das Zentralgehirn · 06/5015
Gene DeWeese, Nexus · 06/5019
D. C. Fontana, Vulkans Ruhm · 06/5043
Judith & Garfield Reeves-Stevens, Die erste Direktive · 06/5051
Michael Jan Friedman, Das Doppelgänger-Komplott · 06/5067
Judy Klass, Der Boacozwischenfall · 06/5086
Julia Ecklar, Kobayashi Maru · 06/5103
Peter Norwood, Angriff auf Dekkanar · 06/5147
Carolyn Clowes, Das Pandora-Prinzip · 06/5167
Diana Duane, Die Befehle des Doktors · 06/5247
V. E. Mitchell, Der unsichtbare Gegner · 06/5248
Dana Kramer-Rolls, Der Prüfstein ihrer Vergangenheit · 06/5273
Michael Jan Friedman, Schatten auf der Sonne · 06/5179
Barbara Hambly, Der Kampf ums nackte Überleben · 06/5334
Brad Ferguson, Eine Flagge voller Sterne · 06/5349
Gene DeWeese, Die Kolonie der Abtrünnigen · 06/5375
Michael Jan Friedman, Späte Rache · 06/5412
Peter David, Der Riß im Kontinuum · 06/5464
Michael Jan Friedman, Gesichter aus Feuer · 06/5465
Peter David/Michael Jan Friedman/Robert Greenberger, Die Enterbten · 06/5466
L. A. Graf, Die Eisfalle · 06/5467
John Vornholt, Zuflucht · 06/5468
L. A. Graf, Der Saboteur · 06/5469
Melissa Crandall, Die Geisterstation · 06/5470
Mel Gilden, Die Raumschiff-Falle · 06/5471

STAR TREK: THE NEXT GENERATION
David Gerrold, Mission Farpoint · 06/4589
Gene DeWeese, Die Friedenswächter · 06/4646
Carmen Carter, Die Kinder von Hamlin · 06/4685
Jean Lorrah, Überlebende · 06/4705
Peter David, Planet der Waffen · 06/4733
Diane Carey, Gespensterschiff · 06/4757
Howard Weinstein, Macht Hunger · 06/4771
John Vornholt, Masken · 06/4787
David & Daniel Dvorkin, Die Ehre des Captain · 06/4793
Michael Jan Friedman, Ein Ruf in die Dunkelheit · 06/4814
Peter David, Eine Hölle namens Paradies · 06/4837

STAR TREK™

Jean Lorrah, Metamorphose · 06/4856
Keith Sharee, Gullivers Flüchtlinge · 06/4889
Carmen Carter u. a., Planet des Untergangs · 06/4899
A. C. Crispin, Die Augen der Betrachter · 06/4914
Howard Weinstein, Im Exil · 06/4937
Michael Jan Friedman, Das verschwundene Juwel · 06/4958
John Vornholt, Kontamination · 06/4986
Mel Gilden, Baldwins Entdeckungen · 06/5024
Peter David, Vendetta · 06/5057
Peter David, Eine Lektion in Liebe · 06/5077
Howard Weinstein, Die Macht der Former · 06/5096
Michael Jan Friedman, Wieder vereint · 06/5142
T. L. Mancour, Spartacus · 06/5158
Bill McCay/Eloise Flood, Ketten der Gewalt · 06/5242
V. E. Mitchell, Die Jarada · 06/5279
John Vornholt, Kriegstrommeln · 06/5312
Laurell K. Hamilton, Nacht über Oriana · 06/5342
David Bischoff, Die Epidemie · 06/5356
Diane Carey, Abstieg · 06/5416
Michael Jan Friedman, Relikte · 06/5419
Michael Jan Friedman, Die Verurteilung · 06/5444
Simon Hawke, Die Beute der Romulaner · 06/5413
Rebecca Neason, Der Kronprinz · 06/5414
John Peel, Drachenjäger · 06/5415
Diane Duane, Dunkler Spiegel · 06/5417
Susan Wright, Der Mörder des Sli · 06/5438

STAR TREK: DIE ANFÄNGE
Vonda N. McIntyre, Die erste Mission · 06/4619
Margaret Wander Bonanno, Fremde vom Himmel · 06/4669
Diane Carey, Die letzte Grenze · 06/4714

STAR TREK: DEEP SPACE NINE
J. M. Dillard, Botschafter · 06/5115
Peter David, Die Belagerung · 06/5129
K. W. Jeter, Die Station der Cardassianer · 06/5130
Sandy Schofield, Das große Spiel · 06/5187
Lois Tilton, Verrat · 06/5323
Diane Carey, Die Suche · 06/5432
Esther Friesner, Kriegskind · 06/5430
Melissa Scott, Der Pirat · 06/5434
Nathan Archer, Walhalla · 06/5512
Greg Cox/John Gregory Betancourt, Der Teufel im Himmel · 06/5513

STAR TREK™

STAR TREK: STARFLEET KADETTEN
John Vornholt, Generationen · 06/6501
Peter David, Worfs erstes Abenteuer · 06/6502
Peter David, Mission auf Dantar · 06/6503
Peter David, Überleben · 06/6504
Brad Strickland, Das Sternengespenst · 06/6505
Brad Strickland, In den Wüsten von Bajor · 06/6506
John Peel, Freiheitskämpfer · 06/6507
Mel Gilden & Ted Pedersen, Das Schoßtierchen · 06/6508
John Vornholt, Erobert die Flagge! · 06/6509
V. E. Mitchell, Die Atlantis Station · 06/6510
Michael Jan Friedman, Die verschwundene Besatzung · 06/6511
Michael Jan Friedman, Das Echsenvolk · 06/6512
Diane G. Gallagher, Arcade · 06/6513
John Peel, Ein Trip durch das Wurmloch · 06/6514

STAR TREK: VOYAGER
L. A. Graf, Der Beschützer · 06/5401
Peter David, Die Flucht · 06/5402
Nathan Archer, Ragnarök · 06/5403
Susan Wright, Verletzungen · 06/5404
John Betancourt, Der Arbuk-Zwischenfall · 06/5405

DAS STAR TREK-UNIVERSUM, 2 Bde.,
überarbeitete und aktualisierte Neuausgabe!
von *Ralph Sander* · 06/5150

DAS STAR TREK-UNIVERSUM, Ergänzungsband
von *Ralph Sander* · 06/5151

William Shatner/Chris Kreski, Star Trek Erinnerungen · 06/5188
William Shatner/Chris Kreski, Star Trek Erinnerungen: Die Filme · 06/5450

Phil Farrand, Cap'n Beckmessers Führer durch
STAR TREK – DIE NÄCHSTE GENERATION · 06/5199
Phil Farrand, Cap'n Beckmessers Führer durch
STAR TREK – DIE CLASSIC SERIE · 06/5451

Ralph Sander, Star Trek Timer 1997 · 06/1997

Diese Liste ist eine Bibliographie erschienener Titel
KEIN VERZEICHNIS LIEFERBARER BÜCHER!